NÅGON KÄNNER NÅGON

av

Jan Glantz

(c) 2014 Jan Glantz

Kustantaja: BoD – Books on Demand, Helsinki, Suomi

Valmistaja: BoD – Books on Demand, Norderstedt, Saksa

ISBN: 9 789522 869814

KAPITEL 1

Tredje veckan i mars

Lördag

Rösterna från korridoren fick mig att haja till och jag småsprang mot ytterdörren. Jag lade örat mot dörren för att höra bättre vad som hände utanför min lilla lägenhet. Spänningen grävde i magen för jag väntade gäster, som jag inte riktigt visste hur jag skulle förhålla mig till.

Jag hörde det hasande ljudet från klädtyg i rörelse och det klatschande ljudet från våta skodon mot kalt golv. Rösterna och stegen slutade med en smäll från en dörr som slog igen. Smällen ekade i våningshusets kala trappuppgång och därefter blev det tyst. Endast den maskinella ventilationen susade utanför dörren till min trygga lägenhet.

En djup suck rymde ut mellan mina läppar. Jag visste inte om det var en suck av lättnad eller av förtvivlan. Eftersom ljuden inte hade kommit från mina gäster, skulle jag bli tvungen att vänta ännu längre på deras ankomst. Förhoppningsvis hade mina gäster fått återbud och beslutat sig för att inte komma överhuvudtaget. Varje minut av väntan fördröjde den tunga kvällen samt den frihet som väntade, då gästerna äntligen skulle åka hem. Det var sannerligen länge sedan jag hade haft gäster och det var sannerligen en evighet sedan mitt trygga krypin hade blivit invaderat av andra invånare än jag själv.

Ett bubblande ljud från köket fick mig att lämna tamburen. Vattnet i min kastrull kokade redan och jag stängde av kokplattan. Det var ingen idé att lägga pastan i vattnet innan mina gäster hade anlänt. Alla ingredienser väntade på kökets arbetsbord och själva middagen skulle inte ta lång tid att laga. På bordet fanns spiralpasta, två burkar med tonfisk i olja, en burk med tomatkross, färska tomater i klyftor, strimlad cheddarost, färdigt tärnad lök, några vitlöksklyftor och några hackade kaprisfrukter. I en prydlig rad väntade kryddburkar med paprika, mejram, basilika och svartpeppar. Trots det hade jag ännu inte beslutat vilka kryddor jag i sista hand skulle använda i min middag.

Min blick gick från köket till mitt vardagsrum, där middagsbordet var färdigt dukat. En svart bordsduk med små vita rutmönster. Tre tallrikar, tre vinglas, tre vattenglas, tre par med gafflar, knivar och dessertskedar. En karaff med kallt kranvatten samt en flaska med ett mellandyrt rödvin, som jag hade öppnat för att luftas av och tempereras. Ett värmeskydd för den heta kastrullen och en slev för pastan. En brödkorg med vita brödskivor och en burk med margarin. Färggranna servetter som skulle pigga upp den gråa marskvällen.

Allt var klart för gästernas ankomst. Jag tittade på den inbyggda digitala klockan i min televisionsapparat. Mina gäster var tio minuter sena redan. Den obehagliga spänningen började bli outhärdlig. Jag undrade om jag vågade besöka toaletten ännu innan de kom. Skulle dörrklockan överraska mig mitt under toalettbesöket? Skulle lukterna hinna försvinna innan de kom? Nej, jag måste behärska mig. Jag måste lägga band på mig själv. Det var inget negativt med att jag fick gäster. Jag behövde öva mina sociala färdigheter. All denna nervositet var ett tecken på att jag måste röra mig bland människor igen. Tala med människor igen. Kämpa mot mitt behov av att vara ensam. Jag var inte redo att bli en enstöring ännu. Det var positivt att det var just dessa gäster, som skulle besöka mig.

Tidigare samma morgon hade jag följt mina sedvanliga lördagsrutiner. Samma tid som vanligt hade jag besökt mitt närmaste bibliotek för att läsa morgontidningen. Det kostade mig ingenting, och det var värdefullt för en arbetslös person som jag. Mina tre år som arbetslös hade skapat nya rutiner åt mig och jag hade slipat dem väl. Jag hade lärt mig att en timme efter att biblioteket öppnat, är sannolikheten störst att dagstidningen blir ledig att läsas. Men den här lördagen hade rutinen gått i kras som en fallande porslinskopp mot kalt stengolv.

När jag hade lagt bibliotekets dagstidning tillbaka på sin plats, fick orden "Hej Jonne" mig att samtidigt både tappa andan och nästan knycka nacken ur led av överraskning. Mitt smeknamn från min barndom hade utan tvekan varit riktat åt mig. Med en skräckblandad nyfikenhet hade jag svängt om mig för att se vem som hade uttalat orden. Trots att det var över 20 år sedan jag hade sett honom senast, hade jag omedelbart känt igen Hubertus von Dunderholm.

Under loppet av en sekund hade våra barndomslekar i Fiskars blixtrat inom mig. Minnesfragment från vår oslagbara kompistrio Hubertus, Peter och jag hade sköljt över mig samtidigt som jag häpet hade tittat på den leende

Hubertus. Jag mindes vår gemensamma uppväxt på den lilla bruksorten och vår skolgång ända tills studier och vuxet liv skingrat oss från västra Nyland till olika delar av landet och världen. Självsäkert hade den leende Hubertus låtit mig samla mina tankar till ord. Mina första ord till honom på 20 år.

"Vad gör du här, Hubertus?" hade jag stammat utan några andra hälsningsord. "I Vallgård? I Helsingfors?" Som för att understryka min fråga hade jag tittat omkring mig i biblioteket bland böcker, tidningar och hyllor. Vallgårds bibliotek var den sista platsen, där den brunbrända, förnäma mannen borde ha befunnit sig.

Hubertus hade förklarat att han hade gjort ett affärsbesök i närheten och att han hade en hel del annat att uträtta i Helsingfors innan han skulle fortsätta sin färd till von Dunderholms gård i Fiskars. Han hade anlänt till Finland från Brasilien samma morgon.

Hubertus hade inte insett det men jag hade genast märkt att han talade högre än vad som var lämpligt i ett bibliotek, och att en kund tittade föraktfullt på oss. Eller hade Hubertus ord varit för elitistiska för att vara lämpliga bland oss fattiga biblioteksbesökare? Eller var det min inbillning? Hade jag blivit så asocial att jag inte längre visste vad som var lämpligt bland människor och vad som var onormalt beteende? I varje fall hade biblioteket känts klaustrofobiskt litet och jag hade inte hittat ord för ett normalt samtal med Hubertus. Medan han förklarade att han var på ett tillfälligt besök i Finland, hade det verkat som om hans blick var fäst i den kallsvett som började sippra fram i min panna. Jag hade känt ett starkt behov av att avsluta diskussionen så snabbt som möjligt.

"Vill du komma på middag till mig ikväll?", hade jag desperat spytt ur mig innan tankens omöjlighet hade nått mitt förnuft. Så fort min hjärna hade förstått hur obehagligt ett sådant besök skulle vara, hade jag fortsatt frågan: "Men kanske du inte har tid om du är bara tillfälligt i Finland? Och om du kommer att åka till Fiskars ännu idag? Och ifall du är trött med jetlag-symptom?"

Under en evighet hade han tittat forskande på mig som om han funderade på min begäran. Till min förtvivlan hade han tackat ja. Han sade att han gott kunde åka till Fiskars först under sena kvällen, såvida middagstiden kunde vara under förkvällen. Naturligtvis kunde jag inte slingra mig ur situationen längre och jag hade meddelat middagstid och min hemadress. Som om han ville strö salt i mina sår hade Hubertus ännu frågat om han fick ta en överraskningsgäst med sig. Det kunde jag inte neka, och i mitt desperata behov av att fly situationen hade jag inte pressat fram information om vem den andra gästen skulle bli.

Resten av lördagen hade mina rutiner varit ruinerade. Mitt sedvanliga besök till Hagnäs saluhall hade inte blivit av och jag hade inte haft någon lust att besöka simhallen heller trots att jag alltid brukade göra det på lördagar. Jag hade legat hemma på min soffa full av självömkan. Hur hade jag hamnat i denna situation? Vad skulle jag – en arbetslös förlorare - servera en förnäm man som Hubertus? Vi kunde ju knappast äta sandkakor på samma sätt som vi hade gjort som små i sandlådan i Fiskars.

Under dagens lopp hade jag dock samlat mig. Jag hade intalat mig själv att det skulle vara som ett kundbesök på samma sätt som jag självsäkert hade utfört då jag ännu hade haft mitt arbete. Rollen hade varit överraskande lätt att klä på sig igen, och jag hade smidigt gått över till nästa utmaning: vilken maträtt som jag skulle tillaga. Eftersom kvällen med all sannolikhet skulle bli en kväll full av nostalgiska minnen, skulle det kanske vara roligt om jag serverade tonfiskpasta. Det hade vi studerande lärt oss att laga och äta strax innan vi hade tappat kontakten med varandra. Den rätten hade jag med min strama, arbetslösa budget också råd med. Resten av dagen hade gått åt till ett besök i närköpet och en storstädning hemma.

Allt var klart för kvällens besök. Bara gästerna fattades. Jag drog för gardinerna som för att tvinga den mörka, gråa marskvällen att stanna utanför. Kanske jag i hemlighet hoppades att även resten av världen skulle stanna utanför? Jag rätade till trasmattorna och kollade att stearinljusen var tända. På vardagsrummets bord väntade några fotografialbum, ifall Hubertus ville se bilder från vår barndom.

Varför var jag så nervös? Hubertus och jag hade varit goda vänner och våra 20 år utan kontakt var inte ett resultat av något gräl. Det var helt naturligt att vi inte hade setts, eftersom vi bodde i olika länder och redan tidigare hade våra studier fört oss till olika orter. Vi hade tappat det som hade knutit oss samman – Fiskars. Mina föräldrar bodde numera i Ekenäs och i själva verket hade jag inte ens besökt Fiskars på 20 år. När jag besökte mina föräldrar, var det alltid för några korta timmar utan några andra besök i västra Nyland. Hubertus besökte förstås Fiskars oftare, eftersom hans och hans föräldrars gård var där, men huvudsakligen bodde han ändå i Brasilien. Det visste jag via ett socialt kontaktforum på Internet, där vi båda var länkade till varandra utan att ha direkt kontakt sinsemellan.

Min nervositet hade utan tvekan att göra med min arbetslöshet. Jag var en förlorare i samhället, medan han var framgångsrik och bodde utomlands. Som små hade vi lekt med varandra i samma utgångsläge, men nu var allt annorlunda. Ödet hade fört oss långt från varandra och vi hade inget annat gemensamt längre än våra minnen. Jag visste att Hubertus visste att jag var arbetslös, eftersom jag inte har hållit det hemligt på det sociala forumet. Frågan var alltså hur vi skulle låta bli att gå in på det ämnet. Hur skulle vi under kvällens lopp hålla oss till våra intressanta minnen utan att behandla det pinsamma: var vi befinner oss just nu? Kanske kvällen trots allt skulle gå väl och kanske jag oroade mig i onödan.

Dörrklockans klang borrade genom mig som ett spjut. Med hjärtat i halsgropen hasade jag mig mot ytterdörren. Hur var det möjligt att jag inte hade hört ljud från dem i trappuppgången redan innan de stod bakom dörren?

Jag hade knappt öppnat dörren och mumlat ett "Hej" gentemot den brunbrände Hubertus, då min blick redan sökte sig nyfiket mot Hubertus hemlighetsfulla följeslagare. Mannen bredvid Hubertus fick mig att tappa hakan, för jag hade förmodat att Hubertus skulle ta med sig sin flickvän eller hustru. Det sociala forumet hade inte avslöjat Hubertus civilstånd, men det gjorde förvisso inte min profil heller. Innan mina tankar hann åka in på Hubertus sexuella läggning, upptäckte jag att mannen bredvid Hubertus var bekant.

"Peter Ginst!" flämtade jag överraskat och för andra gången under ett dygn blixtrade barndomsminnen från vår kamrat-trio i Fiskars genom mina sinnen. Peters tinningar hade grånat mycket mera under de senaste 20 åren än vad Hubertus hade åldrats.

Jag backade från dörröppningen och släppte in mina två gäster i tamburen. Med ett påklistrat leende visade jag dem klädhängare och plats för ytterskor, dillade något betydelselöst om hopplöst marsväder och tog emot två vinflaskor av ett märke som var betydligt dyrare än mitt eget vin.

Ivrigt visade jag dem min anspråkslösa tvårumslägenhet i Vallgård. Medvetet eller omedvetet undvek jag att se dem i ansiktet och maniskt försökte jag vara en god värd genom att ge en skaplig husesyn. Jag öppnade dörren till mitt sovrum och förklarade hur kaklen hade placerats fel i badrummet under den senaste husbolagsremonten. Jag gläntade på gardinerna för att visa min utsikt innan jag förstod att kvällsmörkret hindrade mina gäster från att se något överhuvudtaget. De tittade artigt på min väggtextil med ett naturmönster som fungerade som en tavla. När vi stod vid vardagsrummets middagsbord med en dukning för tre, lyfte jag blicken och mötte deras leenden.

Det var vi. Vi var tre män strax över 40-årsstrecket. Det var över 20 år sedan vi hade setts senast. Det var 30 år sedan vi intensivt hade lekt med varandra i en idyllisk, trygg miljö utan problem och med en strålande framtid framför oss. Livet hade lugnat ivern i våra blickar, men något bekant öste över oss under den lilla stunden vid de tre tallrikarna och mitt bord. Det var Peter som bröt förtrollningen och det var han som hade tillräckligt med mod att lyfta sina armar till en inbjudan.

Som de gamla goda vänner vi var, samlades vi alla tre i en gemensam, spontan björnkram. Visst hade jag sett fruntimmer göra nostalgiskt på det sättet i filmer riktade åt kvinnor, men överraskande nog fungerade det för oss män också. När jag kände en snyftning bubbla upp i bröstkorgen, tvingade jag mig att lägga band på mig. Som en sorts avvärjande gest klappade jag dem på ryggen och vi tittade på varandra igen. Det var vi. 20 år äldre, med flera rynkor än senast, med glesare hår än senast och med fylligare kinder än senast, men det var vi. Många erfarenheter rikare. Med ens blev jag övertygad om att kvällen skulle bli lyckad.

"Hur är det möjligt?" frågade jag och de visste genast vad jag avsåg.

"Jag hade kommit överens med Peter att jag skulle möta honom idag", sade Hubertus. "Vi har träffats ungefär vart femte år, när vi råkar vara i Finland samtidigt. Idag var det dags igen, men så stötte jag på dig i biblioteket och fick min idé. Efter din inbjudan ringde jag upp Peter och frågade om en middag ikväll med dig skulle vara ett bättre alternativ."

"Och visst var det en angenäm överraskning", tillade Peter.

"Det var en fantastisk tur att du skulle vara i Vallgårds bibliotek just då jag fick min spontana idé att titta in för att läsa i tidningen vad Finland talar om just nu", sade Hubertus. "Jag har just flugit in från Brasilien för att sköta affärer och för att tillbringa en vecka på Lillböle."

"Hur är livet på Lillböle nuförtiden?" frågade jag och försökte hålla diskussionen fäst i de andra istället för mig. Lillböle var von Dunderholmarnas stora gård strax utanför Fiskars. Jag hade inte besökt Lillböle sedan jag var ung och Hubertus vän.

"Mamma bor också i Brasilien, så Lillböle är rätt tomt", svarade Hubertus. "Disponentfamiljen sköter huvudbyggnaden och ägorna, men ärligt sagt vet jag inte vad vi skall göra med gården i det långa loppet, då ingen bor där."

"Jag har varit i Finland en tid redan och kommer att åka tillbaka till Thailand i övermorgon", sade Peter. "Mamma och pappa och Ines bor i Karis nuförtiden, så Hubertus lovade att jag får skjuts med honom till Västnyland ikväll, när vi åker från din middag."

Jag mindes Peters mamma och pappa, som hade jobbat på samma fabrik som mina föräldrar när vi alla ännu bodde i Fiskars. Fabriken hade stängts strax efter att vi pojkar hade flyttat bort för att studera. Våra föräldrar hade blivit arbetslösa och skingrats till olika delar av Västnyland. Mina föräldrar hade flyttat till Ekenäs och pappa hade turligt nog fått ett nytt arbete på en klädfabrik. Peters mamma och pappa hade förtidspensionerat sig och bosatt sig med Peters utvecklingsstörda lillasyster Ines i Karis. Men Hubertus visste jag inte särskilt mycket om, eftersom min mamma inte hade något skvaller från den fronten.

"Din pappa dog till slut", sade jag med blicken fäst i Hubertus. Jag insåg direkt att det var ett abrupt påstående ställd som en fråga, och vi var kanske inte så bekanta längre att man kunde fråga något så direkt. Å andra sidan hade Hubertus pappas sjukdom varit ständigt närvarande under vår ungdom.

Alltsedan vi var små barn hade pappan lidit av en lungsjukdom, som fått honom att långsamt tyna bort i olika sidoåkommor. Jag mindes honom ändå som en glad man med skrattrynkor vid sidan av ögonen. Det enda som gjorde honom speciell var att han alltid bar pyjamas och att han hostade mycket. På Lillböle var det alltid en angenäm kontrast till Hubertus mamma, som var ständigt sur och klandrade Hubertus och oss för allt och inget.

"Ja, hans pina tog slut två år efter att jag hade flyttat till Helsingfors för att studera juridik", svarade Hubertus. "En tid därefter flyttade mamma till Brasilien och dit flyttade även jag efter att jag fått min examen."

"Varför det?" frågade jag nyfiket. "Fick du inget arbete?"

"Nej, det var inte det", sade Hubertus med en nonchalant axelryckning. "Advokatjobbet smakade bara inte."

En smak av galla samlades på min tunga. Det kändes obehagligt att höra någon som hellre valde arbetslöshet, då det fanns sådana närvarande som inte kunde få ett arbete. Men jag hade lovat mig själv att inte vara avundsjuk för att Hubertus hade tillgångar att göra sådana val. Jag skulle inte bli bitter över att jag inte hade samma möjligheter.

"Jag har bott främst i Thailand under de senaste tio åren", sade Peter, "... men det kanske du visste redan."

"Ja, ditt dykningsföretag i finländarnas favoritdestination blir rätt ofta omnämnt i olika media här", sade jag för att understryka min allmänbildning.

"Det var ett lätt val att flytta dit efter att alla detaljer kring skilsmässan var avklarade." Peter hade varit gift med en bikinibrud från den gula pressen och hela Finland hade fått följa med deras stormiga skilsmässa. Jag lät bli att gå in på ämnet, eftersom den gula pressen redan hade avslöjat alla detaljer om det. Det var ändå tydligt att den publiciteten hade hjälpt Peter med att få PR och marknadsföring för sitt nya dykningsföretag i Thailand.

"Och det var finansiellt möjligt, eftersom jag sålde mitt byggnadsföretag", fortsatte Peter stolt.

"I Thailand finns det säkert många som hjälper dig att få plåster på såren efter den där bikinihäxan", sade Hubertus med en glimt i ögat.

Peters leende gled nästan ända upp till öronen, men han kommenterade inte.

"Åtminstone i Rio var det lätt att hitta tröst när det blev slut mellan mig och min flickvän", fortsatte Hubertus. "Det är mycket roligare att leka med någor än att leka ensam."

Jag tittade surt på honom. Jag ville inte kommentera mina misslyckanden och varför jag var ensam. Jag mindes också tider och lekar, då vår vänskap inte hade varit så harmonisk som den hade kunnat vara. Då vi tre brukade leka som ett triumvirat, fanns det alltid perioder, då två lekte mera intensivt sinsemellan och den tredje var en onödig kant i triangeln. Det brukade oftare kännas som om jag var ett tredje hjul än som om Peter eller Hubertus var det. Nu när jag såg dem sitta där brunbrända, kändes det som om jag i all min bleka vårvinter var överlopps i gänget. De hade också sina utomlandsvistelser som en gemensam grej, och jag hade aldrig råd med ens en resa till vårt grannland.

Vi kallade oss själva för ett triumvirat, för vi hade läst att under romart den hade tre mäktiga män skapat en vänskapspakt, som slutligen ledde till att de blev Roms kejsare i tur och ordning. Den vänskapspakten hade kallats för ett triumvirat. När vi var unga och oerfarna, trodde vi fortfarande att vi i tur och ordning skulle få allt vi ville ha i världen.

"Förstå mig inte fel", påpekade Hubertus. "Jag har verkligen haft vilda perioder, som absolut inte har varit behagliga. De brasilianska brudarna har lyckligtvis hållit mig på jorden, när det har blivit för högtflygande."

Peter och jag sneglade på varandra, och det var som ett osagt, gemensamt beslut att inte fråga mera ingående vad Hubertus egentligen menade. Det angick inte oss. Det kändes som om det började bli farligt nära min tur att berätta om mitt obefintliga liv, så jag steg från bordet, dit vi satt oss för att börja middagen med en slurk rödvin. Jag hade öppnat Hubertus fina vin som förrätt, eftersom jag hoppades att mitt billigare och sämre vin inte skulle ha en så markant smak i samband med maten.

"Jag tror att jag börjar laga maten nu så att den är klar om en kvart", sade jag. "Ni är säkert hungriga redan."

När jag lade på kokplattan för att koka upp vattnet igen, fick jag en idé. Min tonfiskpasta skulle säkert se festligare ut om jag serverade den som en gratäng istället för en simpel pasta. Skulle jag våga göra något impulsivt? Ändra mina planer? Jag hade redan beslutat att min kväll med Hubertus och hans hemlighetsfulla följeslagare skulle ge mig impulser att vara social igen. Tydligen började processen redan fungera för jag började få nya idéer istället för mina gamla inrotade vanor. Naturligtvis skulle jag göra en tonfiskgratäng. Jag lade på ugnen också och började smörja en ugnsform. När vattnet började koka, hällde jag i spiralpastan och gick från köket.

"Jag hade tänkt bjuda på något som skulle få oss att minnas studietiden", sade jag och Peter nickade glatt. "Men så tänkte jag att vi inte är studerande längre, utan vi är äldre och vi är mera erfarna. Kanske vi till och med uppskattar mera kvalitet och bekvämlighet. Vi vill ha mera raffinerade rätter än simpel tonfiskpasta."

"Låter bra", sade Hubertus försiktigt utan att riktigt veta vart jag ville komma. Då jag inte förklarade mig närmare, fortsatte Peter:

"Och så har även Fiskars utvecklats. Först var orten ett självständigt bruk, och under vår tid var det en del av Pojo kommun."

"Just det", fortsatte Hubertus när han visste vart samtalet började luta. "Nu befinner sig Fiskars och mitt Lillböle i en stad. Raseborgs stad."

"Allt har blivit en enda stor periferi nu. Fiskars, Pojo, Karis, Tenala...", sade jag. "Lyckligtvis beslöt mina föräldrar sig för att flytta till Ekenäs, som nu är centrum i stora, präktiga Raseborg."

"Vad gör din syster nuförtiden?" frågade Peter.

"Gitta gifte sig med en företagare från Salo och hon bor nu där med två barn", svarade jag. "Salo och kommunerna runt om har haft en likadan utveckling som Raseborg."

"Minns ni loket i Fiskars bruk?" frågade Hubertus och naturligtvis mindes vi vår favoritlekplats. "Det får vara i fred nuförtiden, för det har byggts en stor, fin lekplats för barn alldeles i centrum."

Jag blev mållös av exemplet på en konkret utveckling i Fiskars. Jag gick ur rummet och lämnade Hubertus och Peter med glasartade minnesbilder över näthinnorna. I köket hade pastan kokats mjuk och jag blandade i mina ingredienser och kryddor. Jag hällde pastan i ugnsformen och vispade snabbt upp en äggstanning med ägg och mjölk. Den kom över pastan och därefter strödde jag över den rivna osten. Efter en stund i ugnen skulle gratängen vara klar. Jag var mycket nöjd med min improvisation.

Medan vi väntade på att gratängen skulle bli klar, bad jag mina gäster leva över sallad på sina tallrikar. Jag hällde i mera vin i deras glas och jag frågade försiktigt om Hubertus hade tänkt köra bil till Fiskars ikväll.

"Nej, absolut inte", sade han. "Jag tar taxi."

Jag kände mig chockad över tanken på att någon skulle betala en timmes eller 80 kilometers taxikörning med egna pengar. Jag sneglade mot Peter som om jag förväntade att han skulle bekräfta upplysningen. Han skulle ju åka med till Karis.

"Vår rika arvtagare lovade betala resan", sade Peter och tittade menande på Hubertus.

"Jag är inte rik", svarade Hubertus vasst. "Men jag klarar mig. När pappa dog, fick jag ärva Lillböle och mamma ärvde hans affärsverksamheter. Nu finns bara Lillböle kvar och pengarna är fast i fastigheter, som kräver en hel del dyrt uppehåll. Och fastighetens affärsvärde är inte det bästa möjliga för tillfället. Men vi klarar oss, mamma och jag."

"Bor du med henne?" frågade jag försiktigt.

"Nej, hon bor i en hacienda i Marloeza, en kuststad en bit utanför Rio. Jag bor i en stadslägenhet i Rio. Mamma är rätt gammal nu. I själva verket är hon döende."

Jag fick lite dåligt samvete över att jag hade varit avundsjuk på hans tillgångar. Även de som har det bättre ställt, kan ha samma svårigheter och utmaningar som fattiga. Man kan inte garantera hälsa med pengar.

"Det är cancer", fortsatte Hubertus. "Men huvudsaken är att det går snabbare än de årtionden det tog för pappa att dö."

Det fanns inget att tillägga till det så jag reste mig för att ta ut tonfiskgratängen ur ugnen. När jag hämtade den till bordet, mumlade Peter förtjust över det gyllenbruna osttäcket. Jag log för mig själv. Här satt vi, tre 40-åriga män och mumsade på hemlagad mat en lördagskväll utan kvinnosällskap. Vi hade inte ens televisionen påkopplad och vi tittade inte på någon match. Vi pratade om gamla tider, släktrelationer och hälsoproblem som gamla gummor och vi njöt av varje stund.

Våra tallrikar var fyllda med doftande, ångande mat och Peter lyfte sitt vinglas för att skåla.

"Åt vår värd", sade han högtidligt. "Och Fiskars-minnen."

"Vår värd borde kanske söka ett arbete som kock", sade Hubertus och lyfte på tummen för att visa att maten var god.

"Ja, vad söker du egentligen för jobb?" frågade Peter utan barmhärtighet.

Jag tittade på tallriken med min tonfiskgratäng och plötsligt kändes det som om den saknade någon väsentlig krydda. Jag vågade inte avleda diskussionen med ett förslag på ketchup, senap, sojasås eller asiatisk sötsur sås. Naturligtvis måste vi gå in på det känsliga ämnet i något skede under kvällen, så det här var kanske det rätta tillfället.

"Jag vet faktiskt inte", sade jag ärligt. "Det kunde vara vad som helst, för jag vet inte längre vad jag är bra på."

"Berätta något", uppmanade Hubertus. "Vi kan läsa på din profil i Internet vad du har gjort hittills och vad du har utbildat dig till, men inte vad du är bra på."

"När jag upptäckte din profil och att du är arbetslös arbetssökande, försökte jag minnas från barndomen vad du var bra på...", sade Peter försiktigt, ".. och jag mindes faktiskt ingenting."

Sanningen var grym och jag skulle inte ha accepterat sådana ord av någon annan än Peter eller Hubertus. De kände det frö som borde ha börjat gro för länge sedan, så de hade all rätt att fråga varför det inte hade börjat blomstra. Å andra sidan antydde de att orsaken till min arbetslöshet låg i mig själv. Det retade mig att de inte ville beakta möjligheten att det kanske är samhället eller marknaderna som är orsaken till bristen på arbete. I varje fall hade de rätt. I en värld med framgångsrika affärsgurun och bikiniskönheter blir vanliga människor bleka och inte särskilt minnesvärda. Ingen minns vad jag är bra på om jag inte skriker det högt, och helst klädd i en minimal bikini. Jag försökte lägga den synen åt sidan.

"Jag är bra med människor", sade jag med en röst som jag inte trodde på själv. Klichén var skrattretande, speciellt då jag i all hemlighet drömde om att bli en eremit.

"Jag var bra med männ skor", fortsatte jag med en korrigerande röst som jag började tro på. "När jag var i mediebranschen, hade jag ansvar för en del kundkonton, och det gick bra med kundbesök, problemlösningar och allt sådant. Men sen gick det utför i branschen och jag fick sparken."

Peter nickade och hans forskande blick avslöjade att han trodde mig. Hubertus fortsatte:

"Om bra kundkänsla är din bästa sida, måste du upprätthålla den på något sätt. Vara i ständig kontakt med människor, kunna tala med dem och vara alert på deras behov."

Jag förstod vad han menade men det blev bara svårare ju längre tid som jag var arbetslös. Och ju längre tid jag stod utanför kundkontakter av olika slag.

"Kanske det finns kurser, där man övar interaktivitet och kundrelationer?" föreslog Peter.

Jag var inte övertygad. Min handledare på arbetskraftsbyrån skulle säkert ha föreslagit något sådant vid det här laget.

"Vad finns det för andra yrken, där man får vara i ständig kontakt med främmande människor?" funderade Hubertus högt.

"Kassaskötare, sjukskötare, receptionist, lärare... nästan alla yrken har någon kundbetjäningsaspekt", förklarade Peter hjälpsamt.

Jag grimaserade över tanken. Jag hade inget emot något av dessa yrken, men de bara kände så främmande. Kanske det hade gått för långt redan. Jag kanske inte var mottaglig för nya förslag längre.

"..., polis, privatdetektiv, biljettgranskare...", fortsatte Hubertus.

"..., politiker, president...", fortsatte jag med galghumor. Diskussionen började kännas hopplös och tröttsam. Kanske jag lyckades tysta ner den med humor?

"Det är viktigt att alla i din närkrets vet vad du söker och vad du kan", sade Peter bestämt. "Därför finns vi alla på det sociala forumet och vi har till vårt profilkonto samlat både primära och sekundära kontakter. Så att vi har ett nätverk med kontakter till vårt förfogande, då två behov behöver mötas. Vi är verkliga personer och inte bara virtuella kontakter."

Det lät som en marknadsföringsfras i en reklam. Men han var ju trots allt en företagare som behövde kontakter och kunder till sina thailändska dykningar. Och dessa kunder var inte enbart den gula pressens läsare.

"När det finns ett behov...", sade jag tankfullt med munnen full av tonfiskgratäng, "... möts det av någon som känner någon."

Hubertus vinflaska var tom, så jag hällde av mitt tempererade vin i våra tomma glas. Det smakade beskt. Jag kände mig som en urpressad citron. Det fanns inget av nytta att pressa ur mig längre. Hur vi än luftade mina möjligheter, fanns det inget som skulle leda till ett konkret resultat längre, ett arbete. Mina barndomsvänner tittade på mig med blickar som jag tolkade som förtvivlade. Vad de än föreslog, skulle de inte kunna hjälpa mig. Jag tog en rejäl klunk av mitt vin, det enda jag kände och det enda jag hade råd med.

"Privatdetektiv", mumlade Hubertus som om han repeterade det yrke, som han redan tidigare hade nämnt. "Du kunde bli privatdetektiv."

"Eller president", fnissade jag.

"Nej, jag menar det. Du skulle tvingas att diskutera med främmande människor och du skulle bli tvungen att analysera människor, ord och händelser på ett målmedvetet sätt. Du skulle vara tvungen att hålla hjärnan klar och knivskarp. Men framför allt skulle du på ett aktivt sätt behålla dina sociala färdigheter."

"Du skämtar", sade jag trots att jag såg att Hubertus blick var solklar och säker på sin sak. "Jag kan inte bli en privatdetektiv. Finns de överhuvudtaget? Eller finns de bara i skönlitteratur?"

Peter tittade intresserat på Hubertus, men sade inget.

"Jag har ett fall, som du kunde utreda", sade Hubertus med en stadig röst.

"Jamen, man går väl inte bara till ett fall och börjar utreda det? Man stiger ju på polisens tår?" Jag började bli otålig. Var det vinet eller var det mina bristfälliga sociala färdigheter som började spela mig ett spratt? Hela diskussionen var absurd. Jag, en arbetslös Client Account Manager, skulle väl inte bli en privatdetektiv? Men faktum var att jag hade förändrats radikalt under mina tre år som arbetslös. Innan jag förlorade mitt jobb, hade det varit svårt för mig att vara ensam. Nu hade jag svårigheter med att vara social. Fanns det sätt att bota den bristen?

"Polisen utreder inte det här fallet längre", vidhöll Hubertus. "Ingen skadas av att det utreds av någon utomstående. Och det skulle bara vara fråga om att prata lite med olika inblandade, inget mera."

"Jag kan väl inte göra sådant utan att förlora min arbetslöshetsersättning", sade jag svagt och insåg omedelbart att jag var inne på en oföretagsam linje. "Men vem skulle överhuvudtaget betala för en sådan utredning?"

"Ingen", svarade Hubertus med en gäckande röst. "Men det är inte huvudsaken heller. Huvudsaken är att du skulle få ett företagsamt grepp om ditt liv igen. Genom att öva dina sociala egenskaper. Diskutera med människor, identifiera lögner och analysera det som inte sägs med ord men som nog sägs med andra medel."

"Du har något speciellt i kikaren", konstaterade Peter.

"Det är ett dödsfall i Fiskars, som inte har blivit tillfredsställande utrett", sade Hubertus. "Mera vill jag inte säga om det innan Jonne har lovat att gå denna sociala kurs."

Jag var alldeles perplex och jag visste inte om det var på grund av privatdetektiv-förslaget eller att jag igen blev kallad för Jonne. Ingen hade kallat mig för Jonne sedan jag varit barn. Skulle jag bli privatdetektiv Jonne, eller skulle min titel bli mera officiell: Privatdetektiv Jonas Österfelt?

"Du kan ju alltid försöka", sade Peter uppmuntrande. "Eftersom det inte är någon officiell utredning, kan du när som helst sluta intervjua de inblandade och sedan återgå till att söka andra arbeten. Eller hela tiden söka andra arbeten medan du gör privatdetektiv-utredningarna. Samtidigt får du nya kontakter av de intervjuade. De är kontakter som till slut kan vara betydelsefulla, då du är på väg mot ett nytt jobb."

"Det är alltså fråga om intervjuer och inte om förhör", mumlade jag högt som om jag smakade på nyansskillnaden i de olika orden.

"Vad tycks?" frågade Hubertus rakt på sak.

"Jag är inte särskilt bra på intervjuer längre", sade jag lågmält. "Ingen small-talk längre och jag avskyr obetydliga ord såsom "vackert väder idag". Ni har säkert märkt att jag är lite tillbakadragen nuförtiden."

"Just därför", vidhöll Peter som om de båda konspirerade för att få mig inklämd i ett hörn.

Jag vägde de olika synpunkterna. Troligen var de misstänkta i Fiskars, så jag skulle bli tvungen att resa dit. Jag skulle säkert få övernatta hos mina föräldrar i Ekenäs och få låna pappas bil också. Jag skulle ha en god orsak att resa bort från det deprimerande, gråa mars i huvudstaden. Genom intervjuer skulle jag arbeta bort den människofientlighet som jag hade märkt att började växa inom mig. Men tänk om utredningarna började leda till något obehagligt? Rentav farligt? I så fall skulle polisen säkert ta över. Till råga på allt började jag bli nyfiken. Tänk om jag faktiskt skulle lyckas lösa ett mordfall? Det skulle vara oerhört. Enormt.

"OK", sade jag kort. "Jag lovar att fundera på saken och att rejält betrakta möjligheterna så fort du berättar mera."

"Fantastiskt", utropade Peter och reste sig för att högtidligt skaka hand med mig. Som för att bekräfta löftet.

Jag vände mig mot Hubertus, som satt på själva fallet. Han skulle nu i sin tur berätta detaljerna kring det fall, som förväntades revolutionera mitt gråa, rutinartade liv.

"Vänta", sade jag och började plocka bort tallrikarna, som inte innehöll någon mat längre. Det var dags för efterrätt. Jag raglade mot köket och insåg att jag kanske hade druckit för mycket vin. Tallrikarna skramlade mot diskhon, där de skulle vänta på sin tvätt till följande dag. När jag öppnade kylskåpet såg jag min kylskåpsmagnet, som föreställde Fantomen. Det såg ut som om den Maskerade Mannen tittade föraktfullt på mig och frågade:

"Privatdetektiv? Du? Är du galen?"

Jag tog de små glasskålarna med chokladmousse ur kylskåpet och förde två av dem till bordet, där de möttes av ett glatt grymtande. Jag hämtade min skål och hällde lite mandellikör över vår dessert.

"Nej, du drar dig inte tillbaka", sade Peter upprört, när han såg min skeptiska min. "Du har samma blick som när du lämnade juniorlaget i fotboll efter två spel."

"Det är 30 år sedan dess och vi har diskuterat orsakerna till det flera gånger", sade jag vresigt. "Men jag vet bara inte. Borde det inte finnas någon kurs för privatdetektiver? Eller för säkerhetspersonal? Borde man ha polisutbildning?"

"Tror du att miss Marple var utbildad till polis?" frågade Hubertus med sitt gäckande leende.

"Nej, men hon är en påhittad person. Det här är det verkliga livet. I en verklig by med verkliga människor."

"Så ditt beslut är att låta bli undersökningen?" Hubertus satte sig med armarna i kors utan att röra choklad-mandellikör-moussen.

"Hubertus, blir du fortfarande mobbad för ditt namn?" frågade jag för att vinna tid.

"Nej, hur så?" frågade han perplex över hur samtalsämnet förändrades.

"Minns du när du blev retad i skolan för ditt namn? Hubertus von Dunderholm är ett namn som rentav kräver att få alternativa smeknamn."

"Jag minns nu", tillade Peter. "Vårt triumvirat svor vid allt heligt att vi aldrig kommer att reta varandra. Och att vi alltid kommer att skydda varandra från mobbande utomstående."

"Småpojkars löften", sade Hubertus med blicken i chokladmoussen. "Men det var oerhört viktigt just då. Tack för det."

"Jag vill ha något likadant just nu", sade jag med en darrande röst. "Säg ärligt att ni är övertygade om att det här privatdetektiv-påhittet är bra för mig." Under min tid som arbetslös hade värdet på heder och ära plötsligt stigit till skyarna. Jag kunde inte motstå frestelsen att kräva det av dem.

"Man kan ju inte lova något sådant", sade Peter med en otålig gest. "Vi är inte småpojkar längre och vi vet att man inte kan styra händelseförlopp."

"Det var inte det jag bad om", sade jag stelt.

"Jag hörde det", sade Hubertus. "Och jag kan lova dig att jag är övertygad om att det här projektet inte kommer att skada dig på något sätt. Vi är här för att stöda dig och för att skydda dig från utomstående."

"Jag lovar det också", sade Peter också och han vaggade otåligt med huvudet som om han inte riktigt förstod vad som krävdes av honom. Jag mindes att som liten brukade Peter ibland fuska för att vinna våra lekar och pojktävlingar. Jag kunde dock inte minnas att han skulle ha blivit fast för en ren lögn så han var nog uppriktig.

"OK", sade jag bestämt. "Berätta vad som har hänt i Fiskars."

Även Peter vände sin blick mot Hubertus och vi alla förväntade oss en spännande mordhistoria.

"För knappt tre månader sedan hittades en död flicka i Fiskars å. Det var en kall januarimorgon, en söndag, och hon hade dött föregående natt." Hubertus tog en kort paus för att vi skulle smälta informationen. "Hon hade inte drunknat, utan dödsorsaken var ett sår som hon hade i bakhuvudet. Hon hade slagit bakhuvudet mot ett rejält stort, kantigt föremål."

"Kan det ha varit ett resultat av en olycka?" frågade Peter.

"Allt är möjligt enligt polisen", svarade Hubertus. "Hon kan ha fallit och slagit huvudet i ån mot en kantig sten. Hon kan ha fallit mot någon kant i närheten av ån och därefter fallit i vattnet. Det var ingen is på ån när det skedde, mer det var halt på området omkring ån. Någon kan ha slagit henne i huvudet och vält henne i ån. Det enda som tycks vara uteslutet är självmord. Hon har inte orsakat krossåret med egen vilja."

"Västnyland är alltså oense om det var ett mord eller en olycka", konstaterade jag. Jag visste att det lokala skvallret ville dramatisera det skedda och att man ville tro på ett skandalfyllt mord.

"Precis", svarade Hubertus. "Eftersom polisen inte har lyckats binda någon av de inblandade till hennes död, har man inget annat val än att förklara det som en olycka. Åtminstone tills det dyker upp någon ny information som polisen kan undersöka."

"Det finns alltså misstänkta?" undrade Peter.

"Den döda flickan hette Mia Kinnunen och hon var studerande vid Åbo Akademi. Hennes föräldrar bor i Ramskulla i Pojo, ungefär 5 kilometer från Fiskars. Mia delade en studielägenhet i Åbo med Linnea Flytmarsch. Linnea är Elsa och Martin Flytmarschs dotter."

Jag nickade igenkännande. Alla i Fiskars kände till den lokala kommunpolitikern. Släkten Flytmarsch hade bott i Fiskars i århundraden.

"Mia och Linnea hade ordnat en liten fest i Flytmarschs hus kvällen innan för att fira jullovets slut och för att vårterminen i Åbo skulle börja. Med på festen var Linneas pojkvän Axel Nordsund och en annan pojke från Fiskars, Antero Grönström. Tydligen hade Linnea och Axel försökt få Antero och Mia att intressera sig för varandra."

"Lyckades de?" frågade Peter nyfiket.

"Tydligen inte. Ingen bekräftar att det skulle ha fötts någon romans. Men kvällen slutade i ett kaos som ledde till att alla gick åt olika håll och ingen har något alibi. Fyra personer deltog alltså i festen. Elsa och Martin Flytmarsch själva befann sig i Ekenäs den kvällen."

"Finns det någon annan som är inblandad?" frågade Peter.

"Det vet den stora allmänheten inte. Men det viskas om hemlighetsfulla skepnader, märkliga ljud och främmande bilar under dödsnatten."

"Under vintern väcker varje främmande bil bruksbornas intresse. De är så sällsynta."

"Nej Jonne, det är inte så mera", sade Hubertus. "Under vår tid var bruket dött utanför turistsäsongen, men nuförtiden är bruket faktiskt livligare och det finns till och med en hel del nyinflyttade."

"Nåväl, men i varje fall verkar det som om mina intervjuobjekt är fyra ungdomar", konstaterade jag. "Vad skulle deras motiv vara?"

"Den där lördagskvällen drack alla fyra rejält med alkohol. Linnea och Axel hade arrangerat kvällen länge och de ville se Mia och Antero bli ett par. När det inte lyckades, började alla gräla med alla. Gamla gnabb dök upp och vi vet faktiskt inte riktigt vilken dynamik som de hade sinsemellan. Det är därför som du kunde göra nya upptäckter, Jonne."

"Det kunde fungera", instämde Peter. "Du har människokännedom från ditt arbete med kunder och du har lokalkännedom. Trots det är du objektiv, för du har bott utanför Fiskars en längre tid redan."

"Finns det någon speciell orsak varför just du skulle vilja få klarhet i fallet, Hubertus?" frågade jag. Han tittade forskande på mig. Jag hade inte menat något negativt med frågan, men jag hoppades på ett ärligt svar. Min erfarenhet hade visat att få engagerade sig i något, om det inte fanns något personligt intresse i det.

"Jovisst", svarade han. "Axel Nordsund bor på Lillböle. Hans pappa är vår disponent, Alvar Nordsund."

"Aha", sade Peter. "Du vill förstås försäkra dig om att Axel inte har mördat Mia."

"Det vore förskräckligt om vi hade en mördare på Lillböle. Jag vet inte hur jag skall förhålla mig till dem så länge det finns misstankar. Även om dödsfallet stämplas som en olycka, vill jag veta att jag har gjort allt för att få sanningen fram."

"Jag förstår", sade jag, och det var senast då som jag gjorde mitt beslut. Naturligtvis skulle jag hjälpa min gamla vän från barndomen. "Men hur skall jag få tillgång till allt det som redan har samlats in om fallet? Jag menar, det vore väl dumt om jag frågade dem igen en gång alla samma gamla frågor, som polisen redan har frågat."

"Jag har kanske en lösning på det problemet", sade Peter förnöjt. "Mia föräldrar är bekanta med Stefan Rundberg, som jobbar på Raseborgs polisstation. Han kan kanske hjälpa till."

"Det finns säkert utredningstekniska skäl och sekretessföreskrifter som hindrar polisen att berätta om fall, som ännu är öppna", sade jag pessimistiskt.

"Det är möjligt men du kan ju alltid ringa och fråga", sade Peter. "Det är nu det gäller för dig att bryta dina barriärer att diskutera med människor. Det gäller även polisen. Jag skall be mamma ge hans nummer."

Det fanns inget mycket jag kunde invända längre. Ödet, eller mina två barndomskamrater, hade beslutat att jag skulle bli privatdetektiv. Visst skulle det bli en intressant avvikelse från min arbetslöshet och jag väntade mig inga farosituationer. Men jag skule definitivt bli tvungen att diskutera med människor som var mitt i sin sorg. De hade inte någon moralisk plikt att berätta om ödeskvällen med en främmande person.

"Var befann ni er den där januarikvällen?" frågade jag klurigt.

"Aha", jublade Hubertus. "Detektiven har redan börjat sina utredningar. Mycket bra. Jag var i Brasilien."

"Och jag var i Thailand", sade Peter med ett förnöjt leende.

"Jag antar att det går lätt att kontrollera", sade jag allvetande. "Det finns alltså ingen butler att misstänka i denna mordgåta. Men det är ändå ditt tjänstefolks pålitlighet som vi skall undersöka."

"Inte vi. Du." Hubertus tittade på sin klocka. Han verkade räkna hur sent det skulle vara innan han var hemma i Fiskars.

När Hubertus och Peter reste sig från bordet var jag inte säker på om jag skulle se dem igen. Peter skulle resa tillbaka till Thailand om två dagar och Hubertus skulle vara i Finland endast under en vecka. De tackade för den goda middagen och började leta sig mot tamburen. Taxin var redan beställd.

Jag var tacksam över att vi inte hade hunnit gå närmare in på mitt misslyckade kvinnoförhållande och detaljerna kring mitt avskedande. Vi hade hunnit diskutera många minnen från vår barndom och de flesta hade kryddats med skratt. Jag var nöjd över att kvällen hade blivit behaglig istället för en tung genomgång av mina misslyckanden. För en stund hade vi varit små pojkar igen, tillbaka i Fiskars, fulla av aktiviteter som bara små pojkar kan hitta på. Resultatet av kvällen var att jag skulle återvända till Fiskars, som en gammal besökare. Jag skulle undersöka vad två unga pojkar och två unga flickor hade hittat på under en mörk januarikväll i bruket.

KAPITEL 2

Söndag

Trafiken på Backasgatan var lugnare än under vardagar och skyddsvägen var äntligen fri från pölar med smältvatten. Med några steg var jag i Trä-Vallgård med alla dess hemtrevliga trähus och skyddade innergårdar. Så här på vårvintern fylldes innergårdarna ännu av smältande snöhögar, som under vintern tornats upp av snöskottande familjer. Men redan om en månad, vid påsktiden, skulle snödroppar, krokusar, tulpaner och narcisser färga de gråa vinterresterna med blåa, röda, vita och gula prickar.

Disken väntade på mig hemma ännu fastän eftermiddagen hade hunnit långt. Jag hade sovit länge, men det var väl tillåtet under en söndagsmorgon. Ruset från föregående kvälls vindrickande hade ännu inte riktigt lyft från min hjärna. Det vilade över mitt huvud lika tungt som det fuktiga töväder, som var så typiskt för mars. En grå dimma tryckte ned all luft över Helsingfors så att alla avgaser, blöt smältsnö och vattenpölar svävade mellan betong och över asfalt. Bara någon enstaka fotgängares färggranna kappa och någon förbisusande röd bil penetrerade det gråa i huvudstadens urbana landskap.

Jag hade tänkt klarna mitt huvud från mina gråa tankar, men det tycktes inte vara möjligt i detta klimat. Oftast brukade det kännas bättre efter en promenad i stadens inspirerande kvarter, och Trä-Vallgård var ett av dessa. Den här gången hjälpte inte varken frisk luft eller minimala, optimistiska tecken på att våren var i antågande.

Backasgatan fungerade som en frontlinje mellan två delar av Vallgård, varav Trä-Vallgård hade stora idylliska trähus, som ursprungligen var byggda för stora arbetarfamiljer att dela på. Den del av Vallgård, där jag bodde, hade våningshus från främst mellankrigstiden, och där trivdes jag bättre. I ett våningshus är bostäderna mindre för ensamstående personer som jag, och det är lättare att vara anonym. Trots det var det alltid inspirerande att promenera i Trä-Vallgård, där invånarna var tvungna att samarbeta och umgås i alla deras angelägenheter. Om de inte var sociala till sin natur, så tvingades de snabbt till det.

Det var för att upprätthålla mina sociala sidor som jag hade satt mig i klistret. Jag måste tvinga mig att vara social för att jag överhuvudtaget skulle ha en chans att få ett arbete i framtiden. Med det tvånget i bakhuvudet hade jag gjort något så galet som att lova bli en privatdetektiv. Min huvudvärk påminde mig om min galenskap, och det vansinnet kunde inte understrykas med något mera rättvist än en baksmälla. Men det var för sent att dra sig tillbaka nu.

Hubertus hade skickat ett tack-för-igår-textmeddelande och han hade lagt till en önskan om lycka till med undersökningarna. Peter hade ringt upp för att berätta Stefan Rundbergs mobiltelefonnummer. Peters föräldrar hade redan varit i kontakt med polismannen, deras vän, och han hade bekräftat att det gick bra att ringa upp honom i ärendet. Hubertus och Peters iver i frågan var ett tecken på att de tänkte följa upp hur mina undersökningar fortskred, så jag hade inte mage att dra mig undan längre.

En träport öppnades plötsligt vid sidan av mig och jag backade rakt i en vattenpöl. Mina redan fuktiga skor började genast suga in kallt vatten, som inte ens mina tjocka sockor kunde bromsa. Ett litet barn i en blå-vit-prickig overall steg genom porten och lade bestämt en orangefärgad pulka på trottoaren. Han satte sig i pulkan medan mamman steg genom porten och stängde den försiktigt bakom sig. Jag hann se en glimt av en innergård med en smältande snögubbe, skidor instuckna i smutsiga snödrivor och beigefärgade träfasader, vars målfärg börjat flaga.

Mamman började dra pulkan över den snö- och isfria trottoaren. Det öronbedövande skriet av plast som släpas över sten och asfalt skar genom min huvudvärk. Trottoaren täcktes dessutom av sand och grus, som under vintern strötts för att hindra medborgarna från att halka. Det gruset skulle inte sopas bort på minst en månad ännu, och det fick slita både skor och pulkor. När våren väl skulle komma, skulle vägdammet fortfarande pina oss alla under en lång tid.

Jag suckade förtvivlat. Till och med positiva vårtecken började kännas hopplöst tunga. Kanske det var dags att återvända hem för att sätta skorna och sockorna på tork. Hade jag tappat all min optimism redan? Hade jag förlorat hoppet att hitta ett arbete? Hur desperat fick man vara då man blev en privatdetektiv för att upprätthålla sin benägenhet att kunna arbeta igen? Något måste i varje fall göras, och det gjorde inget om det var fråga om desperata åtgärder. Såvida ingen skadades av desperationen.

Föregående kväll hade Peter sagt att jag hade förändrats främst så att jag inte såg särskilt glad ut längre. Han hade påpekat att som liten skrattade jag hela tiden och att han ibland hade varit till och med lite irriterad över min glättighet. Visst var jag medveten om min egen nedstämdhet. Jag mindes inte mitt eget skratt från barndomen, men på morgonen hade jag tittat på min spegelbild med nya ögon. Jag hade upptäckt att jag vid mina mungipor hade rynkor, som pekade nedåt. Lyckliga män i 40-årsåldern brukade säkert ha rynkor som pekade uppåt, mot kinderna. När jag tittade på ett fotografi av mig själv som liten, hade jag skrattgropar i kinderna. Utan att jag hade märkt det, hade dessa gropar försvunnit med åldern, men å andra sidan hade hela mitt ansikte blivit rundare. Som om någon blåste upp det inifrån. Min huvudvärk gjorde sig till känna igen.

Det kulna, dystra marsvädret fick mig att trä upp rockens huva över mitt huvud. Min fuktiga andedräkt började samlas innanför huvan och jag kände att den var illaluktande. När jag kom till hörnet av ett kvarter, möttes jag av en svag vind, som förde med sig en betydligt behagligare doft. En doft av mald kaffe.

Vid gränsen mellan Vallgård och Berghäll finns en kryddfabrik, där det mals kryddor och kaffe. Ibland framställs till och med senap där. Beroende på vilken produktionslinje som är i kraft under vilken tid, och beroende på vädret, får hela stadsdelen ta del i dofterna från fabriken. Det var ingen tvekan om att det var kaffe som maldes under detta söndagsskift, och den fuktiga luften pressade ner alla dofter över oss. Kaffedoften var så inspirerande att jag kände mig genast på bättre humör.

Kaffedoften påminde mig om min barndom och mormors kafferep i Fiskars. Under den tiden drack jag ännu inte kaffe, men mormor brukade alltid pressa saft ur apelsiner åt Hubertus, Peter och mig. Det fanns också alltid hembakade bullar, som doftade lika härligt som kaffet. Trots att vi inte drack kaffe åt vi gärna av bullarna. Vi stannade dock aldrig länge hos mormor, för vi hade alltid andra lekar och uppdrag att utföra. Triumviratet brukade till och med leka privatdetektiver ibland, och vi spionerade på mormor och morfar bakom ytterfönstret. Jag suckade igen. Vi var aldrig särskilt framgångsrika privatdetektiver, för vi hittade aldrig något konstigt eller misstänksamt i mormors rutiner.

Våra lekar var alltid vådliga och spännande, som bara småpojkar kunde leka. Vi cyklade i fart nedför Skomakarbacken tills Peter föll och stötte sitt knä. Vi brukade leta efter vikingagravar på Flaggberget. Vi gjorde upptäcktsresor bland de förfallna bruksbyggnaderna och som unga tonåringar hittade vi i en vrå den största skatten av alla: en låda med porrtidningar. Vi gömde dem i skogen tills ett hårt regn gjorde dem oläsliga.

När vi var i skolåldern, blev vi tvungna att åka skoltaxi till Pojo kyrkby, för Fiskars hade ingen egen skola åt oss svenskspråkiga. En finskspråkig skola fanns nog. När vi växte upp och kom till högstadiet, var skolan ännu längre borta. Vi blev tvungna att åka buss till Karis, och där fanns även vårt gymnasium. Strax därefter splittrades vi. Jag började studerade statsvetenskaper vid Åbo Akademi, Hubertus juridik i Helsingfors och Peter gjorde sin värnplikt. Samhället stödde våra studier och allt fungerade av sig självt. Men därefter stod vi på egna fötter. I arbetslivet tog ingen hand om oss längre, och vi fick hitta våra egna inkomster och vägar. Som den arbetslösa jag var tog samhället hand om mig igen, men till en miniminivå. Det var upp till mig själv att hitta min väg, och för att göra det var jag tvungen att göra även obekväma val. Såsom denna undersökning av ett dödsfall i Fiskars å.

Hela föregående dag hade jag oroat mig för den kommande kvällen med Hubert. I hemlighet hade jag också hoppats på att han skulle hitta en lösning på mina problem. Förr hade Fiskars haft en brukspatron, som ansvarade för bruksbornas välbefinnande. Han hade sett till att alla hade sysslor och att ingen lämnades åt sitt eget öde. Under hela min vuxna ålder hade jag tagit för givet att Hubertus och hans familj hade medel att ordna inkomster och arbete. Och att även jag kunde dra nytta av det när det kniper som mest. Min middag hade på sätt och vis slagit hål på det antagandet. Hubertus hade inte resurser och kontakter att direkt ge ett arbetserbjudande åt mig. Jag var lite besviken över det. Visst hade Hubertus och Peter kommit med ett förslag på hur min arbetslöshet skulle tacklas. Förslaget var bara inte lika lätt som en konkret jobboffert.

Min blick följde ett blåmålat trähus ända upp till ett tornrum. En bortglömd elektrisk ljusstake från julen prydde tornfönstret. En stor asp växte på innergården och dess kala grenar verkade skrapa fönstret. Om några månader skulle grenen var full av aspblad, och man skulle inte se varken fönstret eller tornet genom det lummiga trädet. Tornet påminde mig om Hubertus hem i Fiskars, Lillböle gård, och hur vi pojkar hade lekt kurragömma i det stora huset.

Lillböle hade i tiderna varit en vacker herrgård, men när husets invånare blev färre, lade man mindre vikt vid dess upprätthållande. När vi var små, var en hel flygel avspärrad, men Hubertus visste var nyckeln fanns och vi brukade leka kurragömma i de öde rummen. Ibland brukade Hubertus mamma storma in, arg som ett bi över att vi trotsade förbudet att leka i utrymmena. När Hubertus sjuka pappa satt på verandan i frisk luft var det speciellt viktigt att han fick lugn och ro. Oftast kändes det som om vår närvaro var ett större problem för Hubertus friska mamma än det var för den sjuka pappan. Trots att Lillböle var en perfekt plats för våra pojklekar, kände vi oss alltid mera välkomna hos mina eller Peters föräldrar. Även Hubertus trivdes bättre i bruket med oss än på hemgården.

Hos oss var det trångt, för vi bodde på Hammarbacken i ett litet hus med tre rum. Min storasyster Gitta var i tonåren när vi pojkar var små, och vi var inte intresserade av hennes pojkproblem. Det var naturligt att vi tillbringade mest tid hos Peters föräldrar. Där var alltid en hemtrevlig stämning och även om Peters lillasyster Ines var utvecklingsstörd saknades inte glada ansikten i det hushållet. Peters pappa hade bott hela livet i samma rödmålade hus vid Åkerraden, liksom hans föräldrar och deras föräldrar. Släkten Ginst var ursprungligen valloner från Belgien och som de berömda finsmeder som vallonerna var, hade brukspatronen lockat dem till Fiskars någon gång på 1800-talet. Finsmederna hade en hög yrkesstolthet och jag kände att något av den hade fastnat även till nutidens generationer. När fabriken lades ned, hade de stolta Ginstarna lämnat hela Fiskars bakom sig för att hellre bosätta sig i den närliggande staden Karis som förtidspensionerade.

Under den tiden höll Fiskars på att tyna bort. Jag mindes de allvarliga ansiktena och hur affärsutrymmena blev tomma, en efter en. Även jag flyttade bort för att studera.

Hur enkelt det var att leka med varandra när vi var små! Var vi än rörde oss ville folk säga något trevligt åt oss, le vänligt åt oss eller till och med fråga något av oss. Med tiden lärde vi oss att de var främlingar, och senare fick de en annan benämning: turister. Speciellt under somrarna flockades de i bruket, och vi satt gärna på bänkarna och tittade på dem. De bar på kläder, som vi inte hade sett bland våra vänner och släktingar. De såg fina ut på samma sätt som fina människor såg ut i televisionsprogram. Ibland talade de till och med språk som vi inte kände igen. Vi kunde inte tala finska, men vi förstod det, och vi kände igen engelska från televisionsprogram. Men utöver dessa språk talade vissa turister helt andra språk och ibland hade de till och med en hudfärg som såg annorlunda ut. Vi förstod inte varför turisterna kom till just Fiskars, men de bara kom dit, och under dagens lopp försvann de lika plötsligt som de hade dykt upp.

När jag växte upp drog jag mig hellre undan turisterna, som ställde konstiga frågor. Samtidigt började tidningarna skriva att turisterna var till och med livsviktiga för brukets framtid. De var nödvändiga och därför fick jag inte ställa mig egalt till dem. På samma sätt kände jag mig nu. Det vore livsviktigt för mig och min karriär att vara social, även om människorna känns ointressanta. Det har blivit alltför lätt för mig att krypa in i mitt arbetslösa skal och mina fastställda rutiner. Det behövs en revolution för att bryta dessa barriärer. En privatdetektivs revolution.

En matdoft spred sig från ett öppet fönster. Någon stekte fisk och jag kände mig som en fiskmås, när jag glupskt lyfte mina näsborrar i vädret. Jag fick en plötslig lust att äta böckling. Det vore en härlig avvikelse från mina planer och mina rutiner att äta nudelsoppa på söndagar. Kanske det var baksmällan som spelade ett spratt med min matlust. Med ens beslöt jag mig för att besöka närköpet för att köpa böcklingarna och ingredienser till en äggsås. Saltig, rökt strömming skulle smaka gott!

Mina tankar gick tillbaka till Fiskars och vår barndom. Hur ofta vårt triumvirat hade suttit vid Fiskars å med våra metspön! Hur ofta vi hade blivit besvikna på den fiskfattiga ån! Hur många maskar vi hade trätt på fiskkroken till ingen nytta! Och nu hade en människokropp flutit upp i ån!

Jag skulle faktiskt resa tillbaka till min barndoms Fiskars! När jag var liten hade ån sett lika stor ut som en flod likt Amazon. Nu skulle den säkert se ut som ett futtigt dike i en vuxen mans ögon. När jag var liten hade forsen vid Kopparsmedjan sett ut som ett vattenfall. Då var jag lika imponerad av den forsen som jag tiotals år senare blev av vattenfallet Gullfoss under min Islandsresa.

Hur mycket jag än försökte neka mig tanken, började jag bli lite upprymd över att åka till Fiskars. Jag mindes bara brukets vackra somrar längre, och vårvintern i Fiskars kunde helt enkelt inte vara lika dyster som den var här i Helsingfors, i Vallgård. I mars började Fiskars vakna upp inför den kommande turistsäsongen och det skulle vara lätt att samla in en sådan optimism, som jag var i desperat behov av. Det skulle nog gå bra! Men först måste jag göra lite efterforskningar för att vara väl förberedd på intervjuerna.

KAPITEL 3

Måndag

Min dators processor susade i kapp med mina fingrars dans över tangentbordet. Jag hade matat in Axel Nordsunds, Mia Kinnunens, Linnea Flytmarschs och Antero Grönströms namn i olika sökmotorer. Lokaltidningarnas reportage om Fiskars-dödsfallet hade varit lätta att hitta på Internet. Jag hade hittat Västnylands diskussionsforum och hittat kritiska inlägg om "den vilda moderna ungdomen" i samband med dödsfallet. På en turistsida hade någon frågat om det är tryggt att besöka Fiskars, och ännu hade ingen turistombudsman hunnit ge något uttråkande, svamlande svar på frågan.

Tidningarna hade poängterat att alkohol var inblandad i dödsfallet. Lokaltidningen hade i samband med dödsnyheten gjort ett reportage, där den regionala nykterhetsföreningens informationsansvarige intervjuades. Man funderade på olika metoder att begränsa tillgången till alkohol. Alkoholreportaget tydde på att journalisten inte hade lyckats gräva fram något matnyttigt av polisen och att tidningen istället koncentrerade sig på detta sidospår.

Lokaltidningen hade dock fått reda på att liket hade haft ett kantigt krossår i bakhuvudet och man spekulerade i hur det var möjligt. Om man slinter bakåt, sätter man sig instinktivt med rumpan före, men det är ändå möjligt att man kan stöta bakhuvudet mot något föremål. Kring Fiskars å finns det flera betongkanter och polisen hade letat efter blodspår vid broar och platåer. Tidningen hade också tagit fasta på ett faktum, som även jag hade tänkt på och som jag mindes från min barndom.

Fiskars å är full av dumpade tegelstenar, som är kantiga. Tidningen frågade nu öppet om de borde draggas bort som hälsofarliga. Man tog dock inte fasta på varför någon skulle vilja gå i ån så att man halkade på stenarna. De härstammade från tiden, då man utarmade järn från malm. Det stenmaterial som blev över efter metallutvinningen kallades för slaggsten. Det kunde formas till tegelstenar och de i sin tur användes som byggnadsmaterial. Ibland misslyckades tegelstenarna och dessa bitar dumpades i ån. Själva slaggstensmaterialet var färggrant och som små brukade vi leta efter de allra vackraste bitarna längs ån.

Jag steg upp från bordet med datorn och mina anteckningar och gick til fönstret. Morgontrafiken på gatan fem våningar nedanför var betydligt livligare än igår, eftersom det var vardag igen. Personbilar, taxibilar, lastbilar och bussar med passagerare var på väg till stadens arbetsplatser. Alla utom jag. Idag kändes det dock inte helt fel, för jag hade ett uppdrag att utföra. Jag skulle förbereda min Fiskars-utflykt. Preliminärt hade jag tänkt åka till Västnylard redan följande dag.

Pastavattnet kokade och jag gick till köket för att skruva ned värmen. Jag hade beslutat mig för att koka upp den spiralpasta, som blivit över från lördagens gratäng. Bredvid kastrullen puttrade en stekpanna med malet kött, som jag planerade att smaksätta med min bravur, kanel.

Det var tydligt att jag inte skulle få ut mera uppgifter ur Internet. Mias profil på det sociala forumet hade inte försvunnit ännu fastän hon var död. Bland hennes vänner på forumet fanns bland andra Linnea och Axel, men också många studerande på Åbo Akademi. Hon hade studerat cellbiologi i fyra år redan och hon hade till och med forskaruppgifter på institutionen för biovetenskaper. Enligt forumet var hon intresserad av populärvetenskap, medicin och ornitologi.

Linnea studerade analytisk kemi och hon var aktiv medlem i Nyländska Nationen. Hon var också aktiv inom andra föreningar såsom ett simsällskap och en handarbetsklubb. Jag undrade för mig själv hur hon utöver sina studier och sitt föreningsliv hade tid med en pojkvän som Axel. Trots allt bodde han och arbetade i Fiskars, 100 kilometer från Linneas studieort Åbo. Hon kom ju bara till veckosluten hem till Västnyland, om ens det. Axel hade en bilmekanikerexamen och han jobbade på en bilverkstad i Pojo. Jag undrade också hur de fungerade tillsammans, då den ena var arbetare och den andra utbildade sig till en akademisk examen. Kanske jag borde koncentrera mina frågor till ungdomarna på just den punkten. Axel själv hade få direkta kontakter på det sociala forumet, och hans bästa vän verkade vara Antero Grönström.

Antero var en intressant typ. Han hade få direkta kontakter på det sociala forumet, men massvis av sekundära kontakter. Det betydde att många visste vem han var, men han hade personligen träffat bara få av dem. Han bodde i Fiskars, men hans föräldrar bodde i Raumo. Det kunde bara betyda att han nyligen och som ung hade flyttat till Fiskars av egen vilja, men varför? Bruket lockade nyinflyttade, kreativa hantverkare och konstnärer, men Antero var i IT-branschen. Hans enmansföretag koncentrerade sig på grafiska applikationer i Internet, så kanske det krävde kreativitet? Jag försökte påminna mig själv att jag måste ställa frågor i samband med det.

Kokvattnet sipprade mellan kastrullocket ned i diskhon, där disken från lördagens middag hade legat ännu på morgonen. Kastrullens innehåll, den mjuka spiralpastan, gled ned i köttsåsen. Från stekpannan hällde jag min mat på en tallrik och började äta. Efter maten var jag mätt och belåten, redo att ta tjuren vid hornen. Jag skulle öva mina sociala färdigheter genom att ringa upp ett samtal till en främmande person. Det var inte vilken person som helst utan en polis.

En timme senare hade jag avtalat tid med polisen Stefan Rundberg till följande dag och allt var klart för min resa till västra Nyland. Kvar återstod endast ett telefonsamtal till mina föräldrar. Jag hade lämnat det till sist, för jag antog att jag alltid var välkommen att övernatta i deras gästrum. Så var fallet åtminstone under jul och påsk, då vi brukade samlas hos dem i Ekenäs. Ibland brukade min storasyster och hennes familj delta i dessa högtider men inte alltid.

"De var nog alla narkotikapåverkade", konstaterade mamma efter att jag hade berättat mitt ärende och fått bekräftat att jag kunde bo hos dem några dagar samt låna deras bil.

"Hur vet du det?" frågade jag intresserat. "Tidningarna skriver bara att ungdomarna hade druckit rikligt med alkohol under ödeskvällen."

"Signe, vår granne, berättade att hennes son har sett underliga moln och lukter stiga upp från den där IT-killens veranda", sade mamma allvetande. "Alltså den IT-pojke som bor i Fiskars och som deltog i festen. Det är visst hasch eller något liknande som de brukar röka, de där narkomanerna."

"Antero Grönström", sade jag fundersamt.

"Jo, han lär höra till de där nyinflyttade", sade mamma. "Det fanns inga Grönströmare i Fiskars under vår tid. Brukar de inte sitta i en ring och låta hasch-pipan gå från person till person nuförtiden, när de festar? Och sen sjunger de någon fredssång."

"Jag vet inte riktigt om det är så det fungerar nuförtiden längre", sade jag utan att vara riktigt säker på om ungdomar har hittat mera raffinerade metoder att avnjuta narkotika.

"Annat var det under min ungdom. Då räckte det med en flaska sprit för att man skulle bli tokig och glad. Enligt tidningarna är narkotikan ett snabbt stigande problem även i Västnyland."

Jag försökte låta bli att tänka på mammas livliga ungdom innan hon hade träffat pappa. Men jag försökte påminna mig själv om att jag skulle fråga Stefan vad han visste om en narkotikasynpunkt i fallet.

"Du kommer väl att fråga alla dina frågor av de där ungdomarna diskret, så att det inte blir rabalder av det?" frågade mamma försiktigt. "Det skvallras ju så mycket och alla vet att du är släkt med oss."

Jag stönade inom mig. En skvallertant är säkert den som är mest orolig för sitt rykte, eftersom hon är den första som sprider rykten. Men jag ville inte klandra henne. Hon började vara ålderstigen och hon behövde sociala kontakter och ärenden som stimulerade hennes hjärna. Jag var själv också på väg att slipa mina sociala färdigheter, så mamma kunde rentav vara en förebild. Hennes skvaller hade redan hämtat in en ny synpunkt i dödsfallet, nämligen narkotikan. Och mammas skvaller-tjatter kunde inte vara sämre än det kvitter och den ryktesspridning som hyllades som värdefull affärsverksamhet på Internet.

"Jag skall hålla låg profil", lovade jag. "Det blir bara små, oskyldiga frågor, inte något officiellt polisförhör. Skvallras det förresten något annat kring dödsfallet?"

"Lena berättade att Patrik hade hört av Tuffe att billyktor hade lyst upp hans lägenhet när han försökte sova den där natten."

"Billyktor?" upprepade jag förvirrat. "Vad har de med saken att göra?"

"Tuffe bor vid verkstadsgården, rätt nära platsen där flickan hittades. Bilen måste ha varit ställd på ett ovanligt sätt på andra sidan av Fiskarsvägen, om den lyste upp hans sovrum."

"Steg han upp då? Såg han något?"

"Nej, han lär ha vänt sig i sängen och sedan somnade han in igen. Men någon är inblandad, det är säkert."

"Jamen, en bil och dess lyktor kan väl inte vara grunden för ett sådant påstående?"

"Tuffe är övertygad om att något är fel, och Patrik är det, och Lena, så varför skulle inte jag också tro på det? Ingen vet om polisen har tagit vara på Tuffes värdefulla information."

Ännu en sak att fråga Stefan. Jag ville inte berätta åt mamma ännu att jag skulle diskutera med polisen, för den informationen skulle säkert spridas över trakten som en löpeld. Ännu visste jag inte hur polisen skulle ställa sig till mina efterforskningar, varken officiellt eller inofficiellt.

"Men även om någon var inblandad i olyckshändelsen, så får Kinnunens inte sin dotter tillbaka", fortsatte mamma fundersamt. "De har redan accepterat händelsen som en olycka, så varför riva upp sår som håller på att läkas?"

"Om sanningen är annorlunda än den som de tror på för tillfället, så har de rätt att få veta den", sade jag bestämt.

"Nja, det är inte så svart och vitt", vidhöll mamma. "Minns du när vi avslöjade för dig hur Peter hade fuskat i Monopol-spelet? Hur arg du blev? Så arg skulle du inte ha blivit, om du inte hade fått veta det. Och det hade inte blivit en så lång brytning mellan dig och honom heller."

"En dotters död är inte ett spel", sade jag, chockad över att jag hade glömt den episoden från min barndom. Under ett års tid hade det inte varit ett triumvirat, utan bara Hubertus och jag samt Hubertus och Peter. Det kändes som om min tro på min uppgift som privatdetektiv höll på att vackla igen.

"Nå, du gör det du gör, och det blir säkert rätt", sade mamma optimistiskt. "Vi får diskutera mera sedan när du kommer fram."

Vi avslutade samtalet och jag kände mig matt, där jag satt i min fåtölj. Det smakade konstigt i munnen och jag visste inte om det var kanelen eller fettet från det malda köttet, eller kombinationen av dem. Jag drack en klunk vatten och återgick till mitt surfande. Tågtidtabellerna till Ekenäs via Karis väntade på att bli framhämtade.

KAPITEL 4

Tisdag

Den kombinerade bensinmacken och vägrestaurangen såg inte särskilt inbjudande ut, men den var inte mitt eget val. Stefan Rundberg hade valt matplatsen för den var rätt nära hans hem och han hade ledig dag från polisuppgifterna. Dessutom brukade hans kolleger sällan besöka just denna matplats. Det var viktigt för Stefan ville poängtera att han lämnade uppgifter inofficiellt som en privatperson. Inte officiellt som en polis.

Efter en sömnlös natt på mina föräldrars hårda madrass i deras gästrum, hade jag tagit pappas bil och kört till den avtalade platsen för lunch. Jag hade lovat Stefan att betala lunchen i utbyte mot information.

Det var lätt att känna igen honom där han satt vid fönstret och väntade. Jag hade sett hans ansikte via en bildsökning på Internet, och hans fotografi hade dykt upp bland polisernas orienteringsmästerskap. Han reste sig, så tydligen kände han igen mig också. Överraskande nog var han varken rund eller stor som ett berg, vilket jag hade inbillat mig utgående från hans släktnamn. Den långa, smala mannen hade en stadig handskakning och en smutsig halare som tydde på att han kom direkt från trädgårdsarbeten. I mars var det omöjligt att undvika lera när man befann sig i trädgården.

"Stefan Rundberg", sade han med en barsk ton, vilket jag antog att kom med hans yrke.

"Jonas Österfelt", sade jag med en ton som lät rätt pipig. "Kanske vi börjar med att välja mat?"

Jag lyfte på metallocken i montrarna och upptäckte snabbt att jag inte kände mig särskilt hungrig. Det gällde att välja det bästa av alla dåliga alternativ. Stefan laddade upp en enorm portion av pyttipanna på sin tallrik. Små lappar berättade vad maträtten hette för dem som inte kunde känna igen den. Jag trodde mig välja wienerschnitzel med potatismos, men kollade lappen för säkerhets skull. Jag höll på att falla baklänges. Under det senaste dygnet hade jag vant mig vid att svenska nämndes först i den här trakten och därefter den finska översättningen. Här nämndes dock först det finska "Wienerleike ja mummon muusi" och därefter "Wienersnitsel och mormors mus."

Jag fnittrade nervöst och Stefan tittade irriterat på mig som om jag var en av hans berusade kunder i hans häkte. När jag pekade på lappen sade han lakoniskt:

"Man får hoppas att de serverar mormors råttor snarare än någon kroppsdel av mormor."

När jag betalade för våra portioner, tog jag kvittot för säkerhets skull. Jag förväntade mig ingen lön för mitt detektivarbete, men kanske någon skule betala för mina utgifter i ett senare skede. Efterforskningarna hade hittils redan krävt en tågbiljett, en bensintankning och måltider.

Vi satte oss vid ett avskilt bord och började med råkoster, strimlad kål och riven morot. Jag placerade en penna och ett anteckningsblock vid tallriken och kände mig som en journalist.

"Först måste jag berätta spelreglerna", sade Stefan. "Jag kan inte berätta särskilt mycket mera än vad utredarna, jag och min förman, redan har berättat åt pressen. Det är av utredningstekniska skäl. Pressen har i princip skrivit helt korrekt om allting, även om det är baserat på bristfällig information. Lyckligtvis vet vi lite mera än pressen."

"Jag förstår", svarade jag. "Och persondetaljer får du naturligtvis inte heller berätta."

"Precis. Men jag påpekar det sedan om det kommer en knepig fråga. I princip får jag alltså inte berätta om sådana undersökningar som är på hälft."

"Utredningarna fortsätter alltså?"

"Vi har gjort allt det som man aktivt kan göra i ett fall som detta. Interjuer, förhör, koll av alibi, dubbelkoll, obduktion och sådant. Nu kan vi inte göra särskilt mycket mera än att vänta på att nya detaljer dyker upp. Och därför ställer jag mig inte negativt till att du gräver, och kanske till och med hittar nya detaljer att följa upp."

"Jag kommer att ringa upp med jämna mellanrum och rapportera hur jag avancerar", lovade jag. "Men betyder detta alltså att ni inte aktivt undersöker fallet längre?"

"Nja, vi kan inte högtidligt förklara att fallet är avslutat, eftersom vi inte vet med säkerhet vad som hände", svarade Stefan försiktigt. "Men vi har bara inte resurser att gräva i fallet längre, när allt tänkbart är uppföljt. Vi har ett växande narkotikaproblem i Västnyland, som kräver det mesta av vår uppmärksamhet. Någon langar knark på allvar här just nu."

"Tror ni att droger kunde vara inblandade i fallet?"

"Nej, alla dementerar det och vi tror på dem", sade Stefan uppriktigt. Han smakade på orden som om de innehöll något sekretessbelagt om de inblandades person. "När flickans kropp hittades dagen efter festen, tog vi blodprov av alla tre deltagare och även liket, och vi hittade inget annat än höga alkoholhalter."

"Vad annat avslöjade obduktionen?"

"Mia Kinnunen dog av slaget i bakhuvudet. Hon drunknade alltså inte. Vi vet inte hur hon har kommit i Fiskars å under natten men vi har våra misstankar. Vi har inte hittat det kantiga föremål som orsakade såret i bakhuvudet."

"Kan du berätta något om misstankarna?"

"Jo, men först måste du veta hur Fiskars å ser ut där hon hittades. Du vet säkert var Kopparsmedjan finns. Där finns en restaurang nu, med en terrass bredvid en fors. Ån är alltså uppdämd där och vattnet forsar genom en liten sluss. En människa ryms inte genom den slussen. Nedanför forsen ringlar ån mycket grunt omkring Magasinet, alldeles invid Fiskarsvägen. Det var där som Mias kropp hittades."

"Någon tidig söndagsflanör såg hennes kropp vid gryningen?"

"Precis, en bruksbo som promenerade med sin hund. Faktum är alltså: om det var en olycka och hon halkade i ån, eller bredvid ån, så skedde det någonstans mellan forsen och fyndplatsen. Vi har letat efter tecken på att det var en olycka.

Vi har undersökt alla kanter omkring ån vid den sträckan utan att hitta något av henne: blod, hår, rester någon mössa..."

Stefan tog en paus och laddade en stor korvbit från sin pyttipanna i munnen. Jag petade i min mat. Mormors mus hade visat sig vara påsmos, som knappast innehöll potatis överhuvudtaget.

"Hurudant var vädret?" frågade jag. "Kan till exempel regn ha förstört blodrester?"

"Det är möjligt", medgav Stefan. "På kvällen regnade det trots att det var mitt i vintern. Det fanns varken snö på marken eller is på ån. Men under natten frös marken och det blev en liten hinna med rimfrost på marken. Stenarna och asfalten blev blixthala."

"Fanns det något spår på rimfrosten? Fotspår till exempel?"

"Nåja, nu kommer vi till kritan", sade Stefan belåtet. "Hon kom alltså från Flytmarschs hus på Gästerbyvägen ovanför Kopparsmedjan. Hon borde ha gått förbi smedjan för att komma till Fiskarsvägen över den kombinerade slussen och bron över ån. Vi tror att hon istället gick genom Verkstadsgården förbi Glashyttan och Smedjan för att gå direkt över ån mot Samlingslokalen. Nedanför Magasinet halkade hon på åns stenar och stötte huvudet mot en tegelsten under vattenytan."

"Varför tror ni så?" frågade jag intresserat.

"Hon hade gummistövlar på sig, eftersom det regnade kvällen innan. Därför hade hon möjlighet att ta en genväg över ån, där den var grund. Hon var upprörd och hade en lång, nattlig promenad framför sig till sina föräldrars hus i Ramskulla. Därför ville hon inte gå runt Kopparsmedjan och Finsmedjan i onödan. Dessutom var hon alkoholpåverkad och tänkte inte klart. Hon fick för sig att det inte fanns några risker med att gå ut i ån. Och det är där som fotspåren kommer in."

"Eller gummistövlarnas spår?"

"Precis. Vi hittade fotspår som motsvarar hennes gummistövlar vid Verkstadsgården. De ledde ner till ån. I närheten av dessa spår fanns på rimfrosten inga andra spår än änders simfötter och någon enstaka hunds tassar på tidig morgonpromenad. Vi hann fotografera dem längs den åstranden innan de smälte bort", tillade Stefan belåtet.

"Andra sidan åstranden då?" fortsatte jag. "Vid Fiskarsvägen?"

"Vad menar du?" frågade Stefan misstroget. "Varför skulle det finnas spår där? Hon nådde ju aldrig åns andra strand."

"Tuffe på Verkstadsgården blev under natten bländad av billyktor, som måste ha kommit från andra sidan ån, antingen från Samlingslokalens eller Wärdshusets parkeringsplats."

"Jag har hört ryktena om en främmande bil i bruket under natten. Varken Tuffe eller någon annan har kunnat ge mera uppgifter om en sådan bil, varken märke eller färg eller registernummer. Ingen i grannskapet har sett eller hört något konkret som kunde hjälpa oss i undersökningarna. Hotellet som nu finns i gamla Finsmedjan hade två nattgäster som inte har märkt något och de ger alibi åt varandra. Wärdshuset hade inga hotellgäster den natten. Det är den vanliga historien: ingen har hört något och ingen har sett något, men alla tror sig ha svar på frågorna i varje fall."

Stefan verkade lite irriterad över de frågor, som verkade antyda att polisen inte hade gjort tillräckligt grundligt förarbete. Tuffe var Fiskars ofarliga bydåre, men han kunde trots det ha varit ett vittne att ta i beaktande.

"Jag vet att Tuffe inte har allt riktigt hemma", fortsatte Stefan. "Vi borde kanske ha frågat ut honom närmare, men vi borde också göra drogtester på honom. Kanske han är lite underlig därför att han tar droger? Vi har ett verkligt drogproblem för tillfället."

Jag svarade inte, men ville gå lite tillbaka i diskussionen. Det började låta som om polisen var överbelastad med arbete.

"Men det är alltså möjligt att någon stod på andra sidan av åstranden eller gick ut i vattnet därifrån för att slå Mia i huvudet? Eller fick henne att frivilligt vada ut i vattnet från stranden mittemot för att gå mot honom eller henne? Någon som hade kommit dit med bil?"

"Jag antar att det är möjligt", medgav Stefan surt. "Men det går inte att kolla upp fotspår där längre. Vi finkammade nog stranden där också efter tappade föremål, men tövädret hade hunnit smälta rimfrosten under söndagens lopp. Av ungdomarna är det förresten bara pojkarna som har bil. Axel Nordsund är bilmekaniker. Men pojkarna hade lämnat bilarna hemma den kvällen, eftersom alkohol var utlovat."

"Jag förstår ändå inte riktigt", insisterade jag. "När man är alkoholpåverkad faller man instinktivt så att man skyddar det viktigaste, huvudet. Om man håller på att halka bakåt, sätter man sig instinktivt ned med rumpan före snarare än att man faller huvudlöst – ursäkta uttrycket i det här fallet. Mia föll alltså bakåt i ån och då borde hon ha satt sig."

"Du har helt rätt", medgav Stefan. "Den lilla detaljen är en av de svagaste punkterna i vår teori om att hon halkade."

"Det är alltså fullt möjligt att någon stod framför henne och skuffade henne med sådan kraft bakåt att hon föll med bakhuvudet före, istället för rumpan före, mot en sten i ån."

"Det är fullt möjligt, ja. Och faktum är att alla ungdomar hade gummistövlar på sig den kvällen, eftersom det regnade. Men en sådan knuff bakåt innebär alltså att det snarare vore ett dråp än ett överlagt mord. Om man slog henne med ett föremål i bakhuvudet, betyder det att hon vände ryggen mot gärningsmannen eller att han eller hon följde efter Mia från Verkstadsgården. Det senare har vi redan uteslutit med fotspårsanalysen."

"Hmm, vi kommer alltså in på teorierna kring dråp eller mord", funderade jag. "Eftersom hennes ensamma fotspår fanns på den ena åstranden, måste mördaren ha kommit från andra sidan stranden gående mot henne. Eller kan någon ha kastat en kantig sten på henne?"

"Det är också möjligt", sade Stefan. "Det är också möjligt att någon vadade långt nedanför ån och gick uppåt mot slussen, men i så fall måste den personen ha väntat på henne redan länge. Hon sprang ut från festen efter ett plötsligt, oplanerat gräl, så det kunde inte ha varit planerat att hon skulle komma till ån."

"Kan hon ha blivit mördad på en plats, släpad till ån, och sedan använde någon annan hennes stövlar för att sätta oss på fel spår?"

"Det är väldigt långsökt", sade Stefan med ett leende. "I så fall skulle denna någon ha varit tvungen att trä på henne gummistövlarna efter dumpandet i ån. Dessutom fanns det hela tiden en stor risk att någon bevittnade den konstiga händelsen från Verkstadsgården där Tuffe och några andra grannar bor, eller från hotellet på Finsmedjan. Alla andra byggnader är tomma nattetid."

"Kanske de inte var tomma. Kanske någon väntade där på att hon skulle komma förbi."

"Det var ursprungligen planerat så att Mia skulle övernatta hos Linnea. Ingen kunde förutse att Mia skulle börja promenera mitt i natten till sina föräldrar. Därför är de enda misstänkta Antero, Linnea och Axel. De var de enda som visste att hon hade stormat ut alldeles oväntat."

"Hon hade alltså inga andra fiender?" frågade jag.

"Nej, ingen som vi vet om. Och det är svårt att tro att någon eventuell fiende skulle ha råkat finnas på plats i Fiskars mitt i natten för att av en slump stöta på henne. Linnea var hennes bästa vän även om hon hade flera studiekompisar och kolleger i Åbo. Hon hade ingen pojkvän enligt Linnea och Mias föräldrar. Det kunde kanske vara på sin plats att diskutera med hennes förman på Åbo Akademi, professor Nils Rotko i cellbiologi? Han gav inga ledtrådar åt oss, men hela ämnet cellbiologi är sådan science fiction för mig att det kunde gott finnas något konstigt där, som jag inte kunde identifiera."

"Kan Mias föräldrar eller någon släkting vara inblandad?"

"Vi har inga ledtrådar som skulle indikera något sådant."

"Okay, jag skall fundera om jag intervjuar professor Rotko och Mias föräldrar. Då går vi över till vad som hände i Flytmarschs hem innan Mia stormade ut."

Våra tallrikar var tomma, och borden intill oss började fyllas av andra matgäster. Vi var tvungna att sänka våra röster för att inga obehöriga skulle höra oss. Allt började kännas mera hemlighetsfullt, precis som privatdetektivers arbete var i spänningsromaner. Stefan nickade mot en av kunderna, som tydligen var en bekant till honom. Stämningen vid vårt bord blev lite nervösare. Vi hämtade varsin kopp kaffe till efterrätt.

"Fyrväpplingen samlades alltså i Flytmarschs hus för att festa", sade jag för att låta Stefan veta vad jag redan visste. "Axel och Linnea är ett par, men Antero och Mia kände inte varandra från tidigare. Linnea hade tänkt para ihop sin bostadskamrat från Åbo (även om Mia var hemma från Pojo) med Axels vän Antero. Under kvällen blev det gräl, som ledde till att Mia stormade ut. Ingen visste vart hon for, men alla antog att han tänkte börja en 4 kilometer lång promenad hem till sina föräldrar i Ramskulla. Ursprungligen var det tänkt att hon skulle övernatta hos Flytmarschs. Efter episoden gick Axel till sitt hem, disponenthuset i Lillböle, och Antero gick hem till sig, en lägenhet vid Skomakarbacken. Linnea somnade i sina föräldrars hus."

"Jo, i korthet var det så", sade Stefan. "Mia och Linnea hade varit hos sina föräldrar hela jullovet, och följande måndag skulle vårterminen börja i Åbo. Det var tänkt att Mia skulle åka direkt från Flytmarschs på söndag kväll. Gänget drack en hel del vin, och de blev faktiskt så högljudda att Flytmarschs grannar vaknade upp. Eller deras hund vaknade upp och väckte dem. Paret heter Piggman. Men de varken såg eller hörde något matnyttigt. Vi har frågat dem redan."

"Antero och Mia kom alltså inte alls överens", undrade jag.

"Nej, det var ingen kemi mellan dem. Det märkte alla omedelbart", bekräftade Stefan. "Men det var inte fråga om någon irritation, de bara förhöll sig neutralt till varandra. Det verkar som om det misslyckade parandet irriterade allra mest Linnea, för hon hade tydligen hoppats mycket av kvällen. Hon lät sin irritation gå ut över Axel, och under kvällens lopp blev alla i luven på alla."

"Vad kan det bero på?"

"Jag personligen tror att Linnea ville hindra Axel från att intressera sig för Mia. Du förstår när du träffar honom. När Linnea inte lyckades med att få Mia i famnen på Antero, blev hon grälsjuk."

"Ett triangeldrama som baserade sig på antaganden?"

"Jo, tack gode Gud för att man inte är tonåring eller ens ung längre", sade Stefan uppriktigt.

"Där finns alltså ett litet svartsjukemotiv. Men vem var egentligen svartsjuk på vem?"

"Just det. Och den sista droppen blev när samtalsämnet av någon orsak dök in på sexuellt utnyttjande. Då sprang Mia in på toaletten. När hon kom ut igen hade hon inte lugnat sig, utan hon var arg som ett bi och stormade ut. Alla bara väntade på att hon skulle lugna sig och komma in tillbaka, men hon återvände aldrig."

"Intressant", sade jag. "Kan det ligga något personligt i det där med sexuellt utnyttjande?"

"Nu är vi inne på det personliga planet", sade Stefan försiktigt och tystnade fundersamt. "Men jag kan säga att den frågan har varit uppe i våra intervjuer av alla inblandade, även Mias föräldrar. Inget tyder på att det skulle finnas sådant inblandat."

"Jag hoppas att mina efterforskningar inte börjar peka mot sexuellt utnyttjande", sade jag oroligt. "Jag har inte skolning att tampas med det."

"Kom ihåg att om dina forskningar börjar leda till något som borde redas ut officiellt, så måste du ta kontakt med mig", sade Stefan skarpt. "Men det finns mera ännu. När Mia sprang in på toaletten, tog hon sin mobiltelefon med sig, och där finns en del konstigheter."

"Berätta!" sade jag intresserat.

"När hon kom ut ur toaletten, tryckte hon vilt på knapparna i sin mobiltelefon, och hon stod i tamburen en stund innan någon bad henne komma tillbaka in. Hon svarade på det med att klä på sig och storma ut."

"Kanske hon ringde efter en taxi?"

"Nej, vi har kollat med Datakommunikationscentralen och hon hade varken fått eller skickat textmeddelanden, varken blivit uppringd eller ringt upp själv, och hon använde inte sin mobiltelefon för att gå in på Internet heller."

"Kanske hon hade ett annat, hemligt telefonnummer? Ett annat simkort?"

"Inget som vi vet om. Vi försökte ta reda på om hon tog kontakt med någon när hon var på toaletten, någon som skulle hämta henne eller någon som kunde möta henne. Men det fanns helt enkelt ingen mobiltrafik just då till hennes nummer."

"Och de är alldeles säkra på att hon knapprade med sin egen mobiltelefon? Inte någon annans?"

"Vi har kollat det, och alla säger att deras telefoner var OK."

"Då måste vi anta att förklaringen är den mest logiska", sade jag. "Att hon inte använde telefonen, utan bara lät alla tro att hon gjorde det."

"Precis. Bra, Österfelt!"

"Det var en demonstration som stödde hennes dramatik, när hon stormade ut."

"Det tror vi också. Det stöder också hennes sista ord: Jag har nog ett socialt liv utan er."

"Jag har nog ett socialt liv utan er." Jag smakade på orden som om jag hade sagt dem själv. Orsaken till varför jag satt här i bensinstationens restaurang och diskuterade med en polis var att jag behövde utveckla mina sociala färdigheter. För första gången kändes den döda flickan som en människa. Någon, som jag kunde ha tyckt om och saknat, när hon inte fanns längre. Mia Kinnunen hade inte ett socialt liv längre.

"Efter att Mia hade försvunnit ut, sprang Linnea ännu till ytterdörren och ropade hennes namn. Det var då som Piggmans hund började skälla och Linnea såg sig tvungen att sluta ropa", tillade Stefan. "Och Mia kom aldrig tillbaka."

"Det verkar alltså som om hon sprang nedför backen mot Kopparsmedjan, och försökte ta en genväg över ån för att komma snabbare hem till sina föräldrar. Antero och Axel gick hem utan att veta att Mia hade halkat och att hennes kropp låg i ån, ett stenkast från dem. Äsch, jag menade inte stenkast på det sättet."

"Precis så tror vi att det hände, men vi är inte helt säkra", sade Stefan och ignorerade tvetydigheten.

"Gick Antero och Axel tillsammans hem?" frågade jag. "Kan de alltså ge alibi åt varandra?"

"Nej, tyvärr. Antero gick hem rätt snabbt efter episoden och Axel stannade ännu en stund hos Flytmarschs för att blidka Linnea. Det lyckades inte, och hon bad honom gå hem till Lillböle. Någon timme senare kom Flytmarschs hem till festplatsen, och någon timme efter det hittades Mias kropp."

"Hur lång tid tog det mellan att Mia stormade ut tills Linnea lämnades ensam hemma?"

"En halvtimme ungefär. Jag antar att du försöker fråga om Mia stannade ute någonstans nära Flytmarschs för att sedan återvända? Eller någon annanstans? Att hon egentligen dog senare än minuterna efter att hon sprungit ut? Att hon kanske träffade Linnea igen under kvällen?"

"Just det."

"Obduktionen visade att hon hade avlidit rätt snart efter episoden hos Flytmarschs. Men det är förstås möjligt att det kalla vattnet har gjort tidsbedömningen svårare att fastställa."

"Ok", sade jag med en djup suck. "Jag tror inte att jag behöver veta mera just nu." Jag tittade osäkert på polismannen som om han borde veta vad man normalt frågade i fall som detta. Att han skulle fråga mig om jag inte vill veta det eller det. Något som man självklart frågade i mordgåtor. Jag suckade en gång till och märkte att det förmodligen berodde på allt det sorgliga i mordgåtan. Att en ung flicka inte skulle få leva längre. Tills nu hade jag sett utredningen bara som ett arbete som jag, en arbetslös, utförde av egen nyfikenhet. Jag började nu inse polismännens börda, faktumet att de fick se alltför mycket våld och död i sitt yrke. Kanske en ledig dag i det egna hemmets trädgård hjälpte i det yrket. Såvida inte en amatör begärde polisens insats även under hans lediga dag.

"Vad är din erfarenhet av intervjuer och förhör?" frågade jag av polismannen för att visa min uppskattning. "Räcker det med att man ringer upp dem cch frågar vad man vill veta över mobiltelefonen? Eller är det bättre att man besöker dem personligen?"

"Personliga besök. Absolut. Det är inte bara orden du är intresserad av. Du vill se deras ansiktsuttryck och känna hur de placerar tyngden på olika ord, när du diskuterar med dem. Nöj dig med telefonsamtal endast i nödfall. Men det kan löna sig att ringa upp dem i förväg. Det är lättare att avtala om intervjutid än att bara dyka upp bakom intervjuobjektens dörrar."

Vi steg upp från bordet och började gå mot utgången. Jag tackade Stefan för hans hjälp och råd.

"Om någon frågar något om mina bakgrundsuppgifter så kommer jag inte att hänvisa till polisen", sade jag för att ännu en gång lugna Stefans farhågor om att hon gjorde något fel. Han skulle inte behöva lida för att han via sitt arbete hade tillgång till uppgifter som kunde hjälpa sanningen att krypa fram. Den långa polismannen nickade som för att bekräfta att det var så vi hade kommit överens.

Stefan körde från bensinmacken och jag körde med pappas bil åt motsatt håll. Stamvägen mellan Helsingfors och Hangö slingrade strax utanför Ekenäs på toppen av en ås. Jag kände mig omgiven av lågt växande tallar på sandig mark. Emellanåt bröts naturen av industrihallar och tomter med bilförsäljning. Jag körde förbi Nylands brigad och strax innan broarna över Pojoviken svängde jag in mot Ekenäs centrum och mina föräldrars lägenhet.

Det kändes ofattbart att vid broarna låg mynningen av Finlands längsta vik. Den var lika djupt inhuggen mot inlandet som om en kniv hade körts in i en kropp. Eller ett kantigt föremål mot en ung flickas skalle. Vid knivens spets, eller vikens början, befann sig Pojo kyrkby. Därifrån var det inte långt till hjärtat, Fiskars.

KAPITEL 5

Onsdag

När man kör mot Fiskars bruk från Pojo, blir det snabbt uppenbart att gammal bygd närmar sig. Vägen kantas av åldriga ädelträd, vars färggranna löv bildar ett fyrverkeri på hösten. Så här på vårvintern såg man bara knotiga grenar och tjocka stammar, som avtecknade sig som svarta streck mot den gråa skyn. Området vore perfekt för en kuslig skräckfilm. Eller en mordgåta.

När man närmar sig bruket, upptäcker man snart hur avskilt det är från resten av världen. Borgby träsk och höga berg hindrar framfarten mot bruket. Man blir tvungen att köra in i en tunnel för att komma fram. Innan tunneln skapades på 1990-talet, trädde den viktigaste vägen livsfarligt runt berget. Om man kommer till bruket norrifrån, blir det längs slingrande vägar bland annat genom Antskog bruk.

Avskildheten gjorde att bruket var självförsörjande och en egen liten värld med en egen härskare, brukspatronen. Bruket hade allt, till och med ett eget finanssystem med bruspolletter, men kusligt nog hade man ingen egen kyrka. I längden blev bruket känt för sin inavel och under mörka, kusliga dagar som denna, kunde man bara vänta sig att bli välkomnad av zombier.

När jag var liten var Fiskars dock inte särskilt avskilt. Fabrikerna behövde ständigt ny arbetskraft. Zombierna behövde nytt blod. Ända tills fabrikerna stängde en efter en. Bara de mest etablerade släkterna stannade. De var stolta finsmeder och ättlingar till kända Fiskars-bor, som hyllade deras minnen. Fiskars blev ännu kusligare, en spökstad. Det var det Fiskars som jag mindes, och det Fiskars som jag hade lämnat över 20 år tidigare.

När jag körde upp längs Fiskarsvägen förbi gamla goda Samlingslokalen, Wärdshuset, Stenhuset och Magasinet, verkade allt vara som förut. Men därefter var det mesta förändrat. När pappas bil rullade över en skyddsväg, förstod jag att redan trafiken hade arrangerats om. Ljudet från bilringarna berodde inte på att bilen fortfarande hade vinterringar, utan på att kullerstenar under senare år hade placerats i bruket. Och man fick inte längre parkera längs Fiskarsvägen eller Kasernerna, utan det fanns en arrangerad parkeringsplats vid infarten till Åkerraden. Jag var förbluffad.

Ett hotell fanns inrymt i gamla Finsmedesfabriken. Wärdshuset hade fått en konkurrent av en ny restaurang och butiker var inrymda i Kasernen. Kafeterior, utställningar och specialbutiker hade etablerats i de gamla byggnaderna. Det sjöd av liv kring Gamla brandstationen, Kardusen och Gamla tvättstugan, byggnader vars upprätthållande hade vållat beslutsfattare gråa hår under min tid. Jag kunde knappt slita ögonen ur den fantastiska lekparken, något som vi bara hade kunnat drömma om som små. Efter att jag hade lämnat bilen på parkeringsplatsen, kunde jag bara gissa vilka reformer som hade skett i andra ändan av Åkerraden med brukets rödmålade arbetarbostäder. Där, i det så kallade Opp-i-bruket, fanns knivfabriken, plogfabriken, Fiskars museum samt mekaniska verkstaden, och många av dem hade säkert andra funktioner nu. Området kring Kasernen och Tornursbyggnaden, dit turisterna koncentrerades, kallades för Ned-i-bruket.

Överallt fanns turister, som promenerade långsamt till skillnad från de lokala. Jag mindes turisternas förtjusta miner från min barndom, och de hade inte förändrats. Jag hörde fortfarande mummel om "Astrid Lindgren-idyll" och "lyckliga barn." Och nu var det lågsäsong och en onsdag! Hur många människor skulle det riktigt finnas i bruket under sommaren?

Men jag var inte i Fiskars för nostalgins skull. Jag hade uppgifter att utföra och man väntade mig snart till Flytmarschs. Jag började gå tillbaka längs Fiskars-år mot Gamla kvarnen och Kopparsmedjan. Tornurets Könniklocka från 1842 klämtade och jag insåg att jag hade en halvtimme på mig innan jag skulle infinna mig i Flytmarschs hem på Gästerbyvägen. Innan det skulle jag hinna se platser där Mia Kinnunen hittades en kall söndagsmorgon i början av januari, för snart tre månader sedan. Loket vid ån såg överraskande litet ut. När vi var små, klättrade vi upp i loket, som kände lika enormt som ett riktigt tåg. Nu såg det så litet ut att jag knappast ens skulle rymmas in i det.

Jag gick först förbi Brukskontoret och Gamla Finsmidesfabriken tills jag stod vid Fiskarsvägen mellan Wärdshuset och Magasinet. Ån såg så grund ut att vem som helst skulle tro sig komma över den utan att bli särskilt våt. Jag följde med blicken åns ström så långt jag kunde se, till Borgby träsk. Från åstranden kunde jag se Verkstadsgården, varifrån Mia troligen hade kommit småspringande under ödesnatten. Jag beslöt mig för att gå tillbaka runt slussen och Kopparsmedjan så att jag kunde se hennes rutt bättre. Verkstadsgården var inte avskild på något sätt, så vem som helst kunde springa över tomten ned till ån. En av byggnaderna på gården verkade inrymma en pappersverkstad. Jag tittade upp mot backen, varifrån Mia hade sprungit. Det gick ingen direkt väg från backens topp så jag var tvungen att gå runt Kopparhammarvägen för att nå Gästerbyvägen och komma upp till bostadshusen på backens topp. Om Mia hade sprungit rakt mot Verkstadsgården från Flytmarschs, hade hon sprungit i den branta backen genom terrängen mellan Kopparhammarvägen och Gästerbyvägen. Men kanske det i hennes tillstånd hade varit bara en liten utmaning jämfört med genvägen över vattnet i ån.

Flytmarschs bodde i samma hus som de hade bott för över 20 år sedan. Området hade inte förändrats särskilt mycket, för de flesta nyinflyttade bodde bland konstnärsresidensen i Skomakarbacken. Dörren öppnades av Martin Flytmarsch själv och han verkade ha blivit informerad av sin dotter att någon skulle besöka dem. Martin hade inte förändrats med åren och han såg lika slipad ut som tidigare. Han hörde till dem som skulle befinna sig i politiken i all evighet, för han hade tillräckligt med trogna väljare. Det enda som var annorlunda nu var att han var tvungen att resa ända till Ekenäs för att delta i Raseborgs stadsfullmäktiges möten. Tidigare hade han rest till Pojo kommunfullmäktige.

"Var det Österfelt?" frågade han och när jag nickade, fortsatte han: "Det var länge sedan det bodde Österfeltare i Fiskars. De lämnade bruket när det började gå nedåt."

"Mina föräldrar är pensionerade nuförtiden", svarade jag. "De bor i Ekenäs, ett och samma Raseborg."

Martin Flytmarsch muttrade något och visade mig in. Från köket kom en gudomlig matdoft, och Martin viftade med handen att hans fru Elsa hade fullt upp där. Hans andra hand viftade något, som jag tolkade som ett "sitt-ner-här-i-vår-vardagsrumssoffa." Han själv satte sig i en fåtölj men innan det knep han sina kostymbyxor så att de inte skulle skrynklas på fel ställen. Det kändes konstigt att se någon klädd i kostym i sitt eget hem på en onsdagseftermiddag. Men det var utan tvekan Martins kombination av stil, personlighet, karisma och svartvita syn på vad som var rätt och fel, som hade hållit honom på den lokalpolitiska toppen i årtionden. Jag undrade för mig själv varför han inte hade siktat på den nationella politiken.

"Jag förstår inte varför vi är tvungna att gå genom den där kvällens händelser gång på gång", sade Martin som om han förde en debatt med en rival inom politiken. "Men jag är övertygad om att det gynnar oss att fallet får ett definitivt slut, så därför ställer jag mig positivt till alla undersökningar. Det viskas altför mycket om oss så länge fallet är oavslutat, och det skadar min nästa valkampanj."

"Märkte ni något konstgt när ni anlände på natten till Fiskars?" frågade jag försiktigt.

"Nej!" utropade Martin bestämt. "Helvetet bröt ut först följande morgcn, när bruksborna började ringa åt mig om liket i floden. Linnea anade ugglor i mossen och hon gick ner till ån, där poliserna bekräftade åt henne att liket hade haft Mia Kinnunens identifikationsbevis i fickan. Därefter höll vi naturligtvis aktiv kontakt med polisen om fallet. Flickan hade ju för Guds skull tänkt övernatta hos oss."

"Var ordningen här hos er på något sätt rubbad?", undrade jag.

"Det kan du vara säker på! Äntligen någon som frågar det!" Martins ton började låta vänligare. "Ungdomarna hade lämnat alla flaskor och glas här på vardagsbordet, mattorna var skrynkliga och någon äcklig choklad-fondue låg utspridd i diskhon. Elsa fick städa allt på morgonen innan Linnea ens stigit upp ur sängen."

"De satt alltså här", mumlade jag för mig själv. Jag tittade mot tamburen på samma sätt som ungdomarna hade sett Mia, varifrån hon hade rusat ut, sista gången vid liv. Vid tamburen var toaletten, där hon låtsats använda sin mobiltelefon. Eller hade hon använt den trots allt? I samma ögonblick öppnades dörren till toaletten och jag hajade till. Det var inte Mia Kinnunen utan Linnea Flytmarsch, som jag kände igen från fotografiet på det sociala forumet i Internet.

"Jonas Österfelt", sade hon med ett likadan konstaterande röst som hennes far hade haft. "Kom, vi går till mitt rum, så får vi koncentrera oss på frågorna bättre." Det sista var menat åt hennes far, som tydligen hade för vana att avbryta diskussioner. Hon gick före till en trappa som ledde till hennes rum på andra våningen.

Linneas rum var en tonårig flickas rum med idolplanscher. Det var tydligt att hon nuförtiden var en gäst i sitt gamla rum. Hennes nya hem var i Åbo, och hon tillbringade tid i Fiskars endast för att sova. På bordet hade hon en tjock bok uppslagen. Jag såg en massa kemiska formler på bokens sidor.

"Jag läser till en tent", sade Linnea som om hon hade läst mina tankar. "Jag trivs inte i Mias och min bostad i Åbo längre, och bor så mycket som möjligt här. Det känns som om jag bor med en död människa i Åbo-bostaden fastän jag helt enkelt bor ensam där."

"Menar du att du hellre bor här hos dina föräldrar eller här i Fiskars, nära din pojkvän?" frågade jag försiktigt.

"Bra fråga", svarade Linnea. "Jag trivs både här i det här rummet och på Lillböle, i Axels rum."

"Allt är bra mellan dig och Axel nu?"

"Jo, vi hade bara ett litet gräl den där kvällen, inget mera."

"Får jag fråga, vad anser du att tände grälet den där kvällen?"

"Naturligtvis. Jag har inget dölja. Det var Mia. Hon blev nervös över att vi försökte para ihop henne med Antero. Hon började svänga allt som vi sade till något negativt."

"Det var alltså inte så att ni blev nervösa på Mia för att Antero inte dög åt henne?"

"Nej", sade Linnea skarpt. Kanske lite väl skarpt.

"Kanske det var något mellan Axel och Mia, och att Antero var ett sätt att avleda Mias intresse bort från Axel?"

Linnea steg ilsket upp från sin stol, men satte sig igen.

"De kanske flörtade lite med varandra, Axel och Mia", sade Linnea. "Men det gick aldrig längre än så."

"Men tror du att det skulle ha kunnat gå längre än så med tiden?"

"Det får vi aldrig veta", sade Linnea surt. Hon satte snabbt på sig en sorglig blick och sade: "Vi får aldrig veta det för mina bästa vän är död."

Jag visste inte vad de professionella skulle göra i sådana här tillfällen. Lägga handen på den sorgsna personens axel? Men om jag gjorde det, skulle hon se det som ett sexuellt trakasseri? Jag var ju trots allt 20 år äldre än hon? Eller var jag känslolös om jag inte satte handen på hennes axel?

"Hade hon någon pojkvän?" frågade jag försiktigt. "Till exempel i Åbo?"

"Nej. Hon skulle nog ha sagt det åt mig."

"Någon hemlig pojkvän? Någon som hon ringde till under er fest?"

"Nej."

"Inga hemliga älskare? Med hemliga telefonnummer? Eller till och med hemliga mobiltelefoner?"

"Nej. Den där telefon-showen som hon ställde igång med den kvällen...", sade Linnea med blicken i golvet, "... det var en typisk dramatisk gest, som bara Mia kunde spela upp. Hon ville helt enkelt vara i blickfånget."

"Ville hon att ni skulle tigga och be att hon skulle komma tillbaka?"

"Just det. Du förstår tydligen. Jag gick till dörröppningen och ropade på henne. Men grannens hund blev galen av det, så jag slutade ropa. Och dessutom ville jag inte just då dansa efter hennes dramatiska pipor."

"Okay. Varför tror du att hon rusade iväg när det blev tal om sexuellt utnyttjande?"

"Vad?" Linnea såg ärligt överraskad ut. "Vet hela bruket om den saken? Jag kan inte förstå varför alla vill veta det. Mitt svar är samma som förut. Vi talade aldrig om sådana saker och hon antydde aldrig att något sådant skulle ha hänt henne. Visst hade hon en äcklig professor, men inget sådant. Nej!"

"Menar du att hon inte kom överens med sin professor i cellbiologi?"

"Hon kallade honom ibland för en gammal snuskhummer. Jag vet att de forskade tillsammans i något hemligt. Något i cellbiologin som jag inte skulle ha förstått även om hon hade förklarat det. Men hon berättade aldrig."

Det verkade som om jag skulle bli tvungen att ha ett samtal med professor Nils Rotko. När jag frågade om hon kände till någon annan som det kunde löna sig att ta kontakt med i Åbo, svarade Linnea:

"Nej, jag kan inte tro att någon i hennes närkrets skulle vara inblandad i detta. Men kanske du vill besöka vår bostad i Kuppis? Ingen har hämtat Mias saker därifrån ännu. Du kan få låna min nyckel om du hämtar den tillbaka innan veckoslutet är slut, för nästa söndag skall jag tillbaka till Åbo. Jag har laboratoriesessioner följande vecka."

Det kändes konstigt att ingen hade hämtat hem Mias grejer ännu, men kanske det var för smärtsamt för hennes föräldrar. Det fanns heller inget formellt tvång att tömma lägenheten, eftersom Linnea fortfarande bodde där. Det verkade som om Linnea inte hade bråttom att hitta en ny underhyresgäst att dela hyran med. Kanske Linnea ville flytta bort till en helt ny bostad. Bort från minnena av Mia. I varje fall tackade jag ja till erbjudandet att besöka bostaden. Jag hoppades också att professor Rotko skulle hitta tid åt mig innan veckoslutet. Linnea grävde fram en nyckelring med små blåa smurfer av plast.

"Linnea!" råmade Martin från nedre våningen. "Maten är klar!"

Jag reste mig för att visa att jag inte hade mera att fråga. Vi började gå ner till första våningen.

"Hoppas att det ordnar sig för dig och Axel och studierna", sade jag uppriktigt. "Och att ni klarar av ovissheten kring Mias död. Det är möjligt att det aldrig klarnar hur hon egentligen dog."

"Jag förstår det. Men det är bara så att..." Linneas röst bröt lite. "Jag tror att jag älskar Axel."

Jag visste inte riktigt hur jag skulle kommentera hennes ord. Hon hade fått det att låta som om kärleken var ett problem. Hennes kärlek hade väl inget att göra med Mia? Kanske hon menade att det var svårt att kombinera studierna i Åbo med en kärlek i Fiskars?

"Det kan ibland vara lite svårt att få alla bitar i ett pussel att hålla ihop" sade jag allvetande. Jag kände mig som en pappa även om jag inte hade den minsta erfarenhet av föräldraskap. Ändå verkade det som om den hälften yngre flickan hade upplevt lika mycket och mera än vad jag hade upplevt under mina 40 år. Till skillnad från en sak förstås. Hon hade inte upplevt arbetslöshet ännu. Samhället hjälpte henne ännu, men snart förväntades det att hon skulle hitta jobb och inkomster själv.

"Det blir nog säkert bra", sade hon med stora, frågande ögon. "Men jag har redan avstått från så mycket för att hinna med allt. Två föreningar och min ridhobby. Jag är bara så orolig att Axel hittar någon annan medan jag är borta."

Jag hann inte stilla hennes oro med något klokt svar, för Martin stod i nedre våningen. Det kändes som om Linnea inte ville diskutera saken i hennes pappas närvaro. Den gudomliga doften från köket var intensivare nu. Jag hade fortfarande inte sett Elsa, som var ansvarig för att det började vattnas i munnen på mig och kurra i magen.

"Vi har fått tag på säsongens första sparris", sade Martin belåtet. "Den var beställd direkt till närköpet från Tyskland. Vi Flytmarschs kommer ursprungligen från Tyskland, om du inte visste."

"Sparrisen är härlig med hollandaisesås", tillade Linnea. "Och vi får strudlar till efterrätt."

Martin Flytmarsch gick mot ytterdörren för att jag inte skulle uppehålla dem längre. Det var dags för mig att hitta min föda någon annanstans. Då jag bekräftade att jag skulle återlämna nycklarna inom de närmaste dagarna, såg Martin missnöjd ut. Han skulle fortsättningsvis vara tvungen att engagera sig i Mias dödsfall. När jag lämnade Flytmarschs hus, såg jag att Linnea tittade på mig med sorgset hoppfulla ögon. Jag bar på hennes förväntningar att jag skulle göra allt bra igen i hennes liv.

Strax efter huset gick jag förbi en tät granhäck, som gömde in Flytmarschs grannar. När jag gick förbi grannens port, började ett vådligt hundskall. Jag blev så skrämd att jag nästan satte mig på den våta marken. En ljusbrun golden retriever kastade sig mot porten av vild iver. Det var tydligt att den vädrade ovanlig främlingsdoft och svansen viftade frenetiskt.

"Tyst Sissi, tyst!"

Min skrämsel lade sig och jag hade samlat mig redan när Sissis ägare närmade sig från huset. En kort, kraftig man lyfte på fingret för att visa åt Sissi att hon var en olydig hund. Sissi hade lutat hela sin framkropp och båda framtassarna mot porten, men den hade lyckligtvis inte öppnat sig. Hunden tassade raskt mot husse med huvudet nedåt i en skamsen gest.

"Sitt Sissi!" kommenderade han och hunden löd omedelbart. Med en gång hade den lugnat sig och tiken såg lika glad och harmlös ut som golden retriever-hundar förväntades vara. Den hade stora, bruna ögon och såg ut som om den skrattade med tungan ute. Dess mungipor spred sig ända bak till öronen. Jag tänkte på min deprimerande upptäckt några dagar tidigare att mina mungipor pekade surt nedåt. Det var omöjligt att vara arg på hundens beteende.

"Hej, herr Piggman", sade jag med blicken fäst på portens namnskylt.

"Ursäkta Sissi", sade Piggman. "Den är helt ofarlig. Den är bara nyfiken och ivrig. Men den kommer inte ut genom porten och granhäcken."

"Det gör inget. Jag har just varit hos Flytmarschs för att fråga lite om ödeskvällen."

"Det leder till ingenting. Polisen och politikerna samarbetar och även om det hittas något, så mörkläggs det."

"Jasså", sade jag intresserat. Låg det något mera än vanligt skällande-på-politiker i Piggmans utlåtande?

"Flytmarsch gör ingenting för Fiskars, fastän han är vår granne. Han har haft tiotals år på sig att skapa en skola för svenskspråkiga här, bättre vägbelysning och fiffigare parkeringsarrangemang."

Piggman blängde mot Flytmarschs hus och Sissi steg upp igen, som om den instinktivt kände att dess husse blev irriterad på något. Jag undrade om det låg något mera personligt i Piggmans hat mot politiker.

"Jag antar att det var högt ljud och stökigt hos dem den där kvällen?" frågade jag för att försöka klämma ur honom något, likt en allierad mot en gemensam fiende.

"Jo, och inte bara på kvällen, utan under natten också. När gott folk förväntas sova!"

"Brukar de ofta härja på?"

"Nej, det måste erkännas att ungdomarna vanligtvis är klokare än pappa politikern", sade Piggman. "Men när Linnea började ropa ut i nattmörkret, är det självklart att hunden vaknade."

"Den började visst skälla."

"Naturligtvis. Och så länge oljudet pågick, var det svårt att lugna hunden. Till slut släppte vi ut den för att den skulle lugna ner sig en stund i kylan."

"Den gick ut i natten?"

"Just det. Men bara ut på gården. Och porten är alltid stängd så att den inte rymmer."

"Är det säkert att porten var stängd då också?"

"Naturligtvis", sade Piggman. Hans ansikte började bli rött och min instinkt sade att han blev irriterad över att jag tycktes misstro honom. Sissi spetsade öronen. "Och vi släppte in hunden igen efter en kvart, när den hade lugnat ned sig."

"Hörde ni eller såg ni någon utanför tomten? Någonting?"

"Nej, det har jag redan sagt åt polisen. Men här ser vi igen hur dåligt det fungerar. Polisen bara frågar samma saker om och om igen, och ingen gör något."

Sissi lade huvudet på sned som för att bekräfta husses ord att polisen var oduglig. Hon gläfste kort när jag tackade Piggman för hans tid. Min promenad fortsatte tillbaka mot bruket och den parkerade bilen. Jag undrade om Kopparsmedjans restaurangpriser var för höga för min plånbok. Eller skulle min nyväckta aptit orka vänta till mammas grytor i Ekenäs? Var min aptit och upprymdhet ett tecken på att jag trivdes i min roll som privatdetektiv? Jag tyckte att mina första intervjuer hade gått riktigt bra.

KAPITEL 6

Torsdag

Vindrutetorkaren försökte desperat svepa bort det snöblandade regnet från min sikt. Slasket från bilen framför mig var dock så smutsigt att torkaren gnec allt mera frenetiskt och ilsket. Jag undrade om det fanns små sandpartiklar i slasket, och om de skulle skrapa vindrutan. Pappa skulle inte bli glad om hans bil skadades på något sätt. Jag kände mig skyldig och orolig som när jag var en ung pojke igen, då jag en fredagskväll hade lånat hans bil utan lov.

Ett plötsligt bakslag i vårens ankomst hade hämtat med sig ett överraskande snötäcke på morgonen. Just då jag hade tänkt köra till Åbo. Bilen hade dock vinterringar så det förväntades inte föra med sig något problem. Dessutom ville jag inte boka om mitt möte med professor Rotko, som jag hade ringt upp kvällen innan. Det hade inte heller varit något problem att skjuta upp mitt inplanerade möte med Antero Grönström till följande dag.

Den färska snön hade bäddat in landskapet kring Bjärnå, Salo och Halikko i mjuk bomull och de kala, svarta träden hade fått ett vitt lager på sig. Ju närmare västkusten jag kom, desto våtare blev tövädret. Vid infarten till Åbos förort Kuppis hade all snö redan försvunnit. När jag hade kört förbi Salo, hade jag funderat på att göra en blixtvisit hos min syster Gitta, men lät ändå bli. Jag skulle behöva hela morgonen i Linneas och Mias bostad innan jag hade min inbokade lunch med professor Rotko.

Jag var lite besviken över att flickorna inte delade bostad i självaste Studentbyn. Det hade varit härligt nostalgiskt att besöka de utomordentligt fula, gråa betonglådorna som kallades för bostäder. I en av dessa kolosser hade jag suttit i ett litet rum i fyra års tid, med statsvetenskapliga böcker som enda sällskap. Därifrån hade jag promenerat eller cyklat längs åstranden till fakulteten varje vardagsmorgon. Inte en enda morgon hade jag sett en flytande kropp i den ärtsoppa som kallades för Aura å. En morbid del av mig ville säga: "Kypare, det finns ett lik i min soppa." Det kändes dock inte särskilt lämpligt, då jag skulle besöka den avlidne Mia Kinnunens bostad.

Gatan där flickorna bodde var rätt bekant från min studietid, men jag hade ändå tittat på kartan i Internet kvällen innan. Det gick lätt att svänga till

Sirkkalagatan i Kuppis, och även överraskande lätt att hitta en parkeringsplats. När jag gick de sista två kvarteren till deras adress, blev jag överraskad över hur lång tid det tog för fotgängarnas röda ljus att byta till grönt. Det hade jag glömt under mina år i Helsingfors, där fotgängarna och bilisterna har ständigt bråttom och ljusen byts oftare.

Nyckeln passade väl in i både våningshusets ytterdörr och lägenheten. Jag tog av mig skorna i tamburen och tittade in i studerandenas gemensamma kök. Varken Mia eller Linnea hade haft någon större passion att inreda det vitmålade köket, men ett halvbränt rött stearinljus stod i en ljusstake av glas mitt på köksbordet. Vaxduken på bordet hade lämnats ostädad och en del brödsmulor låg utspridda här och där. Jag gick tyst tillbaka till tamburen som om jag inte ville väcka någon. Mina strumpor hasade ljudlöst över tamburens trasmatta. Enligt Linnea var det första rummet mot köket hennes och följande rum Mias. Båda dörrarna var öppna, men jag ville inte störa Linneas rumsfred.

Jag hade mig veterligen aldrig tidigare varit i en nyss avliden människas bostad. På sätt och vis kändes det som en övning, för en dag skulle jag gå genom mina döda föräldrars saker i deras tomma hem. Jag ruskade av mig de besvärande tankarna. Bostaden hade ingen unken gravgårdslukt. Hade jag förväntat mig det även om det inte var just där som hon hade dött? Istället var luften frisk som i en bostad med välfungerande ventilation. Det som var mest iögonenfallande, eller iöronenfallande, var tystnaden. Inte det minsta ljud hördes från varken trafiken utanför eller från grannarna. Jag var verkligen långt från Helsingfors.

Mias rum innehöll visserligen fortfarande hennes saker, men till min överraskning var allt inpackat i flyttlådor. Det var jag inte beredd på. Det kändes alltför påträngande att börja gräva i lådorna, speciellt då jag inte visste vad jag förväntade mig hitta. Lådorna var säkert på väg till Mias föräldrar. I övrigt fanns det endast ett skrivbord, en stol och en singelsäng i rummet.

Motvilligt lyfte jag en rödblommig blus och upptäckte att lådan inte innehöll något annat än kläder. Följande låda var fylld med skor. Naturligtvis fanns där inte de gummistövlar, som hon hade burit under ödesnatten. Följande låda innehöll massvis av små prylar, som en studerande förväntades ha. Där fanns datastickor, räknemaskin, pennor, suddgummin, hålslagare och massvis av tomma papper. Dessutom fanns där hennes smycken och jag upptäckte att hon hade speciellt många armband. Tydligen samlade hon på armband i alla former och storlekar. Där fanns armband av bland annat tyg, metall, läder, videträ, plast och konstpärlor.

Nästa låda innehöll papper och jag förväntade mig hitta en del anteckningar inför hennes tenter. Där fanns utskrifter över seminarietidtabeller, tentfrågor, kursinnehåll och en studiehandbok. Papperen innehöll allmän information om hennes huvudämne, cellbiologi, men inget mera djupgående om hennes forskningar. Allt fanns antingen sparat på en sticka eller på hennes dator. Eftersom hennes bärbara dator eller tablett inte fanns på rummet, var den hemma hos hennes föräldrar. Eller hos polisen. Eller så var hennes forskning så hemlig att arbetsdatorn förvarades endast på institutionen för biovetenskaper.

Jag petade i nästa låda och upptäckte att mina fingrar tummade på Mias trosor. Det var självklart att mitt grävande hade gått för långt. Jag var en privatdetektiv, men jag hade ingen rätt att snoka i hennes person. Det var självklart att jag inte skulle hitta en lapp som sade "Det var en olycka" eller "Den nyupprättade säkerhetspolisen hade iscensatt mordet på henne som en olycka." Det bästa resultatet skulle nog komma via intervjuer.

Tyst lade jag Mias dörr på glänt igen och trädde på mina skor. Försiktigt stängde jag dörren för att undvika att väcka de tysta, eller de döda, grannarna. Även om luften hade varit frisk i Mias rum, var den råkalla marsluften i Kuppis ännu friskare. Sirkkalagatan var inte särskilt långt från universitetskvarteren så jag bestämde mig för att promenera dit. När jag kom till Tavastgatan, blev jag förbluffad över hur små och låga alla hus såg ut. Med tiden hade jag blivit van vid de höga våningshusen i Helsingfors. Det som under min studietid känts som världens centrum, var numera en periferi.

Eftersom jag hade gott om tid innan mitt möte med professor Rotko, beslöt jag mig för att gå en nostalgipromenad. Vid Domkyrkotorget stod kullerstenarna redan fria från morgonens snö och de var inte särskilt hala längre. Jag mindes en förkväll i september när jag som gulnäbb hade varit tvungen att åka pulka över de torra kullerstenarna för att bli accepterad av gänget. Den kvällen hade jag blivit en hjälte, då jag kommit på idén att lägga massvis av färggranna, nyfallna lönnlöv under pulkan för att den skulle glida bättre.

Jag hade ingen lust att promenera ända till Fänriksgatan, där min institution för samhällsforskning hade funnits åtminstone för 20 år sedan. Mina forna studiekompisar hade spritt sig över hela världen och mina handledare hade säkert bytts ut under årens lopp. Det retade mig fortfarande att jag hade studerat alltför snabbt och blivit magister på knappt fyra år. Priset på den framgången var att jag inte hade haft ett tillräckligt socialt liv, vilket jag nu var tvungen att avhjälpa som privatdetektiv. Jag hade inte skapat de viktiga kontakter, som kunde hjälpa mig just nu med att hitta ett arbete. Ett besök på institutionen skulle säkert ge mig en besk eftersmak. Det var betydligt lättare att satsa på nutidens utmaningar, alltså Mia Kinnunens död.

Med en djup, nostalgisk suck tittade jag på de gula universitetsbyggnaderna på Gertrudsgatan, Henriksgatan och Biskopsgatan. Akademins bibliotek fanns på samma plats som förut, och jag kunde inte motstå frestelsen att titta in för att läsa dagstidningen. Allt såg väldigt gammalmodigt ut, men jag förmodade att det var en kuliss för modern informationssökning med datorer. Det luktade bekant, som en kombination av gammalt papper och rengöringsmedel. Jag antog att man använde samma golvputsmedel som för 20 år sedan.

Professor Nils Rotko hade föreslagit att vi skulle ha lunch i studentrestaurangen Gadolinia, vid Porthansgatan. Institutionen för biovetenskaper fanns egentligen i Biocity, vid Artilerigatan, men han hade ärenden vid Åbo Akademis förvaltningsbyggnad strax innan lunchtid.

Jag hade inte behövt besöka hans profil i det sociala forumet, för hans kontaktuppgifter och fotografi fanns på akademins hemsidor. Det var lätt att känna igen mannen med det brunfärgade håret, de gråa buskiga ögonbrynen och det gråa vildvuxna skägget. Han satt redan vid ett bord och åt fisksoppa. Han tittade överraskat upp när jag ställde mig vid bordet och nämnde hans namn.

”Jag misstänkte redan att ni inte skulle komma, herr Österfelt”, sade Rotko och tittade på sin klocka.

Jag tittade på min klocka, som visade två minuter över avtalad tid, mumlade ett ”ursäkta” och rusade till matkön. Det kändes som när jag var studerande och försökte blidka mina handledare, när jag misslyckats med något i mina studier.

Till min glädje var lunchpriserna förmånliga även för icke-studerande och jag laddade min tallrik full med stroganoff, rödbeta och kokt potatis. En stund senare satt jag vid professor Rotkos bord och slevade snabbt i mig mat för att komma ikapp den äldre mannen.

"Tack för att ni hittade tid att tala med mig", sade jag med munnen full av kött. "Vi försöker följa upp olika ledtrådar i Mia Kinnunens död."

"Vilka är "vi" egentligen?" frågade Rotko med en misstänksam ton.

"Min uppdragsgivare är en västnylänning med nära kontakt till en av ungdomarna under ödeskvällen", svarade jag svamlande. "Vi vill minimera misstankarna mot den unga och kanske till och med fastställa att Mias död var en olycka."

"Betyder det att vi kommer att diskutera Mias person eller hennes forskning här på akademin?" frågade Rotko.

"Både och", sade jag förhoppningsfullt. "Polisen ringde visst upp er redan i januari om hennes död?"

"Ja, det stämmer", sade Rotko, "... och det var alldeles naturligt, eftersom jag var hennes närmaste handledare och hon assisterade mig i min forskning. Men de frågade bara alldeles kort om jag visste något om hennes privatliv, vänner eller släktingar. Jag kan bara ännu en gång bekräfta att jag inte vet något om henne."

Svaret var väntat, och jag skulle knappast få veta något nytt på den fronten. Det som återstod var uppgifter om hennes studier och forskning. Jag hejdade mig mitt i en tugga, för stroganoffen smakade överraskande gott. Den såg inte särskilt aptitlig ut, men smaken var härlig. Plötsligt mindes jag att det var studentrestaurangens oaptitliga mat som 20 år tidigare hade inspirerat mig att börja tillreda min egen mat. Det var också en av orsakerna till att jag hade förlorat de sociala stunderna med mina studiekompisar under gemensamma matpauser. Med välsmakande mat som denna skulle jag ha förblivit en hopplös kock. Och kanske behållit de kontakter som behövs för en lång karriär i arbetslivet.

"Jag hoppas att vi kunde prata lite om hennes forskning också", sade jag försiktigt.

"Hennes huvudämne var cellbiologi", sade Rotko trevande, "... men hennes och min gemensamma forskning kan jag tyvärr inte berätta om. Det är sekretessbelagt."

"Det låter så hemligt att det kunde vara ett motiv till hennes död", sade jag med samma känsla som när man revolterar mot överstående.

"Det vi forskar i är så hemligt att jag inte kan lämna ut uppgifter om det", sade Rotko bestämt. "Inte utan rättsbeslut. Om något sipprar ut om det, kan åratal av forskning vara i fara."

"Kan du berätta något om ämnet då? Något som kunde få oss att förstå ifall något i ödeskvällens händelseförlopp kan ha med hennes död att göra? Ifall vi får kännedom om att hon har sipprat ut något, kan ju er forskning faktiskt vara i fara."

"Vi har hennes dator här på institutionen och det finns inga tecken på att några forskningsrön skulle ha blivit kopierade eller förda ut från våra utrymmen." Rotko tittade ändå fundersamt på mig. "Men man kan ju inte hindra någon från att muntligt dela med sig av det som man har funnit, och jag läste faktiskt att ungdomarna hade druckit en hel del alkohol den där kvällen..."

"Jag behöver naturligtvis inte alla detaljer ur hennes forskning", sade jag förhoppningsfullt, "... men bara så jag vet ens vad det är fråga om."

"Nåväl", sade Rotko med en suck, "... hennes specialitet inom cellbiologin var genetik."

"Jaså", sade jag med en förstående men väntande röst.

"Vi försöker hitta minnesbilder i människans gener", sade Rotko hemlighetsfullt. "Forskningen har redan kartlagt människans gener och nu tittar vi på genernas innehåll. Vi är speciellt intresserade av hur minnen lagras i människans hjärna."

"Jag förstår att det kan öppna en hel del kommersiell potential och att den som är först ute kommer att ha försprång i dessa möjligheter", sade jag trevande.

"Utomlands har det här också mött på en hel del motstånd", fortsatte Rotko. "Fundamentalister anser att andra än individen själv inte bör gräva i individers personliga minnen."

"Är dessa fundamentalister militanta?" frågade jag. "Har de attackerat forskare?"

"Ja, det har hänt."

"Någon utomstående, till exempel konkurrent, industrispion eller fundamentalist kan ha fått tag på Mias kalender, hittat hennes inbokningar till hennes föräldrar eller Fiskars, och ha åkt dit den där kvällen?"

"Det är inte omöjligt", medgav Rotko. "Men jag skulle nog se det som långsökt. Vi skulle nog ha fått hotmeddelanden från fundamentalister via e-post eller via anonyma diskussionsforum innan de går så långt som att begå mord. Och inget tyder väl på att hon skulle ha haft kontakt med någon annan är de där kompisarna den där alkoholfyllda kvällen? Och de förstår väl inte vikten av hennes forskning?"

Jag berättade inte om Mias knapprande med mobiltelefonen strax innan hon sprungit ut från festen. Jag undrade dock om Linnea, som studerade analytisk kemi, kunde vara helt ovetande om Mias forskning. Kunde kemister vara inblandade i genetisk forskning? Rotko sade att det var osannolikt, men det kändes också som om han var mycket revirmedveten, då det gällde hans forskning.

"Ingen utanför institutioner för biovetenskaper är inblandad i min forskning", sade han bestämt. "Vår forskning förväntas gynna medicinvetenskaper snarare än kemin. Vi tror att minnet på cellnivå kan på sikt innehålla möjligheter att bota minnessjukdomar."

"Det måste innefatta läkemedelspotential värt miljarder", utbrast jag. "Det finns säkert otaliga som skulle mörda för betydligt mindre summor än det."

"Men varför skulle man vilja mörda någon av oss i det här skedet då?", fnös Rotko. "Vi vore ju mera värda när forskningen närmar sig konkreta resultat."

"Det är sant", spekulerade jag. "Även en konkurrent skulle säkert se er båda som mera värdefulla levande än döda."

Men om Rotko själv hade velat hindra Mia från att sprida information? Om hon hade visat sig vara opålitlig? Jag kunde knappast fråga något sådant direkt av honom. Och kanske det i så fall hade varit lättare att avskeda henne.

"Var befann ni er den där lördagskvällen i januari?" frågade jag utan att gå som katten kring het gröt.

"I en bil på väg från Kotka till Åbo", sade han och blängde på mig. "Jag hade varit på ett seminarium i Kotka och ville hem till kvällen. Jo, jag vet. Jag var ensam i bilen, och en avstickare från Åbo-vägen till Raseborg är teoretiskt möjlig. Jag har inget alibi."

Jag sade inget men fortsatte mina tankar, som Linnea hade väckt. Hon hade sagt att Mia kallade professor Rotko för en snuskhummer. Jag kunde knappast fråga om Mia och Rotko hade haft ett sexuellt förhållande. Han såg inte snuskig ut, men hur skulle jag kunna veta något om en sådan sak?

"Ert förhållande stannade på det professionella planet?" frågade jag när jag hade samlat lite mod.

"Naturligtvis", fräste Rotko. "Och jag tror att vår diskussion får ta slut nu. Min nästa föreläsning börjar om en kvart."

"Jag ber om ursäkt för mina frågor", sade jag uppriktigt. "Jag är inte riktigt insatt i min roll som intervjuare ännu. Men var det så att ingen av hennes ägodelar finns på institutionen längre?"

"Det är sant", sade Rotko och skakade hand med mig som för att säga adjö. "Hennes dator är vår egendom. Det var tur för oss att polisen meddelade om hennes död så att vi kunde skydda forskningen ännu bättre än tidigare. Samtidigt fick jag möjligheter att snabbt hitta en ersättare åt henne."

Med en gång lade jag ifrån mig mina misstankar att det skulle ha funnits något personligt förhållande mellan Rotko och Mia. Om en forskningsersättare var det första Rotko tänkte på, när han hörde nyheten om Mias död, kunde hon inte ha betytt särskilt mycket för honom.

Professor Rotko lämnade studentrestaurangen raskt, och jag förde tankspritt våra bådas brickor med tallrikar och bestick till kärran, dit de hörde. När jag började gå mot Kuppis och bilen, surrade tankarna i mitt huvud. Det skulle de göra även under hela bilfärden tillbaka mot Ekenäs. Min resa till Åbo hade inte fört med sig några nya ledtrådar i fallet, men kanske något skulle leda till en överraskande upptäckt senare.

Vid Gertrudsgatan såg jag två studerandeflickor komma gående mot mig. Deras overall tydde på att de skulle på fest samma kväll och jag hoppades att det skulle gå lugnare till än i Fiskars förra januari. Det skulle bli en torsdags-sits för flickorna och plötsligt kände jag hur mycket jag saknade det problemfria studielivet. Flickornas overaller hade exakt samma färg som min overall hade haft och jag undrade om de var statsvetare.

Mina minnen påminde mig om Mias forskningsområde. Tänk om man en dag skulle få tillgång till cellernas och genernas minnesbank! Man skulle kanske kunna färska upp sina egna minnesupplevelser eller till och med få tillgång till andras minnen. Tanken var lite skrämmande. Mina egna minnen var så komplexa att jag ogärna skulle befatta mig med andras problem också. Jag mindes plötsligt mina heta kyssar med en Jeanette i gul overall under en kvällssits. Och hur besviken jag hade blivit när hon hade velat att det stannade med kyssarna.

Plötsligt upptäckte jag att professor Nils Rotko gick alldeles framför mig, och jag insåg att vi var på väg åt samma håll. Institutionen för biovetenskaper låg i Biocity i Kuppis, där min bil var. När han såg de två flickorna i sina färggranna overaller gå förbi honom, vände han ohämmat om sig och tittade på deras vaggande rumpor. Flickorna fnissade och jag antog att de viskade ord såsom "snuskhummer". När han såg att jag stirrade på honom, började han gå allt snabbare.

Det var i det ögonblicket och på den platsen, på Gertrudsgatan, som jag kände att det började vara vår i luften. Men våren kommer förstås alltid snabbare till västkusten än till Västnyland och huvudstadsregionen.

KAPITEL 7

Fredag

När jag åter körde förbi den första byggnaden till infarten i Fiskars, Samlingslokalen, mindes jag plötsligt att min första biografupplevelse hade varit just där. Strax innan vår skolgång började, hade vårt triumvirat fått möjligheten att titta på en Astrid Lindgren-film just där. Det var en enorm känsla att för första gången se en film på en stor duk. Det var en självklarhet att ingen biograf fungerade i Samlingslokalen längre. Jag var fortfarande lite sur över att de nya tredimensionella filmerna trots min förväntan inte hade medfört en lika stor njutning som min barndoms filmupplevelser.

Fiskars hade inte förändrats sedan två dagar tillbaka, men ännu kändes det som om jag körde till en ny ort. Det sjudande livet och de restaurerade byggnaderna drog igen en gång andan ur mig. För 25 år sedan hade Gamla Tvättstugan på andra sidan ån nyligen förlorat sitt filialbibliotek till dåvarande Pojo kommun. Det hade varit ett stort slag för en litteraturälskande yngling som jag, men lyckligtvis körde bokbussen fortfarande då och även nu. Byggnaden blev tom, men nu verkade den innehålla en kafeteria eller en bar.

När jag parkerade bilen på exakt samma plats som för två dagar sedan, närmade sig en asiatisk turist. Samtidigt stannade Tuffe med sin moped alldeles vid mig. Tuffe hade varit Fiskars bydåre redan då jag var liten och han körde fortfarande omkring i bruket med sin moped. Han hade inte förändrat sig ett dugg och jag undrade för mig själv om han hade hittat det eviga livets elixir. Med tiden hade ordet bydåre börjat klinga fel i mitt ordförråd, men i Fiskars kändes det inte fel. Man använde ordet utan att det innehöll något negativt i det, i själva verket var det en neutral titel som man rentav förväntade att någon skulle bära. Tuffe hade stolt burit den titeln i årtionden redan.

Jag mindes att Tuffe hade varit mycket tillbakadragen när jag var liten och man såg honom sällan i bruket. En dag hade han fått för sig att fläta en del av sitt hår mitt på skallen och han hade stolt burit sin frisyr sedan dess. I början hade bruksborna skrattat åt hans tokroliga frisyr och han hade svarat stolt att det var en bydåres märke. Efter att han stolt kallat sig själv för bydåre, hade folk börjat uppskatta honom, och han slutade vara tillbakadragen. Det kändes som om han var mera respekterad än brukets arbetslösa.

"Ursäkta, vet ni vad namnet Fiskars betyder?" frågade den asiatiska turisten på engelska med blicken fäst i mig. Jag kände mig stolt över att man tolkade mig som en del av lokalbefolkningen.

"Han vet inte", sade Tuffe med fingret pekande på mig. "Han är inte Fiskars-bo."

Till min överraskning talade Tuffe perfekt engelska. Jag var också nöjd över att han inte kände igen mig. Han skulle troligen starta en oändlig diskussion om Österfeltarna, om han visste att jag var deras son. Turisten tackade och gick iväg, när Tuffe förklarade att namnet hade att göra med fiskare. Igen en gång mindes jag de otaliga gånger, då Hubertus, Peter och jag hade metat vid ån utan att få fisk. Hur kunde en så fiskfattig orts namn vara Fiskars? Jag mindes också hur chockad jag blivit i mina sena tonår, då någon hade förklarat att min hemorts namn betydde fiskrumpa. Jag hade tydligen under hela mitt liv varit alltför jävig för att inse det faktumet.

"Jag hörde att någon hade hittats död här i ån", sade jag åt Tuffe lite trevande. Stefan hade redan berättat att Tuffe hade väckts under ödesnatten av billyktor och att han bodde på Verkstadsgården.

"Jo, det var en spännande natt", sade Tuffe entusiastiskt. "På morgonen såg jag från mitt fönster hur polisen jobbade runt ån, när de letade efter ledtrådar. Jag tror också att jag såg en glimt av liket innan det fördes iväg. Det såg precis lika ut som i filmer."

"Hade du sett flickan tidigare?"

"Aj, du visste att det var en flicka? Nej, aldrig tidigare, fastän hon lär ska ha varit Pojo-bo. Enligt polisen hade hon gått förbi mitt hus under natten. Jag borde ha stigit upp för att titta närmare vad de där billyktorna betydde under natten. Men istället somnade jag om."

"Ingen har någon aning om vems bil det var?" frågade jag.

"Nej, och Martin Flytmarsch sade åt mig en dag att billyktorna knappast betydde något, så jag skall inte störa polisen med det ämnet längre. Om Martin säger så, är det säkert sant."

Intressant, tänkte jag. Hade Piggman rätt? Försökte hans avskydda granne Martin Flytmarsch faktiskt påverka polisens undersökningar? Det var en vändpunkt, som jag absolut måste fundera på närmare senare.

"Aj, men du vet väl knappast vem Martin Flytmarsch är, när du inte är härifrån", tillade Tuffe och startade sin moped igen. "Han är en viktig person."

Han gasade med mopeden för att göra sig beredd att köra iväg. När han lade hjälmen över hårflätan på huvudet, sade han:

"Men kanske du känner Martin och den döda flickan trots allt? Det sägs ju att alla känner någon som känner någon som känner någon som känner den man vill ha tag på. Att världen är överraskande liten."

Jag funderade på bydårens visdom när han körde iväg och jag började gå mot Skomakarbacken. Tuffe måste vara rätt gammal vid det här laget, och hans livserfarenhet borde inte undervärderas. Han hade också längre erfarenhet av Fiskars än de många nyinflyttade, bohema konstnärer som de lokala i början hade kallat för kufiska bydårar. Många av dem bodde i Skomakarbacken, dit jag var på väg för att träffa Antero Grönström.

Fiskars har två koncentrationer av rödmålade små stugor, Åkerraden och Skomakarbacken. Åkerradens arbetarbostäder hör till Fiskars allra äldsta byggnader. De byggdes strax efter 1720-talet, då Fiskars brändes av ryska invaderingsstyrkor. Peters föräldrar hade bott i ett av dem, men jag var nu på väg till andra sidan av Fiskarsvägen, till Skomakarbacken. En av innergårdarna fungerade som en utställning för små prylar tillverkade av handmålat glas. En annan gård innehöll många handarbetsföremål av halm.

När Peter Thorwöste grundade bruket år 1649, kunde han omöjligen ha anat vilken utveckling orten skulle komma att bevittna. Fiskars hade gått en lång väg från en ort, vars ursprungliga uppgift var att konstgjort skapa bosättning och sysselsättning i Finland, och samtidigt fungera som en buffert mellan moderlandet Sverige och fiendelandet Ryssland. En ort, som befann sig nära den finska skog, som behövdes som bränsle i utarmningen av metaller från järnmalm. En ort, som senare fick snilleblixten att skapa användbara bruksföremål istället för simpla metalltackor. En ort, som därmed uppmuntrade kreativitet och som även lockade moderna konstnärer att inspireras till ny formgivning.

Namnet "Grönström" och "AGID" stod skrivet på en av postlådorna, som var försedd med ett nummer, som jag antog att var stugans nummer. Det var lätt att hitta stugan och jag knackade på dörren. När jag väntade på att Antero skulle öppna dörren, märkte jag att hans trädgård var kal och ovårdad, vilket troligen ansågs vara skamlöst av grannarna. Eller bohemiskt intressant. Dörren öppnades av en ung, lite överviktig man med röda hårlockar. Han var klädd i en beige, stickad tröja och gula jeans.

"Välkommen till mig och AGID", sade han med en lugn röst. Den hemtrevliga stämningen kryddades av den härliga, välbekanta doften av pizza.

Samtidigt märkte jag att ett ångmoln bildades av matoset på verandan och jag mindes mammas skvaller att någon hade tolkat det som rök från en haschpipa. Jag bestämde mig för att inte fråga något av Antero i samband med det skvallret.

"AGID?" frågade jag och steg in.

"Antero Grönström Internet Design", förklarade han. "Mitt företag specialiserar sig på skräddarsydda designlösningar till främst företagskunders hemsidor. Men jag gör förstås allt möjligt annat också som har med datorer och Internet att göra. Man får inte vara alltför kräsen som småföretagare. Lyckligtvis fick jag också lite företagsstöd av regionförvaltningen, när jag flyttade hit som nyföretagare."

"Hur ser dina grannar, konstnärerna, på ett så kommersiellt yrke som IT-företagare?" frågade jag.

"Överraskande väl", sade han. "De inser nog att de inte har råd med att avgränsa alltför mycket av det kreativa till just deras revir. Och jag ser min design som ett mera kreativt jobb än som ett kommersiellt jobb."

Jag kände en pik inom mig. Som arbetslös hade jag inte råd med att överhuvudtaget klassificera något jobb. Alla arbeten var guld värda. Här diskuterade jag, en arbetslös man i 40-årsåldern, med en hälften yngre man, som hade lyckats med det som jag hade misslyckats med: att sysselsätta sig. Men det kändes som den unga, artiga, vänliga mannen var väl värd sin framgång, och jag kunde inte vara avundsjuk på honom. Istället kunde jag kanske få någon idé eller inspiration av honom hur jag skulle få mitt liv i ordning igen. Någon känner någon. Jag känner Antero Grönström. Skulle även jag kunna sysselsätta mig själv? Som privatföretagare? Som privatdetektiv?

Antero visade mig en fåtölj i ett stort rum som fungerade som hela hans hushåll. Förutom tamburen och ett badrum fanns inget annat. I det stora rummet fanns en kokvrå, en dubbelsäng, ett bord med stolar, två fåtöljer, televisionen och all den utrustning som han behövde i sitt arbete. En yucca-palm tornade i ett hörn av rummet och den växten var det enda som Antero hade satsat på i inredningsväg. Förutom tapeterna. Någon lokal konstnär hade troligtvis lyckats sälja åt honom en tapet med ett blåmålat motiv av fiskande allmoge.

"Får det vara en bit pizza?" frågade Antero medan han öppnade ugnsluckan och lät ett moln av matdoft lägga sig över datorer, fiskartapeter och palmblad.

"Tack gärna", sade jag belåtet och det började på allvar vattnas i munnen på mig. Jag undrade för mig själv om jag hade varit lika gästvänlig, då jag hade varit i hans ålder. Om jag hade varit beredd på att bjuda pizza åt en dubbelt äldre man som hade kommit för att ställa frågor om en dödskväll.

"Ja, som sagt tänkte jag fråga lite om Mias sista kväll", sade jag.

"Jovisst, det går bra", sade Antero. "Tydligen är det någon som fortfarande tror att hennes död inte var en olycka. Annars hade man inte satt till en ny utredare i fallet?"

"Det stämmer, även om det här inte är en officiell utredning. Vad tror du? Blev hon mördad eller var det en olycka?"

"Har du redan intervjuat Linnea och Axel?"

"Linnea är jag för tillfället klar med, men Axel väntar ännu. Hur så?"

"Det betyder att om Mias död var ett mord, kommer ett nytt mord att ske snart."

Jag skruvade på mig i fåtöljen, som plötsligt kändes obekväm. Jag hade inte tänkt på den obehagliga möjligheten. Om ett nytt dödsfall skedde efter att jag hade startat mina forskningar, skulle det kännas som om jag var delvis ansvarig för det. Eller ansvarig för att jag inte lyckades förhindra det.

"Varför tror du det?"

"I alla detektivromaner sker ett nytt mord när alla misstänkta har intervjuats. Kanske för att historien inte skall gå på tomgång. Så om inget sker efter att du har intervjuat Axel, kan vi dra slutsatsen att det var en olycka."

Jag pustade ut av lättnad. En del av mig hade fruktat att Antero skulle ha något konkret belägg för sitt påstående om ett nytt mord.

"Ursäkta mig om jag provocerade", sade Antero uppriktigt. "Men det är så att konspirationsteorier är en av mina hobbyer."

"Har du någon teori om Mias död?" frågade jag intresserat.

"Hon kan ha blivit vittne till något, och hon måste tystas ned. Hon kan ha haft en hemlig tvillingsyster, som hon mördade, och Mia själv sitter någonstans i Karibien för tillfället. Hon kan vara vid liv någonstans i en hemlig forskningsanstalt och polisen anlitades för att iscensätta en redan död flicka att vara Mia."

Jag fnissade, men blev snabbt allvarlig igen då jag förstod att även jag borde bolla med olika teorier. Kanske Antero befann sig i rätt miljö trots allt, då han bodde bland kreativa konstnärer i Fiskars. Konspirationsteorier krävde onekligen kreativitet och fantasirikedom. Om jag inte lekte med teorier, betydde det att jag saknade fantasi?

"Utgångspunkten till teorierna är alltid behovet", sade Antero allvetande. "I mordgåtor är det alltså frågan om motivet. Ni har säkert tagit alla motiv i beaktande, men har ni gjort alla efterforskningar kring det främsta motivet?"

Jag gapade. Jag hade ingen aning om polisen hade funderat på alla motiv, ifall Mias död var ett dråp. Naturligtvis borde jag veta vad det främsta motivet kunde vara. Var det svartsjuka? Hämnd? Nej, det var ju naturligtvis...

"Pengar", sade Antero belåtet.

"Mia var inte rik", sade jag. "I själva verket hade hon troligtvis studielån, som måste betalas tillbaka. Men eftersom lånet är statsgaranterat, kommer summan knappast att krävas ut av någon."

"Men om hon hindrade någon från att bli rik?" frågade Antero utmanande.

Jag tänkte på hennes och Nils Rotkos forskningar i genetik och minnesbider. Det kunde ligga något i det motivet, men jag kunde inte avslöja det för Antero.

"Har alla synpunkter kring hennes arv ha tagits i beaktande?" vidhöll Antero. "Jag menar inte det att hennes ägodelar ärvs av hennes föräldrar. Jag menar att hon är nu eliminerad från arvslängden till ett arv, som kanske är betydligt värdefullare."

Fåtöljen kändes plötsligt obekväm igen. Jag var säker på att Stefan och poliserna inte hade tänkt så långt.

"Du menar alltså att arvet efter Mias föräldrar i framtiden kommer att gå någon annanstans än till Mia, eftersom Mia är död?" sade jag som en aha-upplevelse.

"Precis", sade Antero med ett flin som hade passat i den mest intrigerande konspiratörens ansikte. "Eftersom Mia inte har syskon, var hon den enda bröstarvingen. Arvet efter hennes föräldrar kommer en dag att gå åt antingen hennes pappas eller mammas syskon eller deras barn, Mias kusiner."

"Jag tror inte att paret Kinnunen är särskilt välbärgade", sade jag tveksamt. Teorin lät långsökt, men jag måste försöka kolla saken. Helst innan jag träffade Kinnunens följande dag.

"Vi kan kolla saken", sade Antero och gick till sin dator.

Han lät fingrarna fladdra över tangentbordet och plötsligt hade han på skärmen en lista över Raseborgs främsta skattebetalare. Lisa och Ahti Kinnunen var inte med på listan. När han kom in på Raseborgs fastighetsregister, knappade han in en kod, som jag inte ville veta varifrån han hade fått. Han hittade uppgifterna om en liten tomt med ett egnahemshus i Ramskulla, som Lisa och Ahti ägde till hälften var. Det sociala forumet avslöjade att Lisas födelsenamn var Strandman och bland hennes primära kontakter fanns en kvinna med samma släktnamn. Det kunde alltså vara Lisas ogifta syster. Ahtis sociala forum innehöll inga kontakter med namnet Kinnunen, så kanske han inte hade några syskon. Alla var förstås inte medlemmar i det sociala forumet, så informationen var naturligtvis inte heltäckande. Vi fick lämna ledtråden vilande än så länge.

Antero reste sig och gick till kokvrån. Han kom tillbaka med två stora tallrikar, som innehöll en generös bit med pizza åt båda. Jag tittade intresserat på min väldoftande lunch och upptäckte att fyllningen var räkor, lufttorkad skinka, konserverade hela minichampinjoner och någon ädelost. Det var min tur att dra slutsatser om Antero. Han accepterade min utmaning och mitt förslag att jag skulle tolka honom.

"Du har lärt dig att klara dig själv och laga din mat själv", sade jag och tänkte på min egen bakgrund. "Ditt företag mår så pass bra att du har råd med lite dyrare ingredienser, och du är dessutom intresserad av nya smakupplevelser. Du trivs för dig själv, och alltför få får smaka på frukterna av dina kockfärdigheter." Det sista sade jag med en blick mot Anteros rum, som onekligen såg ut som en ungkarlsbostad.

"Rätt och fel", sade Antero belåtet, utan irritation över att jag blandade mig i hans privatliv. "Jag har nyligen flyttat till Fiskars, för två år sedan, och jag har inte särskilt många vänner här ännu. Men jag trivs bra här bland andra kreativa personer och jag förtjänar tillräckligt för att klara mig. Men jag har nog ett bra socialt liv", sade han med blinken i ögat, och jag kände att jag rodnade.

Blinken tydde på att han hade kvinnor. Ännu ett område som 20-åringen hade klarat sig bättre i än vad jag hade gjort. Och även om han inte menade kvinnor, så sade han sig vara nöjd med sitt sociala liv. Även det var en livslängd från min erfarenhet, då jag hade startat detta vansinniga detektivprojekt för att ge mitt sociala liv en boost.

"I en by som denna klarar man sig inte utan bil", förklarade Antero. "Med bil kan jag åka vartsomhelst för att möta kvinnor. De behöver inte komma h t. Och jag får närsomhelst kontakt med dem via träffsökningstjänsten på Internet. Skall jag visa dig?"

"Nej, det behövs inte", sade jag uppriktigt, men samtidigt lite nyfiket. Kanske även jag borde engagera mig mera i träffsökning. Det var länge sedan jag hade varit med en kvinna, och ännu längre sedan jag hade sällskapat. Under de senaste åren hade sällskapande bara inte känt som om det berörde mig. Jag var alltför misslyckad i min arbetslöshet för att orka med även en annan utmanande del av livet, kvinnor. Jag ville inte dyka in i ytterligare ett misslyckande med även dem. Men en del av Anteros välmående, lugna hållning berodde onekligen på att han hade ett aktivt grepp om vad han ville ha. Han hade även de rätta verktygen att få det som han ville ha. När han ville ha det. Igen kände jag mig lite avundsjuk.

"Det var tack vare bilen som jag första gången stötte på Axel", fortsatte han. "Han är bilmekaniker och han skötte min bils årliga underhåll. Våra samtalsämnen gick väl ihop och vi har trivts bra som goda vänner efter det. Axel och Linnea bjöd in mig till deras fest, och de hade bjudit in Mia också."

"De hade visst tänkt sig att du och Mia skulle bli ett par", sade jag försiktigt.

"Ja, det var ett omöjligt men gulligt projekt", sade Antero med ett leende. "Hon kunde möjligen ha varit min typ, men jag var absolut inte hennes typ."

"Det var tråkigt", sade jag, överraskad över att Mias kalla inställning inte hade rubbat hans självkänsla.

"Mest överraskad är jag över att Linnea inte såg det omöjliga i projektet", sade Antero.

"Menar du att det skulle ha varit något mellan Axel och Mia?" frågade jag intresserat.

"Nej, det fanns inget mellan dem", sade han vasst. "Axel skulle nog ha sagt om han var intresserad av henne. Men det är tydligt att Linnea inte kände till att Mia var intresserad av honom."

En bit pizza stannade i luften på väg till min mun, och en räka föll tillbaka på tallriken. En aha-upplevelse svepte inom mig.

"Det blev aldrig mera än en simpel förtjusning från Mias sida?"

"Nej, jag tror inte det."

"Och Axel var medveten om Mias känslor?"

"Jag tror det."

"Men inte Linnea?"

"Nej, men under kvällens lopp tror jag att hon började ana det och därför blev stämningen dålig."

"Ett triangeldrama", utbrast jag. "Ett motiv!"

"Jag tror ändå mera på ett helt annat motiv", fortsatte Antero. "Jag lämnade festen strax efter Mia, och kvar blev Axel och Linnea. Jag tror nog att de redde ut sina problem."

"Såg du något under hemfärden?"

"Nej, ingenting. Piggmans hund hade slutat skälla och Fiskars var sitt vanliga tysta jag igen. Precis som under en typisk januarinatt."

"Med ett lik i ån."

"Jag kunde inte veta det just då. Först följande dag."

Ytterligare en aha-upplevelse sköljde över mig.

"Strax innan Mia stormade ut, talade ni om sexuellt utnyttjande. Hon blev upprörd, men vi har antagit att det skulle ha berott på personliga erfarenheter." Jag tog en paus, för jag var ivrig över min upptäckt. "Men kan det i själva verket ha berott på att det var hon som hade utfört det sexuella närmandet mot någon? Inte så, att någon hade gjort det gentemot henne?"

"Du menar att hon hade gjort ett sexuellt närmande mot Axel, vilket är moraliskt fel, eftersom han var hennes bästa väninnas pojkvän? Och att hon blev upprörd, när hon insåg det?"

"Ja, just det", sade jag förväntansfullt.

"Det är fullt möjligt", sade Antero tankfullt. "Men jag tror ändå inte att Axel svarade på närmandet. Han är van vid att flickor visar sitt intresse för honom."

"Kanske Mia blev upprörd just därför att hon inte hade fått gensvar. Men vad menar du med att Axel är intressant bland flickor?"

"Du förstår det när du träffar honom", sade Antero hemlighetsfullt. "Axel är en ståtlig, intressant man, och både flickor och pojkar trivs i hans sällskap. Hans utseende är så perfekt att alla vill skina i närheten av hans sol. Inte därför att de skulle förtvina i skuggan av honom, utan för att han drar fram dem i solskenet. Även om han bär alla odds att bli en övermodig karl, tar han ändå alla närvarande i beaktande. Han har alla tänkbara sociala färdigheter. "

Antero pustade ut efter sin monolog. Var det enbart ett vanligt försvar av en god vän? Det hade låtit som en dyrkan. Hur långt skulle Antero gå i sitt försvar av sin vän, om något hotade honom? Och hur långt skulle Linnea gå, om något hotade hennes förhållande till denna perfekta yngling? Var det Axels perfekta uppenbarelse som hade fått Hubertus misstankar att vakna? Var det därför som han lät mig undersöka Axels inblandning i dödsfallet?

Antero hade fått Axel att låta som en gud i all hans omöjlighet. Ingen kunde vara så bra och oåtkomlig som Axel. Det började kännas som om det skulle bli intressant att möta Axel Nordsund. Betydde beskrivningen av Axels perfekta sociala färdigheter att jag var rena rama motsatsen, en dubbelt äldre man med inga sociala färdigheter alls?

"Men han måste väl ändå vara lite medveten om sin sex-appeal?" frågade jag försiktigt.

"Jo, jag sade det. Men han kan handskas med det", tillade Antero. "Och när vi rör oss tillsammans gör det mig ingenting att han får all uppmärksamhet. Han får gärna tro att han är kvinnokarlen, som måste hjälpa mig med att hitta kvinnor. Det gör mig inget. Men jag hittar nog kvinnor utan hans hjälp."

Det kändes som om dagens ungdom var lika oslagbar som Hubertus, Peter och jag hade varit som 20-åringar. Jag undrade för mig själv om Antero och Axel om 20 år skulle befinna sig i en likadan situation som jag befann mig. Skulle de sakna kvinnor och arbete? Skulle de avundas unga män, som har hela livet framför sig?

"Jag behöver inte någon som känner någon för att hitta mina kvinnor", fortsatte Antero. "Även om det var den ursprungliga tanken när Mia och jag skulle paras ihop."

Pizzan hade försvunnit från våra tallrikar, och Antero förde dem till köket. Det kändes som om intervjun började närma sig sitt slut. Visserligen hade jag fått en del nya idéer och ny insyn på Mias dödsfall, men ändå verkade det som om en stor del av sanningen fortfarande låg i skuggan. Men var sanningen inte avslöjad därför att någon ljög, eller för att jag inte hade lyckats fråga de rätta frågorna? Eller för att sanningen var helt enkelt den att Mia hade fallit och slagit sitt huvud?

På bordet bredvid Anteros dator låg en del utskrifter som visade skisser på en hemsidas layout. Det var tydligt att Antero hade ett visuellt öga och en talang, som jag inte hade förstått att IT-människor kunde ha. Borde jag ha förstått IT-branschens mångsidighet bättre när jag ännu var i mediebranschen? Hade min utveckling varit för långsam och hade jag därför fått sparken? Det var klart att mediebranschen är dynamisk och att man måste vara medveten om alla nymodigheter för att klara sig. Jag hade hamnat i branschens skugga på samma sätt som en människa kan hamna i skuggan av en karismatisk person som Axel. Men hur skulle man kämpa sig fram från den skuggan? Det verkade som om Antero hade svaret på den frågan och jag kände ett starkt behov av att diskutera med honom på ett mera personligt plan i ett annat tillfälle. Kanske han till och med kunde hjälpa mig att hitta någon. Kanske Antero kunde för mig bli den som känner någon?

Antero verkade vara en bra typ, som var både kreativ och problemlösare. Om han med egen fri vilja hade infiltrerat sig i Fiskars, som jag hade flytt ifrån 20 år tidigare, så hade han något som jag behövde. Hans program och applikationer, kunskaper och fantasi var något som jag borde ha haft i mediebranschen. En av de mest värdefulla färdigheter jag hade lärt mig i mitt jobb var att hitta information på Internet. Den kunskapen hade jag redan använt i utredningen av Mias död, men det räckte inte till. Det var sannerligen en hård värld, och Antero var värd all framgång i den.

Det var dags att återvända till Ekenäs. Innan det skulle jag lämna tillbaka nyckeln till Mias och Linneas studentbostad i Åbo. Linnea hade lovat att vara hemma hos sina föräldrar under eftermiddagen.

"Lycka till med undersökningarna", sade Antero och tittade rakt i mina ögon. Jag kände mig perplex igen, för när jag varit i hans ålder hade jag inte varit så självsäker att jag skulle kunna se andra i ögonen. När han tittade på mig, kände jag att han började frukta något. Såg han sig själv i mig? Började han förstå att även han skulle åldras och att livet inte skulle vara så lätt som det verkade för en 20-åring?

"Vem är du förresten?" frågade han och jag insåg att jag inte hade presenterat mig, när jag kommit in i hans bostad. Det kändes också konstigt att någon ville veta vem jag var. En arbetslös man, som försökte kämpa sig ut ur skuggan. Under mina intervjuer hade jag inte haft tillfälle att berätta mera om mig själv, och få visste att jag själv också härstammade från Fiskars.

"Bara Jonas Österfelt", svarade jag även om jag visste att han inte hänvisade till enbart mitt namn. Han hade redan efter vårt tidigare telefonsamtal grävt fram allt som Internet hade att erbjuda om mig och mitt liv.

När Antero Grönström stängde dörren bakom mig och jag stod i hans ovårdade, leriga vinterträdgård, hade jag en känsla av att vi skulle mötas igen.

KAPITEL 8

Lördag

En vecka hade gått sedan Hubertus och Peter hade övertalat mig att undersöka omständigheterna kring Mia Kinnunens död. En vecka efter min lördagsmiddag i Vallgård var det dags att besöka Mias föräldrar. Hennes närmaste sörjande. De som hade förlorat sitt enda barn på några stenar i ett grunt vatten några kilometer från hennes barndomshem i Ramskulla i Pojo.

Mina intervjuer med Stefan, Linnea, professor Rotko och Antero hade gått över mina förväntningar och jag var stolt över mig själv. Det kändes som om mitt självförtroende höll på att återvända och det var Hubertus och Peters förtjänst. Triumviratets stöd fungerade ännu efter alla dessa år. Men nu kände jag mig orolig. Inför de andra intervjuerna hade jag inte känt mig särskilt nervös, men nu skulle jag besöka ett par som hade en helt annorlunda roll än de tidigare intervjuobjekten. Paret Kinnunen hade förlorat sin dotter och mitt i deras sorg kunde de vara oberäkneliga. Dessutom skulle jag befinna mig i Ramskulla, ett område som jag inte kände särskilt väl sedan tidigare.

Diskussionerna med Antero Grönström hade spökat i mitt undermedvetande hela natten. Mina drömmar hade behandlat konspirationsteorier, och under nattens vakna minuter hade jag funderat på olika konspirationsmöjligheter i samband med Mia Kinnunens död. Antero hade sagt att det bästa sättet att identifiera konspirationer är att skjuta över tyngdpunkten från det självklara till något annat. Att identifiera spindeln i nätet som något annat än en uppenbar händelse. Som till exempel att arvet från den döda trots allt inte är det intressanta utan det faktum att någon annan stiger i en annan arvsföljd, då den döda inte längre finns. En mardröm hade gått ut på att jag var fånge mitt inne i ett spindelnät och att allt handlade om mig. Den skyldige, en stor fet spindel, kröp allt närmare nätets mitt och mig, där jag hjälplöst väntade på det oundvikliga...

Under natten hade jag funderat på olika motiv, som kunde vara väsentliga i undersökningarna. Mitt eget motiv var att bli social igen, och inte direkt att lösa oklarheterna kring Mias död. När Hubertus hade berättat om Mias död föregående lördag, hade Axel Nordsund varit spindeln i nätet. Hubertus motiv var inte heller direkt att lösa oklarheterna kring Mias död utan det var att reda ut om Axel var inblandad eller inte. Efter min diskussion med Antero var det klart att han inte trodde på Axels skuld. Anteros beskrivning av Axel hade varit nästan dyrkande, och för mig hade det låtit som om Axel var nästan för bra fö- att vara sann. Betydde det att han var mera misstänksam i mina ögon än om jag inte hade hört Anteros utlåtande? I varje fall skulle det bli intressant att möta Axel om två dagar. Den dagen skulle Hubertus ta emot mig på Lillböle, och både Axel och dennes pappa skulle vara närvarande.

Jag mindes plötsligt att jag faktiskt hade träffat Axel en dag för över tjugo år sedan. Sista gången jag hade besökt Lillböle innan jag hade flyttat till Åbo Akademi för att studera, hade varit en vacker sommardag när både Hubertus och jag hade varit 20-åringar. Hubertus pappa hade inte varit ute på verandan, för vid det laget låg han redan permanent i sin sjuksäng. Hubertus mamma hade blängt misstänksamt på mig som om hon inte hade känt igen mig. Den dagen hade jag blivit presenterad för den nya disponenten, en nybliven änkling, och hans lilla son Axel. Pojken hade varit blyg och inom mig hade jag hoppats att han skulle hitta ett likadant triumvirat som Hubertus, Peter och jag hade format i hans ålder.

Den dagen hade jag också förstått Hubertus mamma bättre. Hon hade alltid vaktat på oss barn som en hök. Varje gång vi hade gjort något olovligt, hade hon förebrått Hubertus med hårda ord. Och det var ofta. Jag förstod då hur tungt det måste ha varit för henne med en ständigt sjuk man hemma. Hennes skyddsinstinkt måste ha blivit överutvecklad med tiden.

Den lilla pojken Axel hade växt upp till ett ståtligt helgon. Ett fantasifoster som inte kunde finnas i det verkliga livet. En pojke som Linnea säkert ville hålla tag med tång, och som Linneas bästa väninna knappast kunde motstå. Han var en omöjlig uppenbarelse som säkert lockade till sig ovanliga händelser såsom plötslig död. Han var en lika omöjlig skapelse som en sportig, snygg, ung man som ville ha veka nördar i sin vänskapskrets. Sådant skedde helt enkelt inte i det verkliga livet, hade jag tänkt. Men å andra sidan visste jag inte mycket om hur dagens ungdom fungerade.

Från Pojo kyrkby åker man en bit längs Tenala-vägen för att köra in på en sidoväg till Ramskulla. Området besöks mest för att byns nya gravgård befinnesig där. Jag undrade om Mia var begravd på just den gravgården, men kände inget behov av att leta upp hennes minnessten. Det väsentliga var, att paret Kinnunen och Mias barndomshem befann sig ett stenkast från gravgården, och därmed lätta att hitta.

Det fanns fortfarande inte särskilt mycket sevärt i Pojo kyrkby. Byns medeltida stenkyrka hade existerat redan då Fiskars grundades en bit från byn, så alla tidiga fiskarsbor begravdes där. Runt kyrkan byggdes en by, som under 1900-talet fungerade som ett administrativt kommuncentrum för de största arbetsgivarna i bruken. Då industrin befanns sig relativt långt från Pojo centrum, skapades arbetstagarnas tjänster självständigt inom bruken. När de stora fabrikerna lämnade socknen en efter en under en kort tidsperiod, föll kommunens ekonomi snabbt i sär. Ett monument från storhetstiden var kommunhuset byggt i marmor, som för tillfället stod tomt mitt i Pojo centrum.

Mina föräldrar hörde till dem som hade lämnat Pojo, när kommunen inte kunde erbjuda arbete längre. Lyckligtvis hade pappa hittat ett nytt jobb i Ekenäs. Och nu var allt en enda stor stad i ekonomisk kris, Raseborg. Jag undrade hur länge jag skulle fortfarande bo i Helsingfors innan jag var tvungen att försöka leta efter ett nytt jobb på en annan ort. Eller i ett annat land. Min stora fördel var att jag bodde i en lägenhet, som jag ägde själv, och mina bostadsutgifter var därmed mindre än för många andra. Lyckligtvis hade jag köpt bostaden, och betalat hela bostadslånet, medan jag ännu hade ett jobb. Med mina små utgifter klarade jag mig väl med min lilla arbetslöshetsersättning.

Det var några dagar sedan jag hade grubblat på min arbetslöshet senast. Tydligen samlade oron inför mötet med Kinnunens igen mina gamla obehagskänslor. Min självkänsla vacklade, och jag hoppades att jag inte skulle stamma när jag mötte Kinnunens. Ett tecken på att de inte var välvilligt inställda till mig var att de inte hade svarat på mitt telefonsamtal till dem. Jag hade inte lyckats bekräfta i förväg att det var OK att besöka dem. Mitt ärende och mina frågor skulle komma oförberedda från deras synvinkel. Jag hade ingen aning om hur jag skulle bemöta sörjande människor. Var det överhuvudtaget rätt att intervjua dem?

En lerig bil stod på deras framgård, så Kinnunens verkade vara hemma. Eftersom jag troligen inte sku le stanna länge hos dem, vågade jag parkera min bil mellan vägen och Kinnunens gråa bil. Det såg ut som om livet hade kramats ur hela deras hem och gård. Buskar, träd och bilen var gråa eller svarta. Det lilla egnahemshuset var beigefärgat och takfilten mörkgrå. I fönstret fladdrade gråa gardiner så pass mycket att jag anade att min ankomst hade blivit noterad. Under Kinnunens långa vinter hade endast en smal stig skottats från vägen till ytterdörren, och runt den stigen höll vinterns gråspräckliga snö på att smälta. Pölar hade bildats runt bilen, men ingen hade velat eller orkat leda bort vattnet. Det fanns inga färggranna föremål på varken gården eller i fönstren. Min oroskänsla och klump i magen kändes allt intensivare.

Kinnunens ytterdörr flög upp redan innan jag stod på deras betongtrappa. Ahti Kinnunen hade ett mörkrött ansikte som om deras fruktansvärda vinter hade lyft hans blodtryck i höjden. Trots att det redan var middag hade han fortfarande pyjamasbyxor på sig. Från dörröppningen svällde en doft av en omelett med bacon mot mina näsborrar. Det var en doft av kolesterol. Och död i förtid.

"Vi köper ingenting", fräste Ahti Kinnunen.

"Jag har kommit för att fråga lite om Mias död", sade jag på finska. Till min förargelse hade jag stammat lite.

"Vi har berättat allt redan", sade Kinnunen utan samarbetsvilja. "Och vi talar nog svenska fast vi heter Kinnunen. Vi har bott i Ramskulla lika länge som trakten har funnits. Vår släkt hette Rams innan min farfar förfinskade sitt namn till Kinnunen."

De hade alltså längre anor än själva Fiskars existens! Jag förundrade mig över hur jag alltid hade sett Fiskars som traktens navel. Eller Fiskars som spindeln i konspirationens nät.

"Jag hade hoppats på nya synvinklar", insisterade jag. "Något som kunde reda ut omständigheterna kring Mias död."

"Vi har redan accepterat Mias död som en olyckshändelse", sade Kinnunen kallt. "Vi får aldrig klarhet i vad som egentligen skedde. För att kunna gå vidare i livet måste vi acceptera en sanning. Annars kan vi inte existera längre, Lisa och jag."

"Men om sanningen är något annat än en olyckshändelse?" frågade jag. "Vill ni inte veta det?"

"Har du något som visar på något annat än en olyckshändelse?"

"Nej, inte ännu, men..."

"Då finns inget att diskutera. Ingen ny utredning eller ny sanning hämtar Mia tillbaka. Men vi finns kvar, och vi måste försöka lämna vår döda dotter i fred. Annars kan vi inte fortsätta leva."

Jag förstod Ahtis synpunkt även om jag själv i hans ställe troligtvis skulle vilja vända på alla stenar för att hitta sanningen. Om jag alltså vore i samma situation. Kanske Kinnunens hade redan vänt på alla stenar i januari och i februari innan de hade förlorat hoppet. Jag hade troligtvis inte förlorat mitt hopp i något ärende ännu, eftersom jag inte kunde identifiera Kinnunens skede i sorgearbetet. Det betydde också att jag med egna erfarenheter inte skulle kunna övertala paret Kinnunen att diskutera med mig. Min enda chans att få något svar på mina frågor var alltså att ställa dem snabbt och utan förvarning.

"Vem ärver er eller Lisa, när Mia inte finns? Då det saknas direkta bröstarvingar?"

Ahti Kinnunens ansikte blev ännu rödare och jag förstod omedelbart hur okänslig min fråga hade varit.

"Det angår inte er", svarade han. "Det måste väl vara Lisas syster, men det har inget med Mias död att göra."

Ahti verkade bli irriterad över att han hade gett svaret på min fråga även om han inte ville det.

"Det är bara populism att försöka hitta nya motiv eller nya synvinklar i utredningarna", fortsatte han.

"Det finns andra som gynnas av att sanningen kommer fram istället för att den förblir outredd", försökte jag ännu motivera min närvaro med. För att inte låta honom fundera på ytterligare orsaker till att vara ovillig att samarbeta, bombarderade jag med ännu en fråga:

"Vet ni något om Mias studier? I genetik och cellbiologi?"

"Ni måste gå nu", tillade Mias pappa. "Ni oroar min hustru, som är bräcklig redan sedan tidigare. Allt ni behöver veta finns i polisrapporterna. Ni är väl från polisen?"

Jag vågade inte berätta för honom att jag inte var från polisen. Han skulle säkert anmäla mig och Stefan skulle råka i svårigheter. Eftersom jag inte skulle få ut mera ur Mias föräldrar kunde jag lika gärna åka iväg utan att berätta min roll i undersökningarna. Jag bad om ursäkt för mina frågor, tackade ödmjukt för Kinnunens tid och gick till bilen.

Doften av bacon och ägg trycktes ned av den fuktiga vårluften och följde med in i bilen. Jag var inte hungrig. Efter det snopna besöket i Ramskulla kändes det som om jag inte skulle kunna äta någonting mera. Någonsin. När jag backade ut på vägen igen tyckte jag mig se de gråa gardinerna fladdra igen. Lisa Kinnunen hade med all säkerhet lyssnat till hela diskussionen även om jag inte hade sett henne. Den gråa dödens hus och dess närliggande gravgård försvann i bakrutan, då jag körde mot Tenala-vägen. Jag skulle ta rutten till Ekenäs runt andra sidan av Pojoviken för jag hade kört rutten genom Karis alldeles tillräckligt redan.

Vägen slingrade förbi Björsby och Persböle och jag försökte släppa ut bacon-lukten ur bilen genom att öppna fönstren. En enorm kommersiell trädgård hade dykt upp vid sidan av vägen sedan jag hade kört där senast, för årtionden sedan. Någonstans bortom den sovande trädgården, mitt i de djupaste Pojo-skogarna, fanns ruinerna av Finlands första papperskvarn i Tomasböle. Varken triumviratet eller jag ensam hade någonsin begett oss in i skogen för att leta efter ruinerna. Men vi hade nog letat efter skatter i våra närliggande Fiskars-skogar.

En dag hade Hubertus, Peter och jag under en skattjakt hittat en skadad skogsduva i skogen nära Lillböle. Vi hade tagit den till herrgården trots att vi hade vetat att Hubertus mamma skulle ställa till med rabalder. Naturligtvis hade vi åkt fast och enligt våra förväntningar hade hon blivit rasande. Döende djurs bakterier kunde vara livsfarliga för Hubertus pappa, hette det. Hubertus mamma hade krävt att vi skulle göra oss av med kräket. Peter försökte övertala Hubertus att släppa en sten på duvan, och han hade inte ens försökt sig på att övertala mig. Hubertus hade vägrat att göra något så barbariskt, och till slut var det Peter som hade lyft stenen. I sista sekunden hade duvan plötsligt och oväntat vaknat till liv och flugit iväg, rakt under Peters lyfta stenhand. Mina unga ögon hade följt Hubertus mammas blick följa duvans flygfärd tillbaka in i skogen. Jag hade aldrig lyckats tolka vad Hubertus mamma hade tänkt i det ögonblicket, då en yttrad dödsdom hade förvandlats till en flykt mot friheten. Mia Kinnunen skulle definitivt inte vakna oväntat upp, och krossåret i hennes bakhuvud skulle aldrig bli omintetgjort.

Efter den dagen hade min respekt för Peter Ginst stigit i höjden. Det var ingen tvekan om att han skulle ha varit beredd att göra ett svårt beslut. Han skulle ha haft mod att minska en döende varelses lidande med den yttersta domen. Hans dåd skulle ha varit humant, men ändå skulle varken Hubertus eller jag ha haft mod att göra samma. Efter den dagen hade Hubertus och jag varit lite mera nära varandra, för vi kände oss som gemensamma förlorare jämfört med Peter. Ibland undrade jag om jag skulle vara beredd att utföra eutanasi. Även om det vore för allas bästa. Även den döendes.

Plötsligt slogs jag av en tanke. En teori och ett motiv som ingen hade tänkt på ännu. Tänk om Mia Kinnunen varit döende? Om någon hade utfört eutanasi på henne, kanske på hennes egen begäran? Kanske hon hade smittats av något obotligt under sina genetiska undersökningar i Åbo Akademi? Kanske hon hade utsatt sig själv för ett laboratorieförsök och drabbats av något oväntat? Kanske hon höll på att bli en mutant, och att hon med sin egen död ville undvika större svårigheter? Som i superhjältefilmerna? Jag suckade och tvingade mig själv att lugna ner mina konspirationsteorier. Obduktionen borde säkert ha avslöjat om det hade varit något fel med hennes kropp.

En plötslig signal från min mobiltelefon skrämde mig mitt i mina konspirationsfunderingar. Jag svängde snabbt in på en busshållplats, som knappast var i aktiv användning längre så här i glesbygden.

"Jonas Österfelt", lyckades jag säga i telefonen innan signalerna hann sluta. Numret var obekant för mig.

"Det här är Lisa Kinnunen", sade en kvinnoröst med en så låg röst att jag knappt hörde det.

Det oväntade samtalet bedövade min tunga och jag fick inget ord ur mig. Även Lisa Kinnunen var tyst, och desperat försökte jag hitta de rätta orden. Borde jag beklaga sorgen men ändå attackera henne med frågor? Vad skulle jag fråga först för att inte irritera henne? Tio sekunder gick. Tjugo sekunder, och til slut var det Lisa som bröt den evighetslånga tystnaden.

"Min make gick till gravgården. Han sörjer ännu. Vi vill lämna grubblandet bakom oss. Jag ringer i hemlighet till numret som hade försökt ringa upp oss igår och förrgår, så det är säkert du som besökte oss alldeles nyss?"

"Jo, det är jag", bekräftade jag. "Det finns ännu vi, som försöker gräva fram sanningen bakom Mias död. Tack för att du ringer, fru Kinnunen."

Det blev tyst igen och jag kunde se framför mig hur kvinnan väntade att jag skulle ta ett grepp om situationen och föra diskussionen vicare. Jag var dock så perplex av det oväntade samtalet att jag inte fick ett ord ur mig. Jag förbannade min ovana med intervjuer av detta slag. Vad ville jag egentligen fråga henne? Det här var säkert en intervjuares mest utmanande situation. Om man inte kan ställa en fråga, kan man inte förvänta sig att få ett svar på den heller. Men kanske denna utmaning var mera vanlig än vad jag hade väntat mig, och kanske mina intervjuer hittills hade varit alltför lätta?

En bil körde förbi min parkerade bil på busshållplatsen så nära att pappas fordon gungade. Trafiken hördes säkert ända till Lisa Kinnunen. Jag gick rakt på sak.

"Nu då Mia är död, och om er make dör, och sedan ni, betyder det att er syster, Selma Strandman, blir ensam arvtagare till er och er makes förmögenhet?"

Jag skulle knappast själv ha förstått frågan om man hade ställt den till mig. Den var för komplex och det var för många "om" i en och samma mening. Men

Lisa Kinnunen hade hört frågan redan tidigare, när jag hade ställt den till Ahti, och hon hade haft tid att smälta den. Trots det hörde jag hur hennes andetag blev allt tätare. Hennes ilska började blossa upp på samma sätt som Ahti Kinnunen hade förargat sig över min fråga. Jag förbannade mig själv över att jag inte hade lärt mig av mitt första misstag. Lisa Kinnunen hade tydligen ringt upp mig för att bekräfta om min fråga hade gällt något annat än det omöjliga, som hon hade tyckt sig höra redan en halvtimme tidigare.

"Du kan inte mena allvar?" sade Lisa Kinnunen med sin nedtryckta, tysta röst. "Ni misstänker Selma för Mias död?"

"Jag menade inte så", stammade jag. "Vi försöker bara utesluta vissa möjligheter."

"Ni försöker ta ifrån mig det enda jag har kvar. Förutom Ahti förstås. Ni försöker förmörka Selma i era nät av misstankar."

"Jag menade inte så", upprepade jag. Lisa Kinnunen var inte tyst längre, och det var ingen utmaning längre att försöka få henne att tala. Istället verkade hon samla alla krafter för att välja sina ord rätt och att inte skälla ut mig alldeles totalt.

"Ahti hade rätt. Vi måste gå vidare och det enda sättet är att acceptera en sanning. Det är att Mias död var en olycka. Annars kommer vi att förtäras av misstankar mot släkt, vänner, bekanta och obekanta. Annars tyngs vi till döds av allt skvaller, som ingen någonsin kommer att kunna reda ut så tillfredsställande att det inte finns rum för några andra misstankar längre."

"Jag ber om ursäkt...", sade jag på samma sätt som jag hade sagt åt Ahti.

"Om vi kan acceptera olyckan som en sanning, kan nog ni göra det också", fräste Lisa och ett upprepat tutande i luren tydde på att hon hade ensidigt avslutat samtalet.

En bil till körde förbi mig, där jag satt i pappas bil och igen gungade fordonet som en roddbåt gungar i en lätt bris. Det skulle aldrig finnas ett så lugnt väder att det skulle hindra en båt från att gunga på vattnet. Det var ett faktum som jag måste acceptera.

I filmer och böcker stötte brottsutredare alltid på samarbetsvilliga intervjuobjekt, som i det långa loppet gav dem de svar de behövde. Sällan togs det upp misslyckade intervjuer och bortkastad utredningstid. Även jag borde acceptera sanningen att bortkastad tid var en vardag för dem som fick sitt levebröd som privatdetektiver. Men mitt motiv vad dock inte att förtjäna mitt levebröd via utredningarna kring Mia Kinnunens död. Mitt motiv var att främja mina sociala talanger och just nu kändes det som om jag hade misslyckats totalt i det ändamålet. Mina forskningar skulle inte gynna någon, allra minst mig själv. Jag retade upp mig ännu mera över att i brittiska detektivromaner kan ven som helst prata med behöriga, men i Finland är alla slutna och ingen tycks vilja dela med sig av sina uppgifter.

Jag fortsatte köra mot Ekenäs och klumpen i min mage växte allt större. Allt smakade surt. Jag skulle inte äta något denna dag. Jag ville bara vältra mig i mn självömkan. Jag var misslyckad och skulle förbli det. Vägskälet framför mig visade mot Salo åt höger och Ekenäs mot vänster. Jag undrade om min syster Salo kunde trösta mig för tillfället. Jag mindes hur triumviratet hade retat henne när hon hade haft tonårsproblem med pojkar. När bilen svängde mot vänster tyckte jag mig se något gult i diket. Kunde det vara? Jag trodde inte mina ögon. Vårens första tussilago!

KAPITEL 9

Söndag

Min självkänsla hade inte stigit under natten. Istället vaknade jag med huvudvärk och en depression, som jag vant mig vid under mina 3 år som arbetslös. Nedstämdheten kändes värre nu för jag hade varit på gott humör i nästan en hel vecka, och den stora svängningen i min sinnesstämning var intensiv. Och mamma gjorde det inte bättre.

Vid frukostbordet berättade jag att det inte skulle bli några intervjuer den söndagen, utan nästa besök skulle bli till Lillböle först följande dag. Mamma ställde sina frågor försiktigt och jag kunde inte klandra henne för de klumpiga ordvalen. En stor oro för min framtid speglade hennes ord, och hon fick ett tyst medhåll av pappa, som inte vågade fråga något direkt.

"Är privatdetektiv ditt nya yrke nu?" frågade mamma.

"Nej, jag försöker bara träna mina talanger att intervjua folk", svarade jag så entydigt som möjligt.

"Men vem betalar dig för att du gör de där intervjuerna?"

"Ingen. Jag får inte betalt för det. Det är bara en sorts träning så att jag skall ha bättre möjligheter att få ett jobb i framtiden."

"Jamen, nog skall man väl få lön för att man gör ett jobb? Till och med praktikanter fick lön när de jobbade på Fiskars-fabriken tillsammans med oss."

"Slavar jobbar utan lön", instämde pappa. "Man behöver inte göra vadsomhelst bara för att man är arbetslös."

Jag kunde inte argumentera med dem. Jag visste att jag skulle få ett raseriutbrott om inte diskussionsämnet snart ändrades. Det var omöjligt att förklara för utomstående varför jag var arbetslös, då jag inte visste det själv heller.

"Klarar du dig?" frågade mamma. "Jag menar, det är ju en tid sedan du hade ett arbete."

"Jo, jag klarar mig nog", svarade jag kort. "Pengarna räcker till, och med dessa åtgärder kommer nog något i kikaren förr eller senare. Hubertus kan kanske hjälpa om det blir panik. Det var han som föreslog dessa utredningar."

"När ni var små, var han en bra pojke. Och Peter Ginst likaså."

"*Var* en bra pojke? Han är det nog ännu."

"Jag menar bara att han lär visst ha haft lite problem där i Brasilien. Så mycket caipirinha att det behövdes avvärjning, sade skvallret."

Jag svarade ingenting, men mindes att Hubertus under vår lördagsmiddag hade berättat lite om sina vilda perioder i Brasilien.

"Men det var en tid sedan så han har säkert kommit över det", fortsatte mamma.

"Men vad är det egentligen för jobb som du söker?" frågade pappa med munnen full av vitt bröd.

"Jag vet inte", sade jag ärligt och så avsnoppande att de borde förstå att inte ge sig in på det ämnet igen.

"När vi förlorade jobbet i Fiskars, var vi helt enkelt tvungna att flytta och göra radikala beslut för att få ett nytt jobb", fortsatte pappa. "Och det lönade sig. Även Ginstarna flyttade från Fiskars, men de valde förtidspensionsalternativet. De har det bra i Karis, har jag hört. Visst var det lite fusk att inte jobba vidare, men jag förstår dem nog."

Jag steg upp från bordet.

"På tal om arbetslöshet...", sade jag, "... jag måste lämna in min ersättningsansökan, så jag kommer att vara inne på Internet en stund. Efter det funderade jag på att åka till slottsruinerna, om jag får låna bilen även idag "

"Det går nog bra", sade pappa. "Du kan ju fråga av Hubertus om han vill betala för bensinet, när du en gång jobbar för honom gratis."

Jag funderade på möjligheterna att ta bussen till Raseborgs slottsruiner, men insåg att det inte fanns en sådan busslinje. Jag var beroende av pappas bil och var tvungen att ta emot dessa "råd" om hur jag skulle förvalta mina föräldrars välvillighet.

"Kommer du hem till maten?" frågade mamma. "Jag tänkte göra din favoriträtt. Ugnsgratinerad sej i tomatsås med potatis, purjo och rosmarin."

Det kändes konstigt att hon kallade deras hus i Ekenäs för mitt hem. Jag hade aldrig bott där även om jag hade övernattat där några gånger. Mitt hem var i Helsingfors och jag levde bra där även om jag var en misslyckad, arbetslös individ. Menade hon att jag kunde flytta hem till dem om min arbetslöshet blev outhärdlig? Aldrig i livet.

"Det låter gott", erkände jag. "Jag är nog tillbaka tills dess."

När jag gick upp till gästrummet på andra våningen var jag ändå lite nöjd över att mina föräldrar koncentrerade all sin frågvisa energi på min arbetslöshet. Det vore många gånger värre om de tjatade över att jag saknade en fästmö och att min syster Gittas barn gärna skulle ha kusiner att leka med. De antog att bristen på ett jobb automatiskt gjorde det omöjligt att hitta en flickvän, så det ämnet behövde man inte ens ta upp.

De senaste dagarna hade jag fått vänja mig vid varierande mattider. Under mina rutinfyllda dagar var regelbundna lunchtider och middagstider något som jag hade lärt mig att gärna vänta på. Jag hade dessutom förgyllt dessa rätter med att göra dem varierande och spännande. Nu kände jag mig dock lite illamående över att magen inte fick sin näring regelbundet, utan enligt oförväntade luckor i tidtabellerna. Dessutom hade jag fått underkasta mig snabbmat och mikrovågsugnsmat!

En halvtimme senare hade jag prickat in mina arbetslösa dagar i min arbetslöshetskassas virtuella sökningstjänst. Det var en välsignelse att jag inte behövde besöka arbetskraftsbyrån eller min arbetslöshetskassa stup i kvarten. Det räckte med ett besök en gång om året, där statens jobbsökningskonsult begrundade mina alternativ tillsammans med mig. Det gällde jobbsökningskurser, fördjupande studier och alternativa jobbfunderingar, men vi hittade aldrig något konkret som kunde hjälpa mig. Arbetsmyndigheterna styrde mig hela tiden som om jag vore en hund i ett koppel, men vart styrde de mig? Ingenstans. Under den gamla, goda tiden styrde brukspatronen ett helt bruk såsom Fiskars så att alla dess medborgare mådde bra. Men sedan förvandlades bruken till storbolag med ansiktslösa ägare, och arbetsplatserna styrdes mot en mera diffus riktning. Medborgarna förvandlades till ansiktslösa arbetstagare med en prislapp. Förr eller senare blev den prislappen alltför värdefull. För var och en.

Ytterligare en halvtimme senare parkerade jag bilen på den parkeringsplats som var ansluten till Raseborgs slottsruiner. Jag var verkligen i behov av frisk luft och var glad över att jag hade blivit tvungen att fly fältet från Ekenäs. Även om jag hellre hade legat i sängen, full av självömkan.

Luften var dock allt annat än frisk. Tövädret i mars hade mjukat upp den frostiga jorden så att rutten lukt steg upp ur löven från föregående höst. Den hårdpackade jorden, som fungerade som en stig, var allt annat än hård. Min blick följde leran ända till den kurva, varifrån vyn mot slottsruinerna förväntades vara. Stigen kantades av smältande is, och jag föredrog att gå på den. För varje steg sprack isen under mina skor och det kändes som om jag försnabbade vårens ankomst genom att tvinga isen att smälta snabbare i mindre block. I det ögonblicket var det ofattbart att Fiskars å hade varit isfri mitt i vintern, och att en ung flicka hade vadat över vattnet i gummistövlar. Som om Jesus hade gått över vattnet.

Trots att jag hade bott i Västnyland under mina första 20 år, hade jag aldrig besökt Raseborgs slottsruiner. Det var inte särskilt ofta som vi hade kört utanför Fiskars överhuvudtaget, när jag var liten. När jag blev vuxen, började jag intressera mig för främmande platser och gjorde gärna utflykter. I Fiskars hade jag klarat mig bra med enbart svenska, och det blev utmanande att i studiestaden Åbo för första gången använda finska i praktiken. I skolan hade jag lärt mig enbart finsk grammatik istället för att aktivt använda vårt andra officiella språk. Ibland hade jag svårigheter med finskan i arbetslivet, då jag fortfarande hade ett arbete. Jag undrade ofta om det var en av orsakerna till att jag inte var särskilt övertygande under de få jobbintervjuer, som jag kallades till.

Raseborgs slottsruiner såg precis lika ut som jag hade föreställt mig. På bilder, frimärken och vykort hade jag sett en bastant stenfästning blicka ut över ett öppet fält, och precis så var det. Slottet hade byggts på ett litet berg och nedanför det berget såg det ut som om ruinerna stod på en piedestal. Jag kände mig liten, och plötsligt mindes jag något som jag hade läst i skolan. Det öppna fält, som jag stod på, hade varit havsstrand då slottet hade byggts. Det måste betyda att havet låg strax bakom den skog som skymtade bortom fältet.

Marssolen värmde mig, men på det öppna fältet blåste det kallt. Långa mars började närma sig sitt slut och vårmånaden april väntade, fylld av hopp om värme och ljus. För mig skulle april dock vara likadan som mars, fylld av rutiner och daglig arbetslöshet. Mina dagliga rutiner fanns upptecknade på mitt konto i det sociala forumet, och alla kunde följa med hur tråkigt mitt liv var. Borde jag ta bort uppgifterna? Borde jag skapa ett alter ego, som hade ett spännande liv? Genom att skapa skådespel för den påhittade personen kunde jag kanske skapa spänning i mitt egna innehållsfattiga liv? Jag suckade över mina egna desperata funderingar.

En av orsakerna till att jag ville besöka just Raseborgs slott, var den nya roll som ruinerna oväntat hade fått några år tidigare. Jag sökte inspiration av dem. Efter att i århundraden slumrat i glömskan hade ruinerna plötsligt blomstrat igen på ett sätt som jag önskade att skulle drabba mig också. Plötsligt en dag hade beslutsfattarna bestämt att en hel nygrundad stad skulle uppkallas efter slottsruinerna. Raseborg hade plötsligt blivit en symbol för både Ekenäs, Karis, Pojo och Tenala. Vad borde jag göra för att börja blomstra igen? Min roll som privatdetektiv var ytterst tillfällig, och något måste dyka upp så snart det här uppdraget var över.

Bland alla dammpartiklar och utspridd sand från vintern var det ännu svårt att se färger och hopp om en värmande vår. Någonting fattades och jag kunde inte sätta tummen på vad det kunde vara. Den ruttnande vårluften var en symbol för upptinad väntan, men vad skulle förändras för mig?

Så länge jag var arbetslös kändes det som om alla minnen och alla upplevelser hade lett till detta misslyckande. När jag var ung i Fiskars, låg hela livet framför och det var fullt av hopp. Allt det hade raserats i det ögonblicket, då mitt arbetsförhållande tog slut. Alltsedan jag blev arbetslös har jag upplevt alla mina känslor och dagliga bekymmer så mycket intensivare än tidigare. Under min arbetstid drevs jag av den ena utmaningen efter den andra, men som arbetslös förvandlades varje utmaning till ett problem. Alla dofter, smaker och deprimerade känslor var så mycket mera intensiva nu än tidigare. Jag tyckte mig höra tissel och tassel omkring mig även om jag innerst inne visste att man inte talade om mig.

Mina tankar gick tillbaka till det ögonblick då jag fick sparken. Efter samarbetsförhandlingarna hade alla arbetstagare kallats till sina förmän, en efter en, för att höra om arbetsförhållandet fortsatte eller om man blivit avskedad. Förstås hade jag oroat mig i förväg hur det skulle gå för mig och förstås hade jag psykiskt förberett mig på det värsta. Ändå hade det negativa beskedet kommit som en chock. Det var först senare, samma kväll, som jag hade förstått vad som hade skett. Jag hade gjort misstaget att berätta om förhandlingarna åt mina föräldrar och de ringde naturligtvis upp mig samma kväll. Då jag blev tvungen att säga högt de ord, som beskrev min situation, hade jag förstått det själv. Först en vecka senare var jag stark nog att berätta mera detaljerat för mina föräldrar och min syster hur lång min uppsägningstid var, hur länge jag förväntade mig få arbetsrelaterat inkomstskydd, vad som skulle ske med mina intjänade semesterdagar och vad jag skulle göra härnäst. Förklaringarna var det tyngsta i situationen. Under uppsägningstiden hade jag inte lyckats utföra något förnuftigt på jobbet, och det hade ingen annan heller. En månad senare hade snöbollseffekten tvingat fram nya samarbetsförhandlingar, då kunderna hade skrämts iväg av de första svårigheterna. En tid senare hade konkursen varit ett faktum för min förra arbetsgivare.

Tre år senare var jag fortfarande som en vrakspillra, flytande vart vågorna än förde mig. Hundra arbetsansökningar och en handfull arbetsintervjuer hade hållit mig flytande på vågor av hopp om ett nytt jobb. Vågorna hade dock tärt på det sköra träet i vrakspillran, och snart skulle jag inte lyckas klamra mig fast i den längre. Jag behövde land i sikte för att fortsättningsvis kunna hålla mig flytande. Utredningen av Mias död hade varit en skymt av sådan landmassa, men nu kändes det som om jag flöt allt längre ut till havs igen.

Som arbetssökande hade jag tid, kunskap och resurser att ge i utbyte mot en ersättning. Jag ville att någon skulle utnyttja min tid, mina kunskaper och mina resurser på samma sätt som jag ville utnyttja en arbetsgivares förmåga att betala för mina tjänster. Som arbetslös låg jag träda och blev inte utnyttjad, och på ett oförnuftigt sätt var jag stolt över att ingen kunde utnyttja mig heller. Alla andra arbetstagare sålde sig själva, men inte jag. Mest stolt skulle jag förstås ändå vara om någon ville utnyttja mig. Denna motsägelse gjorde mig ibland förvirrad och i längden skulle det säkert försvåra mitt arbetssökande. Men jag var nu här, i Västnyland, med ett uppdrag: att utnyttja och bli utnyttjad igen.

När jag samlade ihop allt det som jag lärt mig under de senaste dagarnas intervjuer, hittade jag ingenting som var särskilt konkret. Det mest sannolika var fortfarande att Mias död var ett resultat av en olyckshändelse. Mina intervjuer hade varit intressanta, men om jag beskrev dem för polismannen Stefan, skulle han nog säga att de inte innehöll något nytt under solen. Ändå kändes det som om jag i något skede hade sett eller hört något, som kunde vara av betydelse. Något som inte var direkt uppenbart, men som fick en helt annan betydelse, om det sattes i en annan kontext. Något som Anteros konspirationsteorier skulle avslöja om jag fokuserade på något helt annat än det uppenbara. Det kändes på samma sätt som när man letar efter något i sitt minne, men något blockerar just den minnesbilden.

Mina tankar gick tillbaka till Mias forskningar i cellbiologi och minnesbilder. Jag önskade att hon hade fått leva så att hon skulle ha forskat fram ett sätt att sovra bort oönskade och obehagliga minnen. Om Mia hade fått leva, skulle hon kanske ha blivit en betydande genforskare. Vad var min betydelse i livet egentligen? Ingenting. Mina gamla PR-kampanjer var sedan länge glömda och mina kunder har fått nya kontaktpersoner i nya tjänsteföretag. Trots att jag varit engagerad inom PR, kändes det svårt att marknadsföra mig i jobbsökandet.

Ju längre tid jag tillbringade i Västnyland, desto mera mindes jag detaljer från min barndom och från mina unga år tillsammans med Hubertus och Peter. Kunde dessa minnesbilder vara av nytta i utredningarna? Sådana minnen, som Stefan Rundberg omöjligt kunde ha till sin hjälp, när han utförde sina polisundersökningar? Jag kunde bara inte förstå vad dessa minnen kunde ha att göra med en flicka som dött i Fiskars över tjugo år senare.

Eller kunde det gå ännu längre bak i tiden? Ahti Kinnunen hade gjort ett stort nummer av hur länge ätten Rams hade bott i Ramskulla. Samtidigt hade jag konstaterat att Flytmarschs hade bott i Fiskars i flera generationer på samma sätt som vallonerna och finsmederna Ginst hade gjort. Och von Dunderholm.

Kunde det ligga någon konstig släktfejd bakom Mia Kinnunens död? Något som jag ännu inte hade identifierat? Kanske hon till och med studerade de långlivade ätternas genetik? I hemlighet? Fanns det något i ätternas minnesbank som väntade på att bli avslöjat? Vad det än var, kände jag på mig att något olycksbådande väntade på att bli uppdagat.

Jag hade fortfarande åtminstone ett intervjuobjekt framför mig, det som Hubertus hade högsta förväntningar på. Axel Nordsund. Först därefter kunde jag lämna mitt uppdrag med gott samvete. Först därefter skulle jag veta om jag upptäckt något som kunde vara av nytta för dem som undersökte Mia Kinnunens död. Först därefter skulle jag veta om jag hade bättre förutsättningar att möta det hårdflörtade arbetslivet igen.

Plötsligt insåg jag vad som hade retat mig för en stund sedan. Vad som fattades i landskapet framför mig. Det var mina omedvetna förväntningar om fågelsång. Något som jag inte hade hört sedan åtskilliga år tillbaka i Helsingfors. Jag brukade alltid förknippa landsbygden med fågelsång och här i Raseborg hördes det inte. Det var för tidigt ännu för småfåglar att häcka. Men deras tid skulle komma ännu, det var säkert. Även mina förväntningar skulle uppfyllas en dag.

När jag lämnade Raseborgs slottsruiner igen, fick jag en känsla av att de skulle ha en helt ny roll när jag besökte dem nästa gång. Den dagen skulle staden Raseborg knappast finnas längre och istället fanns en ännu större och ännu mera effektiv enhet, som representerade dessa trakter. Då skulle jag vara lika främmande i denna landsdel som nu. Trots att jag och mina gener härstammade härifrån.

KAPITEL 10

Måndag

När jag körde genom Fiskars bruk igen tänkte jag på de olika byggnaderna och deras betydelse. När jag var liten hade Gamla tvättstugan helt enkelt bara hetat så utan att jag tänkt närmare på vad det betydde. Numera förstod jag att byggnaden hade hetat så därför att den hade inrymt tvättmöjligheter åtskilliga år innan jag ens varit född. Samma gällde Kvarnen, som numera inte hade något kvarnhjul, och Gamla ladugården, som inte hade sett kor på årtionden. Byggnaderna hade fungerat som ett nätverk av beroenden sinsemellan, och dessa förbindelser var numera osynliga. På samma sätt som en användares väns vän nuförtiden kan höra till ens kontakter på det sociala forumet. I den virtuella världen, där någon känner någon utan att man ens vet om det.

När jag hade kommit till Åbo för att studera, hade många intresserat sig för min hemort Fiskars. När jag hade sagt att jag var hemma från Fiskars bruk, hade jag fått den knepiga frågan vad ordet "bruk" egentligen betyder. Jag hade svarat att det var en industriort med gamla anor, och att det var just industrin som gjorde bruket annorlunda än vanliga byar. Numera var jag mera av den åsikten att ett bruk hade, precis som dess enskilda byggnader, en speciell funktion att uppfylla. För över 360 år sedan hade den funktionen varit att skapa bebyggelse i södra Finland samt uppgifter kring två viktiga råvaror: skog och järn. När alla byggnader och alla dess invånare och arbetare hade en uppgift att fullfölja, hade det blivit en symbios, där alla kände alla. Istället för någon som kände någon.

Jag körde genom bruket och fortsatte en bit mot Antskog. Efter en kort stund dök en sidoväg upp och jag vek av mot Degersjön, som jag visste att fanns bortom skogarna. Det var tydligt att snötäcket ytterligare hade vikt undan sedan mitt besök hos Antero i Fiskars på fredagen. Det milda veckoslutet hade hämtat våren allt närmare. Sandvägen var våt och lerig, och jag funderade om jag skulle bli tvungen att tvätta pappas bil innan kvällen. På vissa ställen hade tunga fordon gjort djupa fåror i vägen och jag fick hålla tungan rätt i munnen för att inte fastna i den mjuka beläggningen. Jag undrade om fårorna hade kommit från Axels bil eller gårdens bruksfordon. Eller kanske Hubertus själv hade något tungt vrålåk som han hade använt under sin vecka på Lillböle.

Sandvägen till Lillböle hade känts oerhört lång när jag var liten 30 år tidigare. Ibland hade Peter och jag varit tvungna att cykla från Fiskars till Lillböle för att hälsa på Hubertus, även om det oftast var Hubertus som kom till bruket för att hälsa på oss. Även nu kändes sandvägen längre än den förmodligen var mätt i kilometer.

Skogen förvandlades plötsligt till öppna fält och jag körde genom en bred allé för att komma till huvudbyggnaden, Lillböle herrgård. När jag var liten hade allén skuggats av de gamla lindarnas breda trädkronor, men nu såg de löjligt stympade ut. Från de tjocka trästammarna hade alla gamla grenar och toppar sågats av och nu spretade bara unga, kala grenar upp mot skyn. Allt såg välplanerat och välskött ut, och jag var övertygad om att Hubertus och hans mamma var nöjda med disponenten Nordsunds arbetsinsatser.

Herrgården var lika imponerande som den alltid hade varit. För Hubertus hade den varit ett helt normalt hem, men för Peter och mig hade huset varit lika spännande som händelseplatsen i en spännande tv-serie för barn. Eller rafflande mysterieböcker för unga. Under mina sena tonår hade jag bett Hubertus berätta om husets och hans släkts historia, och jag försökte erinra mig vad han hade berättat.

En akut finanskris hade plötsligt drabbat Fiskars dåvarande ägare under mitten av 1800-talet och hjälpen hade kommit från Sverige. Släkten von Dunderholm hade haft ett litet problem på sin framgångsrika tändsticksfabrik någonstans i Uppland. En gren av släkten hade utsatt dynastin för en skandal och man ville bli av med det svarta fåret, som skickades till det avlägsna Finland. Man hade kommit överens med Fiskars ägare om att köpa en bit mark vid Degersjön för ett skyhögt pris för att von Dunderholm skulle bosätta sig där i exil. Tändsticksdynastin hade till och med byggt en herrgård på tomten, som fått heta Lillböle. Det svarta fåret och hans ättlingar hade bott på Lillböle i över 150 år redan.

Ibland undrade jag vad von Dunderholms funktion hade varit i Fiskars efter att penningtransaktionen till Fiskars ägare väl hade blivit utförd. De hade inte gjort något och ingen av dem hade jobbat i bruket, men många bruksbor hade jobbat på herrgården. Det hade funnits tjänstefolk, pigor och drängar, chaufförer och hästkarlar, och nu fanns det en disponent och hans son. Von Dunderholms hade också varit storkunder i brukets affärer.

När jag steg ut ur bilen, kom Hubertus redan gående från herrgårdens ytterdörr. Jag kunde inte låta bli att undra hur herrgårdens och von Dunderholms framtid såg ut. Hubertus var den sista i ätten, som redan hade slocknat i Sverige. Det svarta fåret i Finland hade överlevt alla andra. Hubertus var den enda sonen till hans pappa, som numera var död, och hans mamma bodde i Brasilien. Kanske hade tändsticksdynastins alla miljoner använts under det senaste århundradet, eller kanske det ännu fanns något kvar för Hubertus att ärva och förvalta. Jag märkte att jag fortfarande inte riktigt visste hur Hubertus förtjänade pengar i sitt nya hemland Brasilien. Men det var inte honom eller mina barndomsminnen jag skulle koncentrera mig på, utan på allt som hade med Mia Kinnunens död att göra. Min blick gled mot sidobyggnaden, disponentens hem. Den var inte lika imponerande som Lillböle herrgård, men den såg mera hemtrevlig ut.

Hubertus breda, brunbrända flin gjorde mig lika perplex som en vecka tidigare när jag hade sett honom för första gången på 20 år. Han såg lika främmande ut som förra veckan, för jag mindes honom fortfarande bara som den unga pojke, som jag hade lekt med i åratal för en oändligt lång tid sedan. Jag kände inte igen någonting i honom, och för ett ögonblick slogs jag av tanken att mannen kanske inte överhuvudtaget var Hubertus. Kanske han var någon annan som bara sade sig vara Hubertus? Jag slog snabbt bort tanken, för Hubertus hade under vår gemensamma lördagskväll berättat många barndomsminnen, som bara han och jag kunde minnas. Eller hade han planterat minnena i mig? Var det något som Mia hade experimenterat med i Åbo Akademi i sina minnesstudier?

För ett kort ögonblick kände jag mig skräckfylld. Obehaglig till mods. Oföretagsam. På samma sätt som jag kände mig dagligen när jag grubblade över min arbetslöshet. Vad skulle jag säga till Hubertus? Min gamla vän? För ett ögonblick tyckte jag mig se Hubertus mamma stå bakom fladdrande gardiner i fönstret på övre våningen, vaktande över oss barn och triumviratets pojkstreck. Sedan såg jag att herrgården helt och hållet saknade gardiner. Den såg ut som ett välpolerat skal utan liv. Som ett av de där pompösa gravmonumenten som med pengar försöker hämta döda storheter tillbaka till livet.

"Hur känns det att bo här på Lillböle?" frågade jag utan att riktigt veta varför. "Jag menar nu när du egentligen bor i Brasilien?"

"Jag sover alltid bra här", svarade Hubertus utan att försöka fundera vad jag egentligen menade med frågan. "Men hur känns det för dig att komma hit efter alla dessa år? Jag menar, jag kommer ju hit åtminstone en gång om året, men du har senast varit här för – ja, 20 år sedan?"

"Allt ser lika ut som för 20 år sedan", sade jag. "Lindarna har trimmats, men vägen hit var sig lik. Som liten var du i god kondition, när du cyklade till oss i bruket varje dag."

"Jo, och jag får jobba hårt för att behålla konditionen numera när man gått över 40-årsstrecket. I Brasilien är det viktigt att man ser bra ut och har kroppen i toppskick."

Jag undvek att skämta om min egen nedsatta kondition och mina överlopps kilon. Hubertus blick vek snabbt bort från min mage.

"Du skall visst tillbaka till Brasilien ikväll", sade jag som en bekräftelse på vad han hade sagt redan tidigare.

"Jo, och jag tänkte att jag gärna skulle vara med när du intervjuar disponenten och hans son idag. Det är ju trots allt för Axels skull som jag föreslog att du skulle undersöka Mias död. Därefter får vi två gå genom allt du har fått reda på under dessa dagar."

"Precis", sade jag även om jag kände mig illa till mods över att jag inte hade fått reda på något matnyttigt. "Och i telefonen berättade du att du tagit kontakt med Stefan, polismannen, för att berätta om din roll i att jag intervjuar de inblandade."

Hubertus bekräftade även det. "Jag ville berätta om vår intervjuplan för Stefan för att det inte skulle bli några klurigheter med den saken. Så vi kom överens om att du ger åt honom en sorts slutrapport om dina synpunkter genast efter det här besöket på Lillböle. Han finns på Karis högstadiums gård hela eftermiddagen under en sorts polisuppvisning. Det är visst OK att du pratar med honom om under det tillfället."

Det kändes som om allt var planerat för min del. Min uppgift som intervjuare började närma sig sitt slut. Jag behövde inte ens stämma en träff med Stefan. Allt var enkelt även om jag inte hade kommit med några resultat. Var detta alla privatdetektivers lott? Att en stor del av deras undersökta fall blir olösta eller att de på något sätt saknar en tillfredsställande slutkläm? Att bara en del av deras arbeten blir likadana fantastiska, odödliga fall som engelska och amerikanska detektiver löser i böcker, tv-serier och på film?

"Hur känns det nu?" frågade Hubertus med sin problemfria glimt i ögat. "Är du efter dessa undersökningar bättre beredd på att agera med dina medmänniskor samt att tackla arbetsintervjuer?"

"Jovisst", sade jag även om jag inte kände mig särskilt övertygad över saken. "Jag kommer nog att få ett jobb på nolltid. Ett riktigt jobb."

Hubertus tittade tyst på mig som om han försökte tolka om jag hade skämtat eller menat allvar. Eller om jag hade förhållit mig spydigt till hela intervjuprojektet. Jag visste inte själv heller vad jag hade menat med "ett riktigt jobb". Jag hade fortfarande svårt att förhålla mig till Hubertus. Var han min vän från pojkåldern? Eller var han en arbetsgivare? En neutral affärsbekant? En potentiell välgörare till mig? Jag önskade att Peter vore närvarande, precis som under vårt triumvirat, för då visste jag att allt var lika tryggt och behagligt som under barndomen.

"Vi går till disponentvillan", sade Hubertus och gick före. "Alvar Nordsund väntar redan."

Jag hade faktiskt träffat både Alvar och Axel 25 år tidigare, då de just hade flyttat in till gården. Alvar hade varit en ivrig man och lycklig över sitt nya jobb som disponent. Jag hade lämnat tillbaka min extranyckel till Lillböle, då jag lämnade Fiskars för att studera. Den dagen hade Alvar stolt berättat om sin släkts finsmedsbakgrund och om något föremål som hans förfader Christian Nordsund hade utvecklat. Det hade senare blivit en storsäljare bland brukets produkter. Alvar hade varit glad över att kunna stanna i Fiskars trots att föremålets försäljning hade dalat under senare år.

Alvar Nordsund hade naturligtvis åldrats på 25 år, men hans ivriga blick fanns kvar trots att han var en änkling i övre 50-årsåldern. Han hade skött Lillböle som om gården var hans egen trots att värdfamiljen tillbringade bara lite tid i Finland. Hans handskakning var fast och han tittade rakt i ögonen utan att visa om han mindes mig från det korta besöket 25 år tidigare eller inte. Det fanns en likadan stolthet i hans hållning som jag hade sett i Peter, som hade en likadan finsmidesbakgrund i släkten som Nordsunds.

"Kom in", välkomnade Alvar. "Jag håller på att laga lunch, så det får bli en herrlunch för oss alla fyra, om det passar. Axel lovade komma hit under sin lunchrast, så han borde vara här närsomhelst."

"Jag avslutar här", sade Hubertus och gick till en cykel, som stod uppochned vid disponentvillans vägg. Det var tydligt att han höll på att byta innergummit till cykelringen inför den kommande säsongen. Det var en uppgift som han hade fått utföra många gånger som liten efter sina långa cykelturer längs den sandiga skogsvägen till Fiskars.

"Behöver du hjälp?" frågade Alvar, som tittade oroligt på Hubertus projekt.

"Nej, gå ni in förväg bara", svarade Hubertus och vi löd.

Jag kom in i farstun och tog av mig skorna. Alvar visade mig till köket, där lunchförberedelserna var i full gång. Kycklingstrimlor väntade vid en wok-panna, liksom en påse med frysta wok-grönsaker och nudlar. Alvar Nordsund började hetta upp lite matlagningsolja i pannan.

"Hubertus har inte visat särskilt mycket intresse för reparationer och fastighetsskötsel under de senaste åren, men idag ville han plötsligt själv sköta vårunderhållet av cykeln." Alvar såg lite förbluffad ut. "Kanske han började minnas er gemensamma barndom och era cykelutfärder", fortsatte han och visade därmed att han visste vem jag var.

"Ni är inte orolig för att han vill själv börja sköta Lillböle?" frågade jag spontant.

"Nej. Har han sagt något som skulle visa på sådana önskemål?" frågade Alvar intresserat. "Eller något som visar på att von Dunderholms borde spara pengar?"

"Nej, jag vet inte något sådant", svarade jag ärligt.

"Axel klarar sig nog om vi blir tvungna att flytta, men jag kommer inte att hitta ett nytt jobb i den här åldern mera", sade Alvar.

Jag hittade inga ord som kunde lugna den äldre mannens farhågor. Innerst inne kände jag att han borde vara nöjd över att han hade fått möjlighet att jobba under hela sitt vuxna liv. Och att han inte hade blivit arbetslös som 40-åring liksom jag.

"Jag vet faktiskt inte om Hubertus vill bo kvar i Brasilien eller återvända till Finland", sade jag. "Men även om han skulle komma tillbaka, har jag nog svårt att tro att han skulle kunna sköta allt det som ni gör för tillfället."

"Kanske det", sade Alvar medan han lade kycklingen i den heta oljan så att köttet började fräsa ilsket. "Men när hans mamma är död, blir han ensam ägare till alla von Dunderholms medel och det finns kanske inget som binder honom till Brasilien längre."

"Är det en akut farhåga?" frågade jag förbluffat. "Är Maria von Dunderholm i dåligt skick?"

"Oj, du visste inte", sade Alvar med en skrämd blick mot fönstret, där Hubertus skymtade i färd med att lyfta cykeln till rätt läge igen. "För några månader sedan fick Maria ett besked om att hon har sex månaders levnadstid kvar. Någon cancer visst."

I samma ögonblick mindes jag att Hubertus hade nämnt det i Vallgård under min middag. Hur kunde jag ha glömt det? Jag tittade på min barndomsvän genom fönstret. Snart skulle han vara helt ensam, utan föräldrar, och jag hade båda mina föräldrar kvar. Och jag hade avundats Hubertus för att hans liv var i ordning, medan jag saknade arbete!

"Hon kommer inte att kunna resa till Finland längre", fortsatte Alvar med blicken i wok-pannan. "Hon kommer aldrig att se Lillböle mera. Men jag har för mig att Hubertus har anpassat sig till beskedet och det oundvikliga. Och Maria också."

"Hoppas att inget har hänt i Brasilien under hans vecka här i Finland", sade jag uppriktigt.

"Ja, han vill nog komma iväg ikväll", sade Alvar. "Han hade knappast kommit till Finland om det inte hade varit viktigt. Han har mest varit borta från Lillböle under den här korta veckan."

Kycklingen var genomstekt och Alvar Nordsund hällde i de djupfrysta grönsakerna så att de ännu hårda morotsskivorna skramlade mot pannan. Han tog fram en burk med sötsur sås från kylskåpet.

"Hur har du trivts här i Lillböle?" frågade jag. "Det närmar sig väl ett kvarts sekel här på en och samma arbetsplats?"

"Jo, riktigt bra, tackar. Det blir rätt ensamt ibland, speciellt nu när Axel är allt mera sällan hemma. Under de första tre åren var det mera livligt förstås, när herr von Dunderholm ännu levde. Visserligen såg jag rätt lite av honom, för det var Maria som skötte om honom på hans rum. Och under de sista åren rörde han sig väldigt sällan ute. Hon reste iväg till Brasilien rätt snabbt efter att herrr hade dött, och Hubertus bodde i Helsingfors, när han studerade. Efter att han blev klar, bodde han en tid här och sedan flyttade även han till Brasilien."

"Så i 25 års tid har du skött om herrgården, medan Hubertus och Maria har väntat på att besluta sig om Lillböles framtid?"

"Så kan man visst se på saken. Antagligen har gården ett värde för dem, eftersom de har behållit den."

"Gården har säkert ett värde för dig också?" konstaterade jag.

"Det kan man säga. Jag har på sätt och vis varit gift med gården."

Det hördes lite buller från farstun och jag förstod att Hubertus hade avslutat sitt arbete med cykeln. Ljudet av rinnande vatten från toaletten tydde på att han tvättade cykelkedjornas olja från sina händer. När han kom in i köket med sitt breda leende, kände jag hur mitt hjärta ströps i ett ljudlöst medlidande för mannen, som snart skulle förlora sin mamma. Varken Alvar eller jag sade något om vår tidigare diskussion.

Ljudet från en närmande bil hördes utifrån och jag gick nyfiket till fönstret. En gammal men uppiffad bil parkerades bredvid min pappas bil och jag försökte få en glimt av Axel Nordsund redan innan han steg ur bilen. Det var en bilmekanikers bil. Han hade troligen fått den billigt och han hade använt rikligt med egen tid för att göra den bättre, snabbare och vackrare.

"Jasså, han kom nu", sade Alvar, som lade nudlarna i den puttrande såsen. "Precis i rätt tid. Grönsakerna håller på att mjukna."

Jag stod nästan med näsan mot fönsterrutan, då en lång, slank, ung man närmade sig disponentvillan. Så detta var Axel Nordsund. Den stiliga mannen som sällskapade med Linnea Flytmarsch, och som troligtvis hade varit föremål för Mia Kinnunens intresse. Den unga mannen, som närmast avgudades av hans vän Antero Grönström. Axel var den man, som jag helst borde bevisa vara oskyldig till Mia Kinnunens död. Men om han på något sätt var ansvarig för hennes död, förväntades jag få honom fast för det. Så att det inte fanns något rum för tvivel längre. Det var den sista mannen som jag skulle intervjua i denna utredning, och jag hade inga som helst förväntningar att det skulle bli något entydigt resultat av det.

Axel sparkade av sig skorna och steg in i köket. Han nickade mot sin pappa och Hubertus, och kom gående mot mig med en utsträckt hand. Han var så stilig att det kändes som om jag tittade på en overklig människa. Hans stadiga handskakning liknade hans pappas, och jag kände mig som en undermänniska med min veka (arbetslösa) hand. Jag förstod nu varför Linnea och Mia hade grälat om honom, och varför Antero kunde få smulor i form av kvinnor även om han stod i Axels skugga. Jag kunde dock inte förstå varför den perfekta människan till råga på allt verkade vara trevlig och vänlig. Han måste vara för bra för att vara sann.

"Pappa har visst lagat sin bravurlunch", sade Axel efter att vi hade presenterat oss.

"Precis, det är bara för herrarna att sätta sig ned", bekräftade den äldre mannen.

"Axel har visst en rätt så kort lunchpaus så vi får gå rakt på sak." Hubertus tog rollen som en sorts ordförande. "Jonas "Jonne" Österfelt och jag är gamla bekanta och jag stöder honom i den här egna lilla utredningen av Mias död. Så jag bjöd er hit för att diskutera vad som hände den där kvällen hos Flytmarschs.

Jonne har visst redan diskuterat med de andra från kvällen, Linnea och Antero, och dessutom några andra också."

Det lät som om Axel inte hade haft möjligheten att tacka nej till förhöret, men det verkade inte vara något problem för den unga mannen. En manligt stor portion med kycklingnudlar lades på våra fyra tallrikar.

"Alltid finns det något som kanske blev osagt i de formella förhören", sade Alvar uppmuntrande.

"Det var visst så att du och Linnea försökte para ihop Antero och Mia den där kvällen", konstaterade jag som en fråga. "Och det lyckades inte riktigt."

"Just det. Linnea hade fått idén och när jag talade med Antero om planen, lät han intresserad", svarade Axel.

"Så det var Mia som inte var intresserad av Antero snarare än att Antero inte var intresserad av Mia?"

"Just det. Antero är inte så kräsen, det mesta duger nog åt honom", sade Axel med en blinkning.

"En kräsen man skulle alltså inte ha blivit intresserad av Mia?"

En matbit stannade i luften på väg mot Axels mun. Förläget lade han gaffeln tillbaka på tallriken.

"Det var inte så jag menade. Hon var nog vacker. Men jag själv var inte intresserad av henne."

"Men hon var intresserad av dig?"

Axel tittade försiktigt på sin pappa. Sedan på Hubertus. Ingen tuggade sin mat, för alla väntade förväntansfullt på ett svar.

"Hon var nog det, ja."

"Men du uppmuntrade henne inte på något sätt?"

"Nej."

"Men stämningen blev konstig den kvällen för hon var intresserad av dig, och så försökte du servera henne en annan man som hon inte var intresserad av."

"Just det", svarade Axel igen med en förlägen röst som om han hade gjort något fel.

"Och hur förhöll sig Linnea till denna situation? Hon är ju trots allt din flickvän."

"Jag tror att det var först under kvällens lopp som hon började inse vad Mia egentligen kände. Och Linnea blev irriterad både på mig och på Mia. Och kanske till och med på Antero också fastän han var helt oskyldig i dramat."

Hubertus tittade stint på sin disponents son som om han förväntade sig se osynliga motiv och osagda gärningar. Eller kanske han var lite avundsjuk för att de unga upplevde stora känslostormar, något som vi över 40-åringar inte längre gjorde.

"Jag har diskuterat situationen med Linnea efteråt, och hon förstår situationen nu", fortsatte Axel. "Även om vi grälade rätt intensivt den kvällen."

"Under festen ställdes ändå ingen mot väggen om känslorna gentemot varandra?"

"Nej. Vi grälade om alla andra saker istället. På samma sätt som om vi gick som katter kring het gröt, alltså vi undvek det egentliga problemet."

"Mia var alltså ett problem?"

"Nåja, det var lite fel sagt."

"Men Mia sprang alltså ut, och kom aldrig tillbaka. Antero gick också hem, och du försökte först stanna hos Flytmarschs, men så kom du och Linnea överens om att det var bättre att du gick hem till Lillböle."

"Just det", svarade Axel med sina sedvanliga ordaval. "Även om det är en lång promenad."

"Såg du något konstigt när du gick hem? Något vid forsen, eller någonting överhuvudtaget?"

"Nej, och det retar mig. Jag borde ha lyssnat bättre ifall någon var i nöd, speciellt eftersom Mia nyligen hade stormat ut så dramatiskt som hon gjorde."

"Jag hörde att ni diskuterade sexuellt utnyttjande alldeles innan Mia sprang ut. Tror du att hon hade erfarenheter av det och att hon därför inte stod ut med samtalsämnet längre?"

"Nej, det tror jag inte", sade Axel och rodnade.

En nudelslingra föll från Alvars mungipa och han tittade strängt på sin son.

"Vad betyder den där minen?" frågade Alvar sin son. "Döljer du något?"

"Jag tror inte att Mia hade blivit sexuellt utnyttjad av någon", vidhöll Axel.

"Men?" frågade Hubertus som om de satt vid ett korsförhör.

Axel tittade beskedligt på mig som om jag var hans enda allierade. Trots att jag var en främling som hade kommit för att pumpa sanningen ur honom. Eller kanske jag var trygg just därför att jag var en främling?

"Kanske hon blev upprörd därför att det var hon som hade gjort sexuella närmanden?" sade Axel försiktigt.

"Menar du?" frågade Alvar med en osäker röst.

"Menar du att?" frågade Hubertus med en rätt upphetsad röst.

"Att det var Mia som hade gjort direkta närmanden mot dig?" frågade jag rakt på sak.

"Just det", bekräftade Axel med en snopen blick. Det var en självöverraskad blick, som bara en sådan man kunde ha, som inte själv visste hur bra han såg ut.

"Linnea märkte ingenting?" frågade Hubertus.

"Nej. Och när Mia hade försökt för tredje gången sade jag rakt ut åt henne att jag inte ville ha henne."

"Blev det en obehaglig situation?" frågade jag förväntansfullt som om ett motiv höll på att dyka upp.

"Nej, inget dramatiskt. Bara irriterande. Och den situationen blossade sedan upp den där januarikvällen."

"Var hon hopplöst kär i dig? På ett maniskt sätt?"

"Nej, det tror jag inte. Det var bara enkla försök från hennes sida."

"Kan någon annan ha fått reda på hennes känslor?"

"Nej, det tror jag inte."

"Men du förstår säkert att det hade blivit en explosiv situation om Linnea hade fått veta det. Deras vänskap skulle ha brutits. Och de skulle inte ha kunnat fortsätta som bostadskamrater i Åbo. Och det skulle kanske ha blivit slut mellan dig och Linnea." Alvar var plötsligt orolig för sin sons del.

"Jag förstår allt det. Men alla dessa scenarion realiserades inte, för ingen fick veta. Och jag tror inte att någon fick veta det heller under den korta tid som Mia sprang ner mot Fiskars-ån den där natten."

Allt det var sant. Det började kännas som om vi närmade oss en återvändsgränd igen.

"Vet du något om Mias studier i Åbo Akademi? Hennes forskningar i genetik?" Jag hoppades att något skulle bära frukt.

"Nej, ingenting."

Axel började titta på klockan och Alvar samlade ihop tallrikarna som om han var solidarisk gentemot sin son. Hubertus tittade förväntansfullt på mig.

"En sak ännu", sade jag. "Vad tänker du om Antero? Tror du att han beundrar dig mera än vad en vän vanligtvis skulle göra?"

"Nej, hur så? Han är en riktigt bra typ."

"Han pratade väldigt varmt om dig."

"Menar du att han skulle vara intresserad av mig?" sade Axel med en rofylld glimt i ögat. Alvar skramlade med tallrikarna. Hubertus tittade på mig med halvöppen mun.

"Nja, jag vet inte riktigt", svarade jag ärligt. "Jag ville bara höra vad du anser om en sådan uppmärksamhet."

"Jodu, om jag lyckades skaka av mig Mia, så tror jag nog att jag vid behov kunde skaka av mig Antero också", sade han med ett pojkaktigt flin. Han blev snabbt allvarlig igen. "Jag menar inte att jag skulle ha skakat av mig Mia i forsen förstås."

Hubertus tittade åter på mig som om jag i sista stund ännu skulle lyckas bevisa Axels skuld. Axel fortsatte bestämt:

"Jag skakar av alla ända tills Linnea är kvar och tills hon vet att det inte finns någon annan."

Jag hade inte hjärta att intervjua den förälskade unga mannen mera. Det fanns inget mera jag kunde göra. Jag hade inte fått mera klarhet i Mias död och det fanns ingen mera att intervjua. Hubertus, Axel och jag trängdes i farstun med att placera skorna på våra fötter och jag tackade hjärtligt disponenten Alvar Nordsund för hans lunch.

Hubertus och jag stod på Lillböle gård och såg Axel Nordsunds bil köra genom den kala lindallén mot Pojo och hans bilverkstad. Vi kände oss som gamla gubbar, som såg hur nya generationer tar över vår värld och omformar den efter sina behov. Om Axel och Antero hittade en tredje ung man till sitt sällskap, skulle det vara ett likadant oslagbart triumvirat som Hubertus, Peter och jag hade format 30 år tidigare. Det skulle alltid komma nya dynamiska generationer, speciellt på en ort med gamla anor såsom Fiskars. I det ögonblicket önskade jag att Peter hade funnits vid Hubertus och min sida, men han var på andra sidan jordklotet vid det laget. I det ögonblicket föll Hubertus nyreparerade cykel omkull med en skräll.

KAPITEL 11

Måndag

När jag lämnat Lillböle och Fiskars bakom mig, samt åkte förbi Pojo och Åminnefors, beslöt jag mig för att köra genom Billnäs bruk. Billnäs hade varit ett likadant bruk som Fiskars och med lika gamla anor. Dess gamla byggnader fyllde likadana funktioner som Fiskars gamla byggnader gjorde. Av någon orsak hade Billnäs inte lyckats profilera sig på samma sätt som en turistort som Fiskars hade gjort.

Vattenverket vid ån var betydligt större och forsen mycket mäktigare än forsen vid Fiskars å. Vattnet var inte så grunt att man skulle ha kunnat gå över ån på samma sätt som Mia hade gjort några månader tidigare i Fiskars.

Jag suckade djupt och fortsatte min färd mot Karis längs samma rutt som skolbussen hade kört Hubertus, Peter och mig till både högstadiet och gymnasiet i grannstaden 25 år tidigare. Efter våra lätta år i det lilla lågstadiet i Pojo kyrkby fick vi anpassa oss till den långa skolresan till de större skolorna i Karis, när vi blev äldre. Nu skulle jag återvända till samma skolgård i Karis, för det var där som polismannen Stefan skulle ta emot min substanslösa slutrapport om Mias dödsfall. Det var inte långt från Billnäs till Karis.

Efter besöket på Lillböle kände jag mig vemodig. Skulle det ta ytterligare 20 år innan jag besökte herrgården nästa gång? Hubertus hade visat mig de tomma rummen på herrgården innan jag hade åkt iväg. De hade varit fyllda med prydnadssaker och antika föremål men möblerna hade varit övertäckta med lakan för att förhindra damm och fuktskador. Han hade visat mig köket och de två uppvärmda rum, som han eller hans mamma använde när de besökte Finland. Hela resten av huvudbyggnaden verkade vara onödig, och det kändes som om gården väntade på en ny storhetstid. Jag hade lagt märke till samma egendomliga lukt som jag hade känt i herrgården under hela min uppväxttid och jag antog att det hade att göra med något byggnadsmaterial i gamla hus.

Hubertus hade inte berättat mera om varken sina framtidsplaner eller om sitt liv i Brasilien. Vi hade istället koncentrerat oss på våra minnen kring de olika rummen, och vilka rackartyg vi hade ställt till med som små i just det utrymmet.

Och vi mindes också hur förbannad hans mamma brukade bli när hon tog oss på bar gärning.

Jag hade sett den lilla gropen i vardagsrummets parkettgolv, som hade uppstått då Maria von Dunderholm hade tappat en tung vas i golvet. Det hade hon gjort av ren ilska, då hon hade ertappat Peter, Hubertus och mig med att räkna en astronomisk summa, som Hubertus pappa hade betalat åt oss. Vi hade fiskat kräftor i Degersjön och den sjuka mannen förväntade sig en fantastisk kräftskiva av de kräftor som han hade köpt. En sådan diet var enligt Maria inte lämplig för Hubertus pappa.

Hubertus och jag hade diskuterat mina intervjuer i ett av de tomma rummen, och även Hubertus var av den åsikten att inget rafflande nytt hade dykt upp i undersökningarna. Han hade också sagt att han nu ville lägga misstankarna på Axel åt sidan. Hubertus skulle inte fundera på disponentsonens ansvar kring Mias död längre.

När jag hade stigit in i bilen hade Hubertus tittat på mig med en konstig blick. Hade han tyckt synd om mig? Hade han sett att min arbetslöshet var av ett obotligt slag? Hade han sett mig som en stor förlorare i samhället? Hade han sett den lilla pojke som han hade lekt med som liten? Hade han sett minnen som aldrig skulle bli upplevda på samma sätt igen? Hade han sett två vägar som gått till olika delar av världen, bara för att samlas till en tillfällig gemensam väg under en kort veckas intervjuprojekt?

Trots Hubertus blick hade vi lovat varandra att mötas igen nästa gång han skulle komma till Finland. Vi skulle hålla kontakt över det sociala forumet och försöka skapa gemensam tid trots att han befann sig i det glada Brasilien, Peter i det glada Thailand och jag här i detta land, där medborgarnas mungipor dras nedåt. Vi var inte längre någon som kände någon över det sociala forumet, utan vi var Hubertus, Peter och Jonne, som kände varandra. Ändå hade det känts som om jag hade sagt farväl till en gammal god vän utan att vara övertygad om att vi skulle ses igen.

Alvar Nordsunds kycklingwok värmde ännu i magen, när jag hittade en parkeringsplats invid skolhuset. Jag hade inte alltför kära minnen av skolmaten, och skolhuset påminde mig plötsligt om vattnig kållåda och tjocka leverbiffar.

Skolköket hade säkert blivit utlokaliserat vid det här laget, och jag hoppades att gratängerna och såserna inte var vattnigare än förut. Men det gjorde mig inget, för jag skulle inte äta i skolhuset.

Skolhuset såg precis likadant ut som det hade gjort senaste gång jag besökte skolgården, men det verkade vara lite mindre än vad jag mindes. Kanske hade jag sett många större byggnader under mitt vuxna liv efter skolåldern. Men i varje fall var jag nöjd över att byggnaden såg lika ut som tidigare, och att man under åren hade valt att reparera den istället för att riva den. Något inom mig förväntade sig att se gamla vänner, hemtrevliga lärare, obehagliga mobbare och andra bekanta ansikten i korridorerna eller på skolgården. Även om jag skulle känna igen någon, skulle de dock vara minst 20 år äldre sedan senast. När jag gick över gården mot den stora folksamlingen, såg jag bara unga ansikten. Till och med lärarna verkade vara yngre än jag. Jag kände mig som en medlem av en pensionärsförening på väg till nostalgiska barndomsminnen.

För ett ögonblick kände jag mig lite bitter på min gamla skola. Den borde ha gett mig alla färdigheter att klara mig väl i arbetslivet, men resultatet var ändå denna arbetslösa man. Var det något grundläggande i skolåldern eller i min uppväxt som hindrade mig från att få ett arbete? Saknade jag företagsanda? Jag var medveten om att varken mina föräldrar eller jag var särskilt företagsamma, eftersom vi var vana vid att fungera som arbetstagare i samhället. Min syster Gitta hade gift sig med en privatföretagare från Salo, och under gemensamma släktmiddagar kändes det som om vi talade helt olika språk. Det berodde inte endast på att min systers man talade finska, medan vi andra talade svenska.

Jag suckade och var fullt medveten om att skolan inte var orsaken till min olycka. Den hade sporrat mig att vara en bra elev i skolan som följde alla regler och fick bra vitsord. Jag kände mig bara lite bitter över att den inte hade lärt mig att det inte räckte med att vara en bra elev. Man blev inte automatiskt belönad med ett arbete bara för att man var bra i skolan. Man måste också ha en inbyggd företagsamhet för att kunna använda sig av all den kunskap som man samlade i skolan. Ofta kändes det som om den företagsamheten saknades i mig, och det var inte skolans fel.

Knarkhundsuppvisningen var arrangerad av Centralkriminalpolisens narkotikaenhet, för de gjorde visst en rundtur i de västnyländska skolorna.

Enligt Stefan Rundberg hade knarkproblemet blivit så stort i Västnyland att knarkpolisen ville visa ungdomarna att de existerade och att de hade medel att bekämpa knarkhandeln. Ett sätt var att visa upp knarkhundarnas arbete även om de inte fick användas för att nosa på sporadiska civila på offentliga platser längre. De användes bara vid konkreta, riktade misstankar samt vid gränsbevakningen. Lokalpolisen hade skickat Stefan till platsen för att övervaka ordningen under uppvisningen. Han nickade igenkännande åt mig, när han såg mig dyka upp bland ungdomarna.

När jag försökte gå runt folksamlingen, steg jag av misstag i leran och svor för mig själv över hur smutsiga skorna blev. Jag hade inte putsat dem sedan Helsingfors, och snart skulle jag få tvätta dem till propert urbant skick igen. Knarkpolisen höll på att avsluta sin förevisning med en komplicerad svit av gömd knark i en av tio tillslutna askar, gömd knark i en tygpåse som dränktes i ättika samt gömd narkotika i en påse som han lade i tur och ordning innanför fem andra påsar, som tillslöts en efter en. De förtjusta ungdomarna släppte ur sig spontana, imponerade ljud, när hunden gläfste skarpt inför ett fynd. Schäfern belönades med en godbit varje gång och jag antog att smakprovet inte var knark.

Stefan Rundberg såg annorlunda ut än han hade gjort föregående tisdag på den lilla servicestationen strax utanför Ekenäs. Han hade sett lång och smal ut i civila kläder, men i polisoverall såg han lång och kraftig ut. I sin formella roll såg han också mera avlägsen ut, och han tittade på de unga i folksamlingen likt en hök. Jag undrade för mig själv om det var en bra idé att berätta om mina forskningar på detta ställe, men i telefonen hade han sagt att det gick bra. Nickningen hade också bekräftat det. Jag valde att gå rakt på sak samtidigt som ungdomarna klappade frenetiskt åt den avslutade uppvisningen. Knarkpolisen såg barsk ut, men knarkhunden verkade titta stolt på sina förtjusta åskådare. Svansen viftade förtjust.

"Tyvärr har jag inte hittat något avsevärt nytt", konstaterade jag. "Det mesta berättade du redan på tisdagen."

"Det var väntat", sade Stefan med en skarp blick på en pojke som rullade en snöboll från en smältande hög med nedfallen taksnö. Vid skolhusets vägg fanns fortfarande snöreliker från den försvinnande vintern.

"Men Selma Strandman kunde kanske vara intressant att undersöka", fortsatte jag. "Hon är Lisa Kinnunens syster och hon blir enda arvinge till paret Kinnunen nu då Mia Kinnunen är död."

Stefan tittade på mig som om jag hade hittat världens mest långsökta motiv. Jag ignorerade minen.

"Och professor Rotkos studieprojekt, som Mia jobbade med, är hemligstämplat, vilket gör allt lite misstänksamt. Och professor Rotko har inget alibi för dödskvällen."

"Det visste vi redan. Och min förman är inte beredd att kräva domstolsbeslut för att tvinga det hemligstämplade projektet i dagen."

"Själv undrade jag också om Mias obduktion visade på att hon skulle vara obotligt sjuk? Ifall hon övertalade någon att utföra eutanasi på henne?"

Stefans blick avslöjade igen en gång att det fanns bara långsökta motiv kvar att beakta.

"Ingen sade något, som skulle göra någons alibi bräckligare?" frågade han hoppfullt. För polisen var det tydligen bara rena utredningsfakta som gällde, och inte teorier om möjliga motiv.

"Nej, ingen hade sett ingen", sade jag tyst även om jag hade velat säga att det fanns någon som hade sett någon.

"Då får vi bara utgå från antagandet att Mias död var en olycka", sade polismannen bistert. "Och det är ju inte en negativ sak. Värre hade det ju varit om någon annan hade burit ansvaret för hennes död än att det var hennes eget slarv. Och att det var hennes eget vinbedövade beslut att gå i en å en mörk vinternatt."

Jag antog att han hade rätt. Det fanns bara en sak för mig längre. Att återvända till Ekenäs med pappas bil och därefter planera hemresan med tåg till Helsingfors. Och min arbetslösa vardag. Mina krukväxter skrek antagligen desperat efter vatten vid det här laget.

Ett plötsligt, hårt skall fick mig att nästan falla bakåt på skolgårdens leriga mark. Knarkhunden gav ifrån sig samma igenkännande gläfsande som tidigare, men den här gången stod djuret alldeles framför mig. Schäferns svans viftade frenetiskt och hunden hade lagt sin tyngd på framkroppen och framtassarna så att hela dess kropp var spänd. Knarkhundens ansikte blickade upp mot mitt ansikte, sedan vände den sin nos mot mina fötter, och sedan upp mot mig igen. Det kändes som om den hade velat hoppa upp mot mig på samma sätt som Piggmans hund Sissi hade velat göra om det inte hade funnits en grind mellan oss några dagar tidigare. Denna gång hindrades hundattacken inte av en grind utan av knarkpolisens kraftiga händer, som höll i hundens koppel.

Jag tittade misstroget på först knarkpolisen och sedan på Stefan. De tittade lika misstroget på mig. Hunden var fortsättningsvis intresserad av mina ben, fötter och skor och den lugnade sig först när den hade fått en belöning av knarkpolisen. Belöningen kändes som ett fruktansvärt domstolsbeslut. Jag hade knark på mig!

"Öh, det här var lite oväntat", sade Stefan försiktigt.

"Men entydigt", fortsatte knarkpolisen. "Det här måste undersökas."

Jag ville sjunka genom jorden. Tusen tankar pilade genom mitt huvud samtidigt. Först kände jag skam. Men varför? Jag var inte en knarkare. Jag befann mig på min gamla skolgård, platsen där man som ung alltid gjorde något beklagligt och som man fick skämmas över. Jag ville bort. Det här måste undersökas någon annanstans. Lyckligtvis hade alla ungdomar lämnat skådeplatsen redan. Lyckligtvis hade ingen känt mig. Det måste vara ett misstag. Något måste vara fel. Hur kunde det vara möjligt?

"Men jag är inte knarkare", sade jag med en panikartad ton på rösten. "Hur kan lukten finnas på mig?"

"Vi kan med blodprov bekräfta om Ni har knark i blodet eller inte", sade knarkpolisen med en formell röst. "Om provet är negativt, kan vi börja fundera hur knarkdoften kan ha fastnat i era kläder eller på er kropp."

Svaret lät logiskt och till och med lugnande. Provet skulle bekräfta att jag inte var en knarkare och att jag inte hade njutit av narkotika ens i misstag. Eller hade jag knark i mig? Jag hade inte varit annorlunda de senaste dagarna. Jag hade inte varit på speciellt glatt humör och inte mera deprimerad än vanligt heller. Om jag hade njutit av knark, hade jag inte märkt någon skillnad jämfört med mitt normaltillstånd. Och eftersom knarkets effekter dramatiserades så ivrigt, så borde jag väl känna av dess effekter om jag var under dess inflytande?

En plötslig tanke alarmerade mig. Tänk om jag verkligen var en knarkare och att mitt verklighetsomdöme hade blivit rubbat? Tänk om hela denna absurda utredning av Mia Kinnunens död var en produkt av en knarkares fantasi, och att jag snart skulle vakna upp utan att ens ha besökt Västnyland? Tänk om jag i något skede under min arbetslöshet börjat knarka och att jag inte längre visste vad som var verklighet och vad som var en påhittad verklighet? Att jag ville fly min arbetslösa verklighet till min barndoms minnen i Fiskars via dessa vanvettiga intervjuer? Eller ännu värre? Var det jag som hade dödat Mia Kinnunen och jag som i en vansinnig verklighet redde ut mitt eget dåd?

Jag måste samla mig. Jag måste försöka tänka klart. Det måste finnas en logisk förklaring till detta. Poliserna fanns till för att hjälpa mig. Jag måste lita på dem.

"Jag ger gärna ett blodprov så att vi får gå snabbt vidare i utredningarna. Det här är verkligen en konstig vändning", medgav jag.

"Det betyder också att utredningen av Mia Kinnunens död får en helt ny vändning", sade Stefan Rundberg tankfullt. "Knark kan vara inblandat."

"Är Ni inblandad i ett dödsfall?" frågade knarkpolisen misstänksamt. "Det här måste redas ut. Den officiella vägen. Det låter alltför explosivt för att vädras här."

"Jag måste ringa min förman", medgav Stefan. Han gick till andra sidan av polisbilen för att jag inte skulle höra vad han sade i telefonen. Knarkpolisen stannade som för att hindra mig från att fly från platsen.

"Jag är inte inblandad i ett dödsfall", försökte jag förklara. "Jag bara försöker reda ut det."

Schäfern blängde på mig med en lika intensiv blick som dess ägare. Eller husse. Eller förman. Eller partner. Eller vad dessa parhundar med en knarkpolisman och en knarkhund än kallas för.

"Är Ni en privatdetektiv?" frågade han med en ton som avslöjade att han inte trodde på deras existens.

"Ja", sade jag lakoniskt, för jag kände på mig att alla försök till förklaringar skulle bara göra situationen ännu värre.

"Vem är er uppdragsgivare? Har ni ett privatdetektivcertifikat?"

"Jag, jag...", stammade jag. Plötsligt kändes det som om mina ord inte räckte till längre. Det var vid dessa tillfällen som man tog till sin bästa utväg: att säga att man inte vill säga något utan en advokats närvaro. Men om man använde det kortet, kändes det som om man hade något att dölja och att man till och med blev allt mera misstänkt.

Stefan räddade mig. Han dök upp bakom polisbilen, märkbart lättad över att ha fått dela sin börda med sin förman.

"Jag fick instruktioner av min förman", sade han med rodnande kinder, antagligen för att han hade blivit tvungen att avslöja sitt hemlighetsmakeri med mina utredningar för sin förman.

"Låt mig gissa", sade knarkpolisen. "Ni tar hand om detta tills din förman har diskuterat med mina chefer på Knarkpolisen?"

"Precis", sade Stefan. "Kan du bekräfta att din hund är mest intresserad av Jonas Österfelts skor?"

"Ja, det verkar så", sade knarkpolisen med blicken vänd på sin hundpartner.

"Det betyder att vi får ta hand om skorna och analysera dem närmare" sade Stefan med en auktoritär röst. "Jonas följer med mig till Ekenäs för ett blodprov. Min förman vill höra allt om den här historien. Och du får åka tillbaka till Helsingfors med hunden åtminstone för tillfället. Imorgon tar antagligen Knarkpolisen över utredningarna, för vi kan ha fått upp ett intressant spår kring det växande knarkproblemet i Västnyland."

"Men min bil då?" frågade jag beskedligt.

"Vi får hämta den senare", svarade Stefan. "Nu är det viktigast att vi får ett blodprov på hälsostationen så snabbt som möjligt."

Knarkpolisen nickade. Jag nickade. Knarkhunden lade huvudet på sned som för att vara av samma åsikt.

En stund senare satt jag strumpfota i polisbilens baksäte. Mina skor var packade i en genomskinlig plastpåse, som hade placerats vid det tomma sätet bredvid chauffören. Stefan körde tyst mot Ekenäs med stadens hälsostation och polisstation. Jag hade en lång måndagskväll framför mig. För mig själv var nästa steg onödigt. Jag visste även utan ett blodprov att jag inte var en knarkare. Polisen behövde det beskedet innan de kunde koncentrera sina frågor på det intressanta: hur hade knarket kommit på mina skor? Tydligen trodde inte Stefan att jag var en storskurk i dramat, eftersom han hade låtit bli att sätta mig i handklovar. Kanske hade min villighet att hjälpa utredningarna fått honom att inse att jag inte utgjorde en fara.

Hur hade knarket kommit på mina skor? Hade det kommit av misstag eller hade någon placerat det där? Samma fråga igen som vid utredningen av Mias död. Hade hon dött av en olyckshändelse eller var någon ansvarig för hennes död?

Hade jag stigit på något som hade lämnat ett knarkspår efter sig? Leran på skolgården? Leran på Lillböle gård? Leran på Antero Grönströms gård? Leran vid Raseborgs slottsruiner? Åstranden i Fiskars bruk? Flytmarschs gård? Kinnunens gård? Studentkvarteren i Åbo Akademi? Smältsnön på mina föräldrars gård? Var mina föräldrar knarkare? Jag fnittrade hysteriskt inom mig själv. Jag måste fråga polismännen hur länge knarkdoften kan finnas kvar på ens skoläder innan det blir omöjligt för knarkhundar att känna lukten av det. Eller tänk om Stefan eller knarkpolisen hade fällt knarket på mina skor alldeles innan hunden snusade på dem? Hade någon av dem gjort det av misstag eller med flit? Varför skulle de göra något sådant?

Kunde knarket verkligen vara ett nytt motiv i Mias dödsfall? Var hon själv en knarkare? Kände hon någon som knarkare? Var någon av de andra unga en knarkare? Hade hon ertappat någon med att vara en knarkare och hade hon därför blivit tystad? Eller gällde det enbart knarkhandel, och inte användning av knark? Om knarkanvändandet var ett växande problem i regionen, betydde det förstås att någon sålde mera knark i Västnyland. Det betydde stora pengar. Och det betydde motiv.

Antero Grönström hade verkligen haft rätt. När detektivromanen efter det första mordet inte längre erbjuder nya spår, sker ett nytt dödsfall. Nu hade ingen ny person dött, men istället hade ett nytt spår dykt upp. Det kändes bara så konstigt. Som om det hade kommit på beställning. Som om det hade serverats på ett silverfat. Det kunde väl bara inte vara en slump? Såvida knarket inte hade råkat ligga i leran, som jag hade trampat på. Någonstans i Västnyland eller i Åbo, där jag hade intervjuat misstänkta.

Men om någon hade lagt knarket på mina skor med flit, vad kunde då vara motivet? Att göra mig till en misstänkt? För att avleda polisens misstänksamhet gentemot någon? För att avleda min misstänksamhet gentemot någon, då jag hade kommit för nära sanningen? Vem av mina intervjuade, till synes oskyldiga västnylänningar kunde ha något med knark att göra? Var det någon av ungdomarna? Var det Axel, som verkade vara för bra för att vara sann? Var det Linnea, som läste analytisk kemi? Hade kemister lättare att få tillgång till drogpreparat? Var det datanörden Antero, som verkade ha kontakter överallt och som verkade vara framgångsrik trots sin unga ålder? Om knark var inblandat i Mias död, borde ju gärningsmannen helst hemlighålla knarket istället för att med avsikt dra fram det kortet? Och till råga på allt direkt åt poliserna via mina skor?

En sak var säker. Om det fanns en gärningsman, skulle han eller hon inte få vara i fred längre. Om utredningarna kring Mias död hittills hade varit i dödläge och det hade varit på väg att bli förklarat en olyckshändelse, så var situationen helt annorlunda nu. Det skulle antagligen bli en ny formell undersökning med knark som bakgrundsmotiv, och det skulle bli en grundlig undersökning med andra än lokalpolisen inblandade. Kunde det verkligen vara förmånligt för gärningsmannen? Nej. Knarket måste ha fastnat på mig någonstans, eller så ville någon på allvar avleda uppmärksamheten till något helt annat än det väsentliga. Det betydde alltså att jag skulle bli tvungen att fundera på helt andra motiv än knarket.

Och varför fanns knarket just på mig? Kunde det ha något med Hubertus eller Peter att göra? Mina barndomsvänner, som hade skickat mig till Västnyland? Utan dem skulle jag inte ens ha varit här. Varför i världen skulle de göra något sådant? De hade ju inte ens varit i Finland när Mia hade dött. Borde jag be polisen dubbelkolla deras alibi?

Det började surra i mitt huvud och jag hoppades att det inte skulle ge något utslag i blodprovet. Vi körde förbi servicestationen, där jag hade ätit lunch med Stefan knappt en vecka tidigare. Aldrig hade jag kunnat tro att jag en vecka senare skulle åka förbi samma ställe misstänkt för knarkanvändning eller knarkhandel.

När vi närmade oss Ekenäs, började det regna. Vinterns sista snödrivor skulle spolas iväg. Den västnyländska marken, där jag hade trampat under den senaste veckan, skulle också tvättas ren. Det skulle inte finnas några knarkrester längre att undersöka ute i det fria. Det kändes som om klockan tickade snabbt. Mot något obehagligt. Plötsligt längtade jag hem till Helsingfors. Till min rutinfyllda, trygga arbetslöshet.

KAPITEL 12

Tisdag

Följande morgon sov jag länge. Det kunde dock knappast kallas för sömn, utan snarare en orolig slummer. Hela natten hade frågorna slungats fram och tilbaka i min hjärna utan att jag hade blivit klokare. Föregående kväll hade samma frågor hade ställts om och om igen på polisstationen utan att någon av oss hittade några svar. Trots att det inte hade varit ett officiellt förhör, hade diskussionens stämning varit intensiv och jag kände mig fortfarande stressad av den.

Min blick flackade över mina föräldrars gästrums väggar som om jag letade efter spår från min barndom. Min trygga uppväxt, som inte hade innehållit varken död eller knark. Efter att mina föräldrar blivit tvungna att flytta från Fiskars till Ekenäs, hade de gjort sig av med alla de föremål och leksaker som min utflugna syster och jag hade använt under vår ungdom. Istället hade de nu ett enkelt inrett gästrum med bruksföremål och neutrala prydnadssaker. Jag kände mig lite svartsjuk över att även andra fick använda gästrummet än enbart jag. Tapetens bleka blommönster vilade framför mina ögon, när jag vände mig för att ligga på min bröstkorgs andra revben.

*

Mina tankar gick tillbaka till föregående kväll och Stefan Rundbergs förman, Nettan Larsson. Till min förvåning hade hon varit yngre än både Stefan och jag, och hon hade haft ett behagligt vänligt, men auktoritärt sätt. Då hon dessutom sett attraktiv ut, hade kvällen inte varit så otrevlig som den hade kunnat vara. Jag förstod inte alls varför Stefan hade varit orolig för att Nettan skulle få veta om mina undersökningar kring Mia Kinnunens död. Hon såg det inte alls som negativt att jag hade gjort mina intervjuer.

Diskussionerna på Raseborgs polisstation i Formansallén i Ekenäs hade varit avslappnade redan från början, eftersom snabbtestet om min narkotikapåverkan hade visat sig vara negativt. Efter att salivtestet, snabbtestet, visat grönt, var det dags för blodprovet och urinprovet. Ingen förväntade sig dock att de testen heller skulle bli positiva. Vi kunde alltså koncentrera oss på teorier om hur knarket hade kommit på mina skor. Skorna hade skickats iväg för analys och jag hade fått låna reservskor istället. Hela diskussionen hade ändå känts lite pinsam, eftersom jag hela tiden kände mig lite misstänkt. Jag visste dock inte vad jag hade gjort eller vad jag hade ställt till med.

Nettan Larsson hade lugnt och utan att avbryta oss lyssnat på historien om varför jag hade undersökt Mias död, vem jag hade intervjuat och det lilla som jag hade kommit fram till. Hon hade bett Stefan undersöka Mias moster Selma Strandmans alibi och samt försäkra dem om att Hubertus verkligen hade varit i Brasilien i januari, och Peter i Thailand. Hon skulle själv diskutera med Centralkriminalpolisen om de ville ta över undersökningarna och hon skulle fråga hur länge knarkrester kan finnas kvar på skor för utomhusbruk.

"Om knarket har fastnat på dina skor i naturen eller ute i det offentliga, kan vi inte spåra det längre", hade hon sagt. "Regnet spolar iväg alla spår. Vi kan bara följa sådana ledtrådar som går ut på att dina skor har varit inomhus."

Mina tankar gick till Flytmarschs, restaurangen Gadolinia i Åbo, Linneas och Mias studentbostad i Åbo, Antero Grönströms hem i Fiskars, Lillböle herrgård samt dess disponentbostad. I Gadolinia hade jag inte tagit av mig skorna, och professor Rotko hade hållit sig på avstånd hela tiden. I Mias och Linneas studiebostad hade ingen varit närvarande, och jag kunde inte minnas att jag skulle ha tappat något på dem. Men på alla andra ställen hade jag lämnat skorna oövervakade. På samtliga ställen kunde mitt intervjuobjekt ha placerat något på skorna, till exempel medan de eller jag besökte toaletten. Hos Kinnunens hade jag inte ens blivit bjuden att komma in. Betydde detta att professor Rotko, Kinnunens och Selma Strandman kunde strykas från listan på misstänkta?

"Jag visste inte ens om att det fanns misstänkta", smålog Stefan. "Även om knarket har kommit in i undersökningarna, finns det fortfarande inget som tyder på att Mias död skulle vara något annat än en olyckshändelse."

"Formellt är det fortfarande så", bekräftade Nettan. "Eftersom vi inte kan binda knarket till någon, kan vi heller inte peka ut den personen som misstänkt till att ha något att göra med Mias död."

"Men om knarkhunden nosade narkotikan på mig, kan den kanske göra det på de ställen som jag har besökt under veckan?", sade jag som en undring.

"Det stämmer", sade Stefan. "Men vi har inte rätt att gå med en narkotikahund till Flytmarschs, Grönströms och Nordsunds hem utan att vi har en konkret ledtråd till just den bostaden."

"Jag har alltså inte befogenheter att ställa igång en sådan operation", sade Nettan som den utredningsledare som hon var. "Men jag kunde naturligtvis fråga av dem om de skulle vilja släppa in oss och en knarkhund för att minska misstankarna mot dem. På det sättet skulle det vara Flytmarschs, Grönströms och Nordsunds eget val att släppa in oss. Utan en formell husundersökningsorder."

"Hubertus kommer visst att byta plan i Madrid ikväll, och han anländer till Rio imorgon", sade jag. "Ni får säkert tillstånd av honom att undersöka Lillböle, om ni ringer upp honom så fort han lägger på mobiltelefonen igen efter landningen."

Vi hade alla tre tittat på varandra som om det var det enda vi kunde göra för tillfället. Vi hade inga andra ledtrådar att presentera. Nettan Larsson hade bett Stefan sköta de praktiska arrangemangen kring besöken i de tre hemmen. Hon hade också sagt att det var bäst att min del i undersökningarna tog slut nu och att polisen tog över. Om knark var inblandat, kunde undersökningarna bli farliga, hade hon sagt. Jag insåg genast allvaret. I själva verket hade den formella undersökningen blivit en del av de sedan länge pågående knarkfallen i Västnyland, och Mias död hade förändrats till en delundersökning av dem.

Jag hade lovat att stanna i Ekenäs ännu under tisdagen, ifall det dök upp något i hemundersökningarna som någon ville bekräfta. Efter diskussionerna hade jag släppts hem, promenerande i de lånade skor, som var åtminstone två nummer för stora.

*

Jag vände mig och vilade på min andra sida en stund innan jag beslöt mig för att stiga upp. En stor del av mig hoppades redan på att det hade varit min sista natt i gästrummet, och att jag redan nästa natt skulle få tillbringa i min egen säng. I Helsingfors. Ett lämpligt kvällståg skulle få föra mig tillbaka till arbetslösheten.

I köket höll mamma redan på att förbereda lunchen. Det såg ut att bli köttbullar med mos och lingonröra. På bordet väntade två smörgåsar, som hon och pappa hade sparat åt mig från frukosten. Hon lade på vattenkokaren så att jag skulle få mitt sena morgonte. Hennes ögon tindrade och jag kände igen blicken från hundratals situationer, då hon hade velat berätta senaste skvaller till nästa budbärare. Hon skulle sannerligen inte börja denna morgon med att berätta vilket väder "dom" hade lovat inför dagen. Med "dom" menade hon alltid meteorologerna även om deras yrke aldrig nämndes i samband med hennes egna väderprognoser.

"Nå, vad har du hört denna gång", frågade jag även om jag visste att det skulle bli en föreläsning om någon person som jag aldrig hade träffat.

Ibland kunde skvallret bli rentav besvärande att höra. Det kunde vara fråga om någon detalj som subjektet knappast skulle vilja att det spriddes till bekanta och obekanta. I de fallen brukade jag föreställa mig att skvallerbyttan hade ett så stort rött äpple i sin mun att det pinsamma skvallret helt enkelt inte lämnade munnen. Det kändes dock fel att inbilla sig sin egen mamma med ett sådant äpple i trynet, och jag brukade nöja mig med att låta informationen gå in i ena örat och ut i det andra.

"Har du något att berätta åt mig?", frågade mamma med en upphetsad röst som om jag borde känna till spelets regler. "Ett skvaller åt mig, så får du ett skvaller i utbyte."

"Ööö, vilket vill du veta hellre: varför mina skor är i polisstationen eller vilken färg förhörsrummets väggar har i Ekenäs polisstation?"

Mamma tittade misstroget på mig och det var tydligt att hon inte ville veta svaret på någondera. Om jag hade besökt polisstationen, visste hennes väninnor det redan, och det betydde att hon skulle bli tvungen att förklara för dem vad hennes son hade gjort där. Och vilka skurkstreck jag eventuellt kunde dömas för i byskvallret.

"Det är inte intressant", sade hon bestämt. "Det har säkert med dina undersökningar att göra. Och nu har de visat sig vara framgångsrika. Mia Kinnunens mördare är fasttagen!"

Jag lade vattenkokaren tillbaka till sitt ställ för att inte spilla hett vatten på mig av misstag. Det enorma i mammas påstående gjorde mig knäsvag och jag satte mig på köksstolen.

"Berätta genast", befallde jag.

Mammas ögon vidgade sig, då hon förstod att jag verkligen inte visste. Belåtet sade hon:

"Även om det inte var du som avslöjade honom, så måste din ankomst till trakten ha något att göra med saken. Du måste alltså använda det till din fördel sedan när du söker ett riktigt arbete."

"Mamma, berätta nu!"

Hon satte sig dramatiskt vid köksbordet och tittade på mig som om hon gav något värdefullt alldeles gratis.

"Axel Nordsund anhölls för narkotikainnehav i morse."

Jag drog efter andan. Stefan Rundberg hade alltså redan hunnit till disponentbostaden med knarkhunden! En del av mig ville genast rusa till gästrummet för att hämta mobiltelefonen och ringa upp honom.

Axel Nordsund! Hubertus hade anat rätt från början. Han hade anlitat mig att göra undersökningarna och de hade sannerligen burit frukt. Men var detta för lätt för att vara sant? Misstrogenheten svällde upp inom mig. Jag mindes de åtskilliga besvikelserna, då jag sökt ett jobb utan att ens bli kallad till en intervju. Det hade varit som att presentera en godsak åt ett barn och att sedan neka barnet ett smakprov. Skulle det visa sig att Axel var oskyldig trots allt och att jag skulle få bära ansvaret för att han blivit trakasserad och felaktigt dömd?

Varför hade fallet praktiskt taget löst sig självt, utan att jag egentligen hade gjort något? Jag visste bara mitt första intryck av Axel. Han var för bra för att vara sann.

"Hur vet du det?" frågade jag av mamma.

"Elsa Flytmarsch ringde upp Brita, som berättade det när jag såg henne vid postlådan i morse. Polisen hade besökt Flytmarschs med en knarkhund och hon hade av polisernas samtal sinsemellan hört att knarkfyndet hade gjorts redan tidigare på morgonen i Axels rum i Lillböle."

"Men även om Axel blev fast för knarkinnehav, betyder det inte att han skulle ha något med Mias död att göra."

"Elsa hade hört att polisen hade hittat även ett armband i Axels rum. Ett stickat armband med namnet "Mia" broderat som ett mönster."

Jag gapade och mamma lyfte lekfullt en av smörgåsarna mot mitt ansikte som för att täppa min öppna mun.

"Varför skulle Axel ha ett sådant armband på sitt rum?" frågade mamma säker på sin sak. "Det är dagens unga. Vi vet ingenting om deras behov och deras helveten. Även du, Jonas, börjar vara så gammal att du inte vet vad som rör sig i de ungas hjärnor längre. De bara förstör sina hjärnor med sina kemiska preparat."

Jag var fortfarande mållös. Det kunde inte vara sant. Den unga, stiliga mannen med sitt trevliga beteende. En knarkare. Eller ännu värre. En knarkhandlare. Igen fick jag känslan att jag hade bidragit till Axels fall enligt ett väl förberett mönster. Att jag hade fungerat som en budbärare för att leda polisen till Axel med ett knarkspår. Men varför skulle någon göra så? Någon som hatade honom? Någon som hatade mig? Allt kändes så fel. Eller var även denna motstridiga känsla en del av planen? Att det trots allt var Axel som låg bakom allt? Att han först ledde misstankarna mot sig för att mitt dåliga samvete därefter skulle befria honom från misstankarna? Och att allt därefter skulle glömmas?

"Det är oftast så att de största gäddorna simmar i de grundaste fiskevattnen", fortsatte mamma kryptiskt. Hon måste ha lärt sig skärgårdsordspråket på äldre dagar, för när vår arbetarfamilj ännu bodde i Fiskars hade vi ingen kontakt med varken fiske eller skärgården.

Plötsligt saknade jag Antero Grönströms konspirationsteorier. Det skulle behövas något verkligen fantasifullt för att reda ut denna härva. För jag var inte alls säker på att Axel verkligen var skyldig. Om fallet inte var avklarat kunde det betyda att jag inte skulle få åka hem till Helsingfors ikväll ännu. Mina stackars krukväxter!

*

Några timmar senare hade jag just gottat mig åt mammas härliga köttbullar, när min mobiltelefon ringde. Jag var i full färd med att packa mina saker inför min tågresa till Helsingfors, när mina kvällsplaner ändrades. Polismannen Stefan bad mig komma in till polisstationen följande morgon för att diskutera fallets vändning. Jag vågade inte tacka nej, eftersom de slutgiltiga svaren från narkotikatesterna inte hade anlänt ännu. Dessutom ville jag gärna få tillbaka mina egna skor. Stefan verkade tydligt irriterad över att jag redan kände till att Axel hade tagits in för förhör. Men han visste förstås också att det var omöjligt att hindra regionens skvaller från att sprida sig.

Stefan bekräftade att Axel hade haft ett litet innehav av amfetamin på sitt rum, och att användningen av just det ämnet hade ökat explosionsartat i Västnyland under den senaste tiden. Naturligtvis nekade Axel sin skuld till både innehav och knarkhandel, och att han aldrig hade sett påsen med ämnet tidigare. Stefan bekräftade också att det var just amfetamin som det fanns spår av på mina skor. Enligt Stefan hade Axel inte heller lagt märke till Mias armband bland hans ägor. Snabbtesten hade visat att Axel inte var en knarkanvändare, så förundersökningen skulle fokuseras på antagandet att han var knarklangare eller skötte narkotikahandeln på något sätt.

Om den antagna knarkhandeln hade något med Mias död att göra ville Stefan inte uttala sig något om. Men han ansåg att det var fullt möjligt att Mia hade fått reda på Axels knarkhandel och att hon hotade med att avslöja honom.

Speciellt om hon inte fick de sexuella tjänster av honom som hon ville ha. Och att hon därmed måste tystas.

Jag skakade på huvudet med mobiltelefonen i min hand. Teorin kändes bara så fel. Även Stefan lät tveksam, men han kunde inte ta hänsyn till känslorna. Han kunde bara ta ståndpunkt till fakta och möjligen till starka teorier, som man kunde få bekräftade via förhör.

När jag avslutade samtalet, tittade jag åter på blommotivet i tapeten. Motivet ändrade inte utan fortsatte likadant över hela väggen. Jag kände en stark vilja att börja klottra på blommorna bara för att ens någon av dem skulle se annorlunda ut än grannblomman. Någon blomma måste vara fulare och mera skyldig än de andra. De kunde inte vara likvärdiga. Alla blommor kunde inte vara lika sysselsatta i sin uppgift på väggen, utan någon av dem måste vara arbetslös. Kunde någon blomma känna en annan blomma än den som var i dess omedelbara närhet? Kunde den göra den andra blomman ful utan att de andra blommorna märkte att den allra fulaste blomman var den intrigerande blomman?

Jag slöt ögonen. Jag var för gammal för att klottra på gästrummets vägg. 40-åringar sysslade inte med graffiti även om deras motiv kunde vara hur ädla som helst för försvarslösa, oskyldiga blommor. Men i varje fall kände jag mig otillräcklig, för det fanns inget jag kunde göra för Axel Nordsund för tillfället. Jag hade undersökt fallet tillräckligt och i själva verket var jag inte helt säker på hans oskuld. Mias död och Västnylands knarkhandel var ett fall för Raseborgs polis eller Knarkpolisen, inte för mig längre. Därefter skulle det vara upp till den offentliga åklagaren om det fanns tillräckligt med bevis mot Axel eller inte. Men i skvallerpöbelns ögon var Axel redan skyldig, och endast bevisad oskuld kunde motbevisa skvallrets kraft.

När mitt uppdrag hade börjat hade min uppgift varit att antingen bevisa Axels oskuld eller hans skuld. Alla medel var nu använda och alla inblandade hade blivit intervjuade, med resultatet att han verkade vara skyldig. Jag hade inga medel kvar att använda för att bevisa att han skulle vara oskyldig såvida ingen annan plötsligt erkände att han eller hon hade dödat Mia Kinnunen. Inte ens ett bevis på att Mias död var en olyckshändelse skulle rengöra Axel i skvallerfolkets ögon längre. Enligt dem var han ändå skyldig till knarkhandeln.

Mitt i mina betydelselösa grubblerier ringde telefonen iger. Den lilla skärmen avslöjade att det var Linnea Flytmarsch. Jag hade matat in alla de inblandades telefonnummer, eftersom jag varit tvungen att ringa upp dem i förväg för att avtala om intervjutid.

"Jonas Österfelt", sade jag med en så myndig röst som möjligt.

"Det här är Linnea Flytmarsch", hörde jag hennes gråtiga röst säga. "Axel Nordsunds flickvän."

"Hej, jag hörde att Axel hade blivit tagen till förhör."

"Jo, jag ville tala om det. Jag kan inte låta bli att grubbla om du har något med saken att göra, eftersom det här hände strax efter att du hade kommit hit med dina frågor."

Jag visste inte vad jag skulle säga. Naturligtvis borde jag ha förutsett Linneas tolkning. Men hur skulle då Kinnunens tolka situationen? De hade ställt sig negativt till mina intervjuer, men nu verkade det som om det trots allt hade hittats en gärningsman till deras dotters död. Borde de vara tacksamma?

"Ja-a Linnea, det är nog så att inte heller jag vet riktigt vad som hände", sade jag ärligt.

"Men du intervjuade mig och du intervjuade Antero. Och morgonen efter att du intervjuade Axel i Lillböle, hittar polisen knark i Axels rum. Det kan inte vara ett sammanträffande."

"Det är helt sant, men det här har nog ingenting med mig att göra. Polisen fick upp ett spår, som de följde upp och de har nog gjort knarkupptäckten på ett helt korrekt sätt. Om något har gått fel, påverkar det säkert förundersökringen till Axels fördel."

Kunde jag vara säker på att utredningen inte hade något med mig att göra? Hade utgången varit likadan om det hade varit en annan privatdetektiv som skött undersökningen istället för just jag, Jonas Österfelt? Varför just jag? En arbetslös, misslyckad varelse? Kanske just därför. För att fel person skulle bli misstänkt? Jag måste fundera närmare på saken senare.

"Men du förstår inte", fortsatte Linnea. "Det är helt fel. Axel är inte knarkare."

"Det går lätt att testa om någon använder narkotika eller inte. Jag tror att polisen misstänker att han säljer knarket."

"Men det är ännu mera absurt. Axel får tillräckligt med pengar via sin lön. Han använder inte mera än vad han förtjänar."

Jag hade inte hjärta att säga att det ibland inte räckte till för gärningsmän. De ville ha mera. Men Linnea var ännu så ung att hon kanske inte kände till hur mycket en människa kunde tro sig behöva för att vara nöjd.

"Är du helt säker på att Axel är oskyldig?"

"Absolut. Jag älskar honom", sade Linnea som om det automatiskt gjorde honom oskyldig.

"Du menar att du känner honom så väl att du kan garantera hans oskuld?"

"Jag vet att han inte har något med narkotika att göra. Och inte Mias död heller."

"Har du något som kunde bevisa detta?"

"Nej, men ni måste alla tro det."

Jag stönade inom mig. Plötsligt mindes jag Mias armband.

"I er studiebostad märkte jag att Mia samlade på armband."

"Jo, det stämmer."
"Nu är det så att ett av hennes armband har hittats på Axels rum i Lillböle."

Jag hade förväntat mig att Linnea skulle få ett svartsjukeutbrott om något pekade på att Mia skulle ha besökt Axel. Istället serverade Linnea en naturlig förklaring.

"Jo, det har varit där rätt länge redan. Jag lånade det av Mia för månader sedan och en kväll glömde jag armbandet hos Axel, när jag... öh, tog av mig det."

"Så Mia hade inte använt det under tiden strax innan hon dog?"

"Nej, jag bar på det för att påminna mig om hennes vänskap. Mias namn var broderat i armbandet."

"Jo, det var just det armbandet."

"Mias föräldrar vill säkert ha tillbaka armbandet i något skede. Men hjälper det här Axel?" frågade Linnea förhoppningsfullt. "Var armbandet en av orsakerna till att han blev anhållen?"

"Jag vet inte", sade jag ärligt. "Men vi måste lita på rättssystemet. Om Axel är oskyldig, blir han förklarad oskyldig."

"Jag hoppas det", sade Linnea surt. "Jag har också hört om rättsmord. Att oskyldiga blir dömda fastän de borde få gå fria."

"Kanske politiker kan hjälpa i så fall", sade jag försiktigt. Jag hade ingen aning om vad Martin Flytmarsch ansåg om sin potentiella blivande svärson.

"Pappa kommer nog att kräva en grundlig förklaring av polisen", sade Linnea bestämt. "För jag vet att Axel är oskyldig."

Linnea Flytmarsch lade på luren och jag satt åter kvar i tystnaden bland de blommiga tapeterna i mina föräldrars gästrum. Varför försvarade hon Axel så kraftfullt även om det fanns en risk för att han var skyldig till ett eller flera brott? Var hennes kärlek till Axel så stark att hon inte såg hans skuld som ens en möjlighet?

Telefonsamtalet hade inte bara väckt mina tankar kring Linnea, utan också om mig själv. Varför hade jag lagt min näsa i blöt? Två unga människors liv var i ett fullständigt kaos på grund av mina undersökningar. Utan mina intervjuer hade Mia Kinnunens död klassats som en olyckshändelse, men nu höll hela Västnyland på att röka ut de unga. Eller var jag en hjälte? Hade jag avslöjat en mördare och hade jag satt stopp för knarkhandeln i regionen? Vad det är var skulle mitt förhållande till min barndoms bygder inte vara sig lik längre.

KAPITEL 13

Onsdag

Mars närmade sig sitt slut, men klockorna skulle flyttas till sommartid först nästa söndag. Det kändes som om de sista resterna av vintern fortfarande klängde sig fast i människor, naturen och byggnader. Och i vädret. En grå dimma hade lagt sig över hela Ekenäs så att det sög upp både kyrktaket och vattentornets topp. Det fanns ingen snö eller is kvar som kunde lysa upp det gråa mörkret, och inga blommor hade ännu stigit upp för att färga den dystra dimman.

Men på polisstationen var det full rulle, och stämningen sjöd av liv. Det nya spåret i narkotikahärvan hade satt fart på hela poliskåren, som nu assisterade Centralkriminalpolisens narkotikaenhet. I olika hörn av Formansalléns polisanstalt hördes mobiltelefoners signaler och någon stod i ett hörn insjunken i ett samtal med sin handflata. Eller med telefonen i sin hand. Uniformklädda utredare småsprang i korridoren med mappar eller papper i sina händer. Ingen verkade ta notis av mig, där jag tittade omkring mig för att fånga upp Stefans bekanta ansikte. Jag hade svårt att tro att jag var ansvarig för all denna stress på denna arbetsplats!

Stefan satt i ett bås med glasväggar och han vinkade in mig när han såg mig zooma in hans ansikte. Han var mitt inne i ett telefonsamtal och jag stängde försiktigt dörren bakom mig så att inget buller skulle höras över linjerna. Med handen gestikulerade han åt mig att sätta mig på stolen på andra sidan av hans skrivbord.

"Ja frun. Naturligtvis frun", sade han åt rösten, som jag inte hörde. Han satt käpprak på sin stol och hans ställning avslöjade att han pratade med någon som hade stor auktoritet. Det var dock inte hans förman, Nettan, för han hade inte kallat henne för "frun", när vi hade diskuterat två kvällar innan.

"Just nu verkar det så, och allt talar för att han är skyldig. Precis, frun."

Stefan tittade otåligt på mig, som om jag bar ansvaret för att han måste upprepa sig gång på gång åt den andra personen.

"Om något nytt dyker upp, kommer aktuella nyheter att förmedlas åt Er, frun. Jag förstår att Ni är orolig för Lillböles rykte. Javisst, åtminstone just nu måste vi utgå från att Axel är skyldig, ja."

Jag spetsade öronen.

"Tack för att Ni ringde, frun. Hej." Stefan Rundberg stängde av sin telefon med en djup suck.

"Maria von Dunderholm?" frågade jag.

"Jo. Jag kan inte förstå hur skvallret har nått henne ända till Brasilien så här snabbt."

"Antagligen via Hubertus?"

"Nej, enligt Maria har hon inte varit i kontakt med Hubertus på flera veckor. Hon måste ha andra kontakter här i Västnyland som låter henne veta allt."

"Vad konstigt", utbrast jag förbryllat. "Varför skulle Hubertus inte hålla kontakt med henne? Speciellt då hon är döende?"

"Är hon döende?" sade Stefan med en röst som jag inte kunde tolka om det var kryddat med medlidande, överraskning eller lättnad.

"Jo, det sade disponenten, Alvar Nordsund, på Lillböle."

Peter skrapade sig på skallen och tittade otåligt på mig.

"Hursomhelst, det har ingen betydelse just nu. Hon ville bara veta om vi är absolut övertygade om att Axel är skyldig till anklagelserna."

"Och anklagelserna är alltså handel med amfetamin, och möjligen delaktighet i Mia Kinnunens död", sade jag tankspritt. Nyheterna kring Maria och Hubertus von Dunderholm var så förbryllande, att jag fortfarande inte var helt benägen att koncentrera mig på orsakerna varför jag hade kommit till polisstationen. Jag mindes bara Marias ständigt förargade miner, när vårt barndomstriumvirat hade stört hennes vardag på Lillböle.

"Ja, formellt koncentrerar vi oss nu på knarkhandeln och Axels delaktighet i den, eftersom det skapar nya ledtrådar att följa upp. Just nu får både du och vi lägga Mias död åt sidan", sade polismannen framför mig.

"Men tänk om det är just det som gärningsmannen vill åstadkomma genom att skapa denna länk till knarkhandeln?" vidhöll jag.

"Det är möjligt", sade Stefan, "... men vi har inget annat råd än att göra så för tillfället. Vi kan inte låta knarkspåret svalna, speciellt då det är ett så stort problem i regionen just nu. Vi måste få reda på vem hans kumpaner är, och vilket kontaktnätverk han använder sig av i knarkhandeln. Och dessutom finns det antagligen en större mängd knark gömd någonstans och vi måste hitta det innan det blir sålt till knarkslavarna. De få amfetaminpreparat som vi hittade på disponentgården i Lillböle är inte hela gömman. Den är bara en droppe i havet bland all den knark som säljs för tillfället."

"Jag förstår", sade jag. "Har ni fått ut något nytt av Axel då?"

"Han säger ingenting, för han påstår att han inte vet något. Han vet ingenting om amfetaminet på hans rum, och Mias armband lär ha varit på disponentgården i flera månader redan."

"Linnea ringde upp mig igår och hon bekräftade att hon hade lånat armbandet av Mia för länge sedan och att det var Linnea som hade glömt det på Axels rum. Jag tror henne."

"Jag tror henne också", medgav Stefan. "Så det finns ingenting som binder Axel till Mias död trots allt. Men hela Västnyland ser honom som skyldig just nu, och för allt möjligt annat också."

"Hur så?"

"En gammal farbror ringde upp mig igår kväll och han sade att han med all säkerhet hade sett samma bilmekaniker från Pojo stjäla en roddbåt i Ingå för tre år sedan." Stefan Rundberg suckade och jag småskrattade.

"Var Axel kanske i Stockholm också på 80-talet, när Olof Palme blev mördad?"

Stefan grymtade något till svar som lät som ett skratt.

"Jag har inte kollat Selma Strandman ännu", fortsatte polismannen. "Men det känns inte sannolikt. Peter Ginst har jag kollat och Hubertus likaså. Peter var verkligen i Thailand i januari, och Hubertus i Brasilien. Dessa länders utreseinformation bekräftar att de kom till länderna i höstas och åkte iväg först nu i mars. Länderna har strikta visumregler för vistelser som är längre än en månad, så det går inte att kringgå dem. Så Hubertus och Peter var inte i Finland, när Mia Kinnunen dog."

"Jag undrar om Maria von Dunderholms hälsotillstånd var sådant att hon kunde resa i januari", sade jag tankspritt, fortfarande med tankarna kring det föregående telefonsamtalet.

"Min förfrågan gav svar på alla von Dunderholmare i Brasilien", sade Stefan förnöjt. "Maria har inte lämnat Brasilien på två år, så det är en tid sedan hon besökte Lillböle."

"Okay", sade jag och lämnade den synvinkeln i utredningarna åt sitt öde.

"Men vi är nog tvungna att hålla kontakt med Hubertus i Brasilien", fortsatte Stefan. "Vi har många besök på Lillböle framför oss ännu, då vi letar efter knarkgömman. Hubertus och hans mamma måste hållas underrättade om vad som sker på gården."

"Det kan bli utmanande om det verkligen är så att Hubertus och hans mamma inte kommunicerar med varandra", sade jag tankfullt och Stefan nickade.

"Vi får därmed tacka för dina tjänster", sade Stefan och räckte fram sin hand. Jag skakade hans hand och kände mig lättad över att få lämna Mia Kinnunens död i experters händer. Handskakningen kändes som en bekräftelse på att jag nu fick åka hem till Helsingfors.

"Och förstås...", fortsatte Stefan och sträckte sin hand till något under hans skrivbord, "... här är dina skor!"

"Oj, tack", sade jag överraskad över att jag hade glömt den främsta orsaken till att jag kommit till polisstationen. Jag tog emot plastpåsen som innehöll mina skor och tog av mig mina lånade skor, som jag räckte åt polismannen.

"Din pappas bil levererades hem till honom utan problem igår?" frågade Stefan som bekräftelse på att allt hade gått rätt till.

"Jo, allt gick bra", sade jag. "Tack för allt!"

När jag gick ut ur glasbåset, ropade Stefan Rundberg ännu efter mig: "Och lycka till med allt!" Det kändes som om han menade min kamp att komma över arbetslösheten. Mina tankar började galoppera mot mina dagliga rutiner i Helsingfors och jag kände mig övertygad: Det var nu eller aldrig som jag skulle hitta ett nytt arbete!

*

På hemresan kände jag att jag ville besöka Ekenäs torg. Det var ju trots allt fortfarande förmiddag och onsdag, så torget skulle sjuda av liv. Dessutom kändes det som om jag promenerade på små lätta moln, då jag äntligen hade mina egna bekväma skor igen. Den gråa dimman hade fortfarande inte lättat, och jag upplevde mig som en fiskare bland fjärdar i morgondimma. Jag seglade på mina små moln mot torgstånden stinna med nyfångad fisk.

Tidigare på morgonen hade jag varit på dåligt humör för att jag blivit tvungen att tillbringa ännu en dag borta från mitt hem i Helsingfors, men på torget började känslan lätta. Snart skulle jag få tillbringa rutinfyllda dagar i Vallgård igen!

Kanske jag skulle köpa en skaplig gädda åt mamma som tack för min vecka hos dem. Jag skulle dock inte få njuta av den rätten, för mamma hade redan på morgonen lagt en lasagne i ugnen. Den hade varit fylld med malet kött, som hon hade stekt redan dagen innan till köttbullarna. Köttet var varvat med trattkantareller, som hon hade plockat föregående höst.

På torget hörde jag tissel och tassel vart jag än gick. Den lilla Rådhusplatsen var inte överfylld med människor, men små diskussioner hördes ändå från olika håll. Det var skvaller som förmedlades på samma sätt som virtuellt skvaller delades på sociala forum likt fåglars kvittrande. Här var det dock fråga om levande människor som delade information mellan levande människor och om levande människor. På något sätt kändes det skvallrandet mera fel än att göra samma sak över virtuella linjer. I det sociala forumet var det inte klart att bakom anonyma användarnamn fanns levande människor.

När tisslet och tasslet kryddades med blickar åt mitt håll, kändes det som om de skvallrade om mig. Plötsligt kände jag paniken krypa över mig. Tisslade de om min arbetslöshet? Var jag det pensionerade paret Österfelts odugliga, sysslolösa son? Eller tasslade de om min roll som utredare i Mia Kinnunens död? Kände de mig överhuvudtaget? Brydde de sig? Eller var tisslandet bara min inbillning? Jag överraskade mig själv med att försöka tolka allt som jag hörde.

"Inga krokusar har skjutit upp ur jorden ännu..."

"Jag hittade en röd, stickad mössa i diket..."

"Fyrtaktsmotorn reagerar inte så när man ger mera gas...."

"Han dog inte av lunginflammation utan av..."

"Den politikern har svikit vartenda löfte. Jag kommer absolut inte att rösta på honom mera."

"Det där är ju han. Han som..."

Jag svängde om mig, men lyckades inte överraska någon med att peka på mig. Politikerskvallret intresserade mig också lite, ifall de pratade om Martin Flytmarsch. Det gick dock inte att lokalisera det skvallret heller till något speciellt ansikte i folkmassan.

En skrämmande tanke grep tag om mitt inre. Om jag hörde röster som egentligen inte fanns, betydde det att jag höll på att bli galen? Var det början på något vanvett att jag tyckte mig vara föremål för allas intresse? Även om de i verkligheten inte brydde sig det minsta om vad jag gjorde eller vem jag var? Höll min arbetslöshet på att göra mig tokig även om jag gjort allt för att vara en normal människa? En av alla de andra? Trots att jag engagerat mig i fallet kring Mia Kinnunens död?

Ett av de präktiga fiskestånden förevisade fiskar av olika storlekar, prydligt uppradade på krossad is i lådor av styrox. Jag log för mig själv då man var tvungen att använda konstgjord is trots att vi alldeles nyss äntligen hade blivit av med all snö och is från vintern, som ingen saknade längre. Lådorna innehöll strömming, gös, gädda, flundra, abborre, någon enstaka forellfilé samt någon fisk som jag inte kände igen. Vissa var färska men de allra flesta var rökta. Kanske man inte tillagade fisk nuförtiden mera om den inte var långt förberedd. En storvuxen försäljare med förkläde väntade tålmodigt att jag skulle berätta vad jag ville ha. Var det bara hans blick som följde min tvekan, eller tittade hela torget på mig?

Plötsligt kände jag ett oväntat tryck på mitt lår och jag höll på att flyga baklänges mot fisklådorna i ren förskräckelse.

"Nej, Sissi, NEJ!" råmade en arg mansröst. "Inte hoppa!"

En ljusbrun golden retriever hade ivrigt hoppat upp mot mig och lagt sina framtassar mot mina lår. Någon slet i dess koppel så att hunden landade tillbaka på torgets kullerstenar med alla fyra tassar och den satte sig beskedligt vid husses fötter. Piggmans hund! Det var andra gången på en vecka som Piggmans hund hade skrämt mig ordentligt. Och två dagar tidigare hade en knarkhund krafsat på mig. Mitt besök i Västnyland höll tydligen på att bli ett hunduppvisningsevenemang utan slut.

"Ursäkta oss, Österfelt", sade Piggman. "Sissi kände igen dig, eller snarare din lukt, och blev så ivrig att jag inte hann lugna ned henne."

"Det gör ingenting", sade jag svagt och försökte låta bli att titta om det blivit en fläck eller ett hål på mina byxor. Jag tog ett tag om fiskståndets bord för att behålla balansen och märkte att min handflata blev klibbigt våt av något smältvatten från styroxlådorna. Fiskförsäljaren vände sitt intresse mot någon annan potentiell kund.

"Fy, Sissi", fortsatte Piggman och hunden slickade sig om munnen med huvudet vänt mot fisklådorna. "Jo, husse har kommit till torget för att köpa fisk idag."

En vecka på landet och alla mina kläder skulle behöva en ordentlig tvätt. Mina skor var leriga och luktade knark. Mina byxor var smutsiga och jag hade inte haft mage att begära mamma att tvätta mina underkläder och sockor. Jag var absolut redo för storstadens annorlunda utmaningar.

"Hunden minns dig väl även om det är en vecka sedan den såg dig senast", sade Piggman med en förklarande röst. "Och jag hörde ditt namn i bruket en dag, när någon pratade om de nyväckta undersökningarna kring Kinnunens flickas död."

"Ja, det verkar som om mycket har förändrats under den här veckan", sade jag försiktigt för att kolla om Piggman hade hört något skvaller om Axel Nordsuncs medverkan.

"Vem hade trott att den där unga pojken skulle ha haft något med flickans död att göra", sade Piggman. "Han har ju för Guds skull reparerat min bil också. Det måste ha blivit något fel på min bil efter att han har pysslat med den. Jag måste säkert föra den någon annanstans. Eller ännu värre, tänk om han har använt min bil för att smuggla knark?"

Under några sekunder tänkte jag på möjligheten att smuggla knark i ovetande kunders bilar. Jag hittade dock ingen logisk förklaring till att det skulle vara möjligt.

"Han är nog säkert en bra bilmekaniker även om det skulle dyka upp något annat om honom", sade jag försiktigt.

"Samhället är fullt av lögner nuförtiden", sade Piggman hätskt. "Det dyker upp fuskläkare och lärare utan kompetens. Och politikerna har ingen kompetens alls! Och polisen är i maskopi med dessa ljugande politiker. Och nu finns det även fuskbilmekaniker!"

"Men hundar är ärliga", försökte jag säga empatiskt med blicken på Sissi.

"Alldeles", sade Piggman stolt. "Men det är något som jag måste erkänna, nu när det blev tal om det. Även jag har låtit bli att säga sanningen. Inte ljugit, utan bara låtit bli att säga allt, det är ju faktiskt en stor skillnad."

"Jasså", sade jag utan att riktigt veta om jag borde vara intresserad eller inte.

"Det har ingen betydelse nu när Mia Kinnunens mördare är avslöjad och fasttagen, men jag och min fru har behållit en hemlighet för oss själva, för vi har varit så oroliga..."

"Oroliga för vad?" frågade jag och spetsade öronen, eftersom Piggman tänkte säga något om Mias död.

"Oroliga för att polisen och Flytmarschs skulle konspirera sinsemellan och ta Sissi ifrån oss."

"Varför skulle de göra det?"

"För vi var oroliga för att Sissi skulle bära ansvaret för Mias död på något sätt. Sissi är en snäll hund och hon vill ju bara hälsa på människor och det är egentligen inget fel med att hon hoppar upp på folk. Men de blir så rädda och jag är alltid rädd för att de skall anmäla hunden så att den tas ifrån oss."

"Menar du att du såg Mia kvällen då hon dog?" frågade jag intresserat. "Även om du sade tidigare att du inte hade sett henne?"

"Nej, jag såg henne inte, men vi hörde henne nog", fortsatte Piggman. "Min fru och jag och Sissi vaknade av rabaldret hos Flytmarschs den där kvällen och Sissi började skälla så hårt att vi var tvungna att släppa ut henne för att hon skulle lugna sig."

"Och det var just då som Mia hade lämnat Flytmarschs och hon gick eller sprang nedför Gästerbyvägen mot Kopparsmedjan och ån? Så Sissi fortsatte att skälla på henne när hon rörde sig utanför er port och granhäck?"

"Just det. Men vi har hållit en sak hemlig under alla dessa månader." Piggman tittade på sin hund igen med en blick som avslöjade både oro och skam. Sissi omvandlade stämningen till ljud och hon gnydde lätt.

"Porten var öppen!" utbrast jag med en gång.

"Jag märkte det först efter en kvart när jag skulle släppa in Sissi igen. Hunden var nog på gården och den hade lugnat sig, men jag kan inte vara säker på att den inte skulle ha sprungit utanför gården under den kvarten." Piggman tittade omkring sig som om han inte ville att hela regionen skulle höra vad han just hade sagt. Fiskförsäljaren fäste ingen uppmärksamhet på oss längre.

"Hunden skulle lätt ha hunnit springa nedför backen efter Mia, hinna fatt henne vid åstranden, hoppa ivrigt på henne framifrån så att hon föll bakåt, och..."

"Och hem tillbaka. Allt inom 15 minuter. Ja." Piggman svarade på tankegången utan darr på rösten. "Men Sissi är en klok hund. Den skulle veta att den har gjort något fel och jag skulle veta om hunden har sådana samvetskval."

Jag tittade misstroget på tiken. Den tittade lugnt på mig. Jag kunde inte se att den skulle ha några samvetskval över att mina byxor var ruinerade.

"Vår hund är ingen mördare", sade Piggman bestämt. "Men jag förstår att det i teorin kunde vara möjligt att det skulle ha gått så som vi just beskrev. Och bara med den misstanken skulle vår okunnige politikergranne bussa polisen på oss."

Jag visste inte vad jag skulle säga. Det lät som en möjlig lösning på mysteriet och det hade serverats på ett silverfat. Mia Kinnunens död förorsakad av en hund? Det var för fantastiskt för att vara sant. Men det lät så möjligt att jag inte kunde låta bli att fundera på det. Hela tiden hade det känts som om Mias död var en olyckshändelse, men de många frågorna hade gjort ett antal ungdomar mera eller mindre misstänkta. Mia hade kanske inte gått i ån överhuvudtaget, utan hon hade knuffats i den av en hoppsig hund och hon hade skadat huvudet? Stefan hade faktiskt bekräftat att de hade sett hundspår vid åkanten innan de hade smält bort. Hundens kraftiga överkropp gjorde att man faktiskt kunde falla handlöst bakåt med bakhuvudet mot en sten. Även om det kändes både möjligt och trovärdigt, skulle det inte gå att bevisa. Och hunden skulle inte vara en mördare även om det skulle bli grava konsekvenser för både Piggmans och hunden själv, om misstanken togs fram.

"Och nu vet vi ju att Sissi inte hade något med Mias död att göra", sade Piggman belåtet och förde mina tankar till verkligheten igen. "Därför vågar jag berätta om vår lilla vita lögn nu."

Först visste jag inte riktigt vad han menade, men sedan insåg jag att han hänvisade till Axel Nordsund. Hela Västnyland ansåg att Axel var skyldig till både knarkaffärer och Mia Kinnunens död. Hunden Sissi var därmed utesluten från de misstänktas skara.

"Men kanske det ändå är bäst att du inte berättar för någon om vad Sissi KUNDE ha gjort", sade Piggman med en röst som avslöjade att hela vår diskussion hade byggts på teorier.

Jag visste inte om jag vågade lova något sådant så jag bara mumlade något otydligt. Piggman nickade som om han ansåg att det var överenskommet och han gick till följande fiskstånd för att välja en fisk till middag. Med min mun öppen såg jag hunden lunka bredvid sin husse med svansen stolt i vädret. Kunde det vara möjligt? Var det högt älskade husdjuret en dödsmaskin? Skulle det hända igen, om jag lät bli att berätta om misstanken för någon? Skulle jag i så fall vara ansvarig för det dödsfallet? Skulle jag i teorin kunna vara skyldig till Mia Kinnunens död om jag lät bli att förhindra ett liknande fall?

Tankspritt lämnade jag Ekenäs torg och började gå genom Gamla stan mot mina föräldrars hus. Jag måste låta bli att grubbla på en massa teoretiska lösningar och konspirationsmöjligheter. Polisen höll på att fråga ut Axel Nordsund, som var starkt misstänkt för knarkproblemen i Västnyland. Jag hade lovat polisen att inte blanda mig i fallet längre. De skulle anse mig vara galen om jag dök upp med en teori om att en hund kunde bära ansvaret för Mia Kinnunens död. Var det rösterna som gjorde att jag höll på att förlora omdömet kring vad man kunde berätta vidare och vad man egentligen borde hålla hemligt? Höll tisslet och tasslet på att krypa in i mitt medvetande så att jag höll på att spåra ut? Nej, nu var det dags att ta tåget hem.

Mina föräldrars hem befann sig vid Östra Strandgatan, rätt nära Ormnäs campingplats. Det var ett gammalt radhus bakom syrenbuskar och oxelträd, som hindrade trafikljudet från att nå hemmen. Många brukade köra längs den gatan mot Ramsholmen, ett friluftsområde och naturparadis strax utanför Ekenäs centrum. När jag gick längs trottoaren längs Östra Strandgatan, märkte jag plötsligt att jag hade glömt att köpa fisken på torget. Samtidigt såg jag pappas bil vid infarten till mina föräldrars hem och jag beslöt mig för att strunta i fisken.

Någon stod vid pappas bil med handen på vindrutan. Eftersom det varken var pappa eller mamma, blev min första tanke att en parkeringsövervakare höll på att fästa en parkeringsbot i vindrutetorkaren. Jag var fortfarande ett kvarter från bilen, så jag såg endast att det var en kortvuxen man i jeans och lilafärgad överrock. Något i hela situationen kändes fel, och jag hojtade åt honom.

Mannen vände om sig och jag såg att hans ansikte var mörkt. Jag gick raskt mot honom och märkte till min överraskning att han hade orientaliska drag. I samma ögonblick började han springa bort från både mig och bilen. Jag blev så överraskad att jag stannade upp. Han sprang iväg längs Snäcksundvägen mot Ramsholmen.

I polisserier och agentfilmer börjar hjälten alltid springa efter en skurk som försöker fly situationen. Det sker även om hjälten inte är medveten om vad den flyende personen har gjort eller om han har gjort något överhuvudtaget. Jag har alltid tänkt att det måste vara en reflex. Man vet inte varför man springer efter en gärningsman, men det är självklart att man måste veta vart han flyr så att man skall fråga ut honom ytterligare. Under jakten blir det ofta så stora materiella och fysiska skador att själva gärningen är småpotatis jämfört med den vådliga jakten. Trots detta är det ett inbyggt tvång att försöka få fast den flyende personen.

Reflexen väcktes även i mig. Utan att veta varför, började jag springa efter den kortvuxna, orientaliska mannen. När vi närmade oss Ramsholmen förstod jag att mannens ben var så korta att min sprint med längre ben skulle hjälpa mig att hinna upp honom rätt snart. Samtidigt gjorde min dåliga kondition mig andfådd och min lilla övervikt började kännas. När den flyende mannen sprang över den lilla bron till Ramsholmen, var jag ungefär 50 meter bakom honom.

I slutet av mars är parken full av kala träd och marken vimlar av vissna växter från föregående höst. Eftersom löven inte har utvecklats på träden vid det laget ännu, är de enda färgerna vitt och brunt, med små gröna tofsar här och där. Den orientaliska mannen sprang över bruna, förmultnande löv. Han försvann någonstans bakom de tjocka trädstammarna, när han vek av från Ramsholmens sandade stigar in i skogen. Reflexen att springa efter den flyende mannen började falna, för jag tvekade att följa hans språng in i skogen. Det var inte av rädsla för den lilla mannen, utan för att mina skor utan tvekan skulle bli leriga igen. Nyfikenheten vann och jag fortsatte in i skogen. Ingen syntes någonstans.

Det gick lätt att springa för de gamla lövträdens kvistar var i praktiken stora trädgrenar långt ovanför mitt huvud. En ung björks kvistar piskade dock mot mitt ansikte när jag hoppade över en stor sten. Den flyende mannen syntes ingenstans men jag hörde hans steg en bit framför mig. Efter björkens kvistar märkte jag plötsligt att jag stod på en liten öppning mitt i skogen. Och mannen stod en bit framför mig. Han flydde inte längre och min reflex tvingade mig också att stanna upp.

Han stod bredbent med handen framför sig som ett tecken på att jag måste stanna precis där jag stod. Och jag vågade inte gå närmare för han höll en kniv i sin hand. I samma ögonblick mindes jag mitt löfte åt Stefan att lämna undersökningarna åt polisen, för när knark kommit med in i bilden, hade fallet genast blivit farligare. I mitt dittills trygga liv hade jag aldrig tidigare mött en man med en kniv i handen. Det kändes overkligt och något som helt enkelt inte kunde inträffa i en trygg stad som Raseborg.

Han stod en bit ifrån mig men jag såg ändå tillräckligt av hans ansikte för att kunna bekräfta för mig själv att han verkligen var en asiat. Med den lite mörka hyn placerade jag honom någonstans i sydöstra Asien, kanske Thailand. Vid utkanten av de sneda ögonen glimmade något och jag förstod att det var tårar. Hela situationen blev ännu mera konstig. Jag stod framför en thailändare som hade en kniv i handen och han grät! Varför i världen skulle han gråta? Hade han i förväg samvetskval för att han skulle knivhugga mig? Eller var han allergisk mot någon finländsk busk- eller trädart, som höll på att blomma så här på vårvintern? I varje fall kändes det konstigt. I polisserier var skurkarna och hjältarna aldrig allergiska och jag kunde inte minnas att jag skulle ha sett en tv-skurk gråta.

Under många sekunder stod vi och tittade på varandra utan att röra oss. Borde jag ta ett försiktigt steg bakåt på samma sätt som man undervisades att göra om man mötte en björn i skogen? Borde jag fly och lämna gåtan med den gråtande thailändaren olöst? Det enda jag visste var att jag inte borde hoppa på honom för att försöka avväpna honom. Men det verkade som om han väntade på att jag skulle göra något.

"Vem är du?" frågade jag försiktigt. När inget svar kom, frågade jag samma sak på engelska.

"Sluta snoka", befallde thailändaren och hötte med kniven framåt så att jag tog ett spontant steg bakåt.

För en sekund undrade jag om jag hade hört fel. Hade han sagt något på thailändska eller något annat asiatiskt språk, som helt enkelt lät som "sluta snoka" på svenska? Och varför skulle jag sluta snoka? Det var ju han som hade snokat omkring pappas bil? Vem var han? Hade han blivit rädd när han sett mig komma småspringande mot honom på Östra Strandgatan? Och hade han flytt utan att ha hunnit göra det som han egentligen hade kommit för att göra? Var han en simpel biltjuv, som hade råkat ge sig på pappas bil? Eller hade har något att göra med knarkundersökningarna och Mia Kinnunens död?

När jag tänkte fråga något av honom, upprepade han samma sak igen.

"Sluta snoka!"

Därefter tog han ett språng genom snåret och sprang bort från platsen där vi stod. Jag stod som förlamad och hade ingen lust att springa efter honom längre. Något sade åt mig att jag borde gå raskt tillbaka till pappas bil så att thailändaren inte kunde slutföra det som han ursprungligen hade komm t för att göra. När jag kom tillbaka till Ramsholmens stigar med mina leriga skor, märkte jag att ingen hade sett episoden. Knivmannen syntes inte någonstans.

Med min stackars hjärna full av tankar och fruktan närmade jag mig pappas bil. Jag såg genast att något papper var instucket under vindrutetorkaren Thailändaren hade förmodligen hunnit lämna papperet där redan då jakten började. Med darrande händer vecklade jag upp papperet. Med en gång förstod jag att knivmannens ord hade varit svenska. Med stora tryckbokstäver hade han eller någon annan skrivit på papperet en varning, som med all sannolikhet var riktad åt mig och mina undersökningar:

"Sluta snoka"

En timme senare löd jag den kraftfulla uppmaningen och satt på tåget t ll Helsingfors.

KAPITEL 14

Torsdag

Jag hade tillbringat över en vecka i skärgårdsstaden Raseborg utan att ha sett skärgården. När jag satt på en av bänkarna som vette mot Helsingfors skärgård, kändes det som om något höll på att fullbordas inom mig. Jag hade gjort en lång promenad till Södra hamnen i Eira och min blick vilade över Skifferholmen och Ugnsholmen, som höll på att vakna ur sin vintersömn. Havet framför mig hade varit fri från is bara under några veckor, men fiskmåsarna hade redan hittat till stränderna. De skränade gällt mot det kalla havet.

Efter att ha blivit bortskrämd från Västnyland hade jag tillbringat en sömnlös natt i mitt hem i Vallgård. Från mitt fönster hade jag sett ivriga trädgårdsentusiaster promenera till sina små stugor i Vallgårds koloniträdgård, för våren höll på att närma sig med stormsteg. Jag insåg att stormen inom mig inte skulle lugna sig innan det blev någon klarhet i fallet, som jag hade undersökt i Raseborg. Även om fallet var avslutat för min del, hade det inte lugnat mina sinnen. Något var fel. Allt var fel.

Axel Nordsund hade pekats ut som skyldig till Mia Kinnunens död och Västnylands knarkproblem, men det var alldeles för enkelt. Mina utredningar hade inte slutat med gripandet av Axel Nordsund, utan även efter det hade kedjan av händelser fortsatt att spöka. Det verkade som om någon försökte berätta något för mig, och jag visste inte om det var så enkelt som en uppmaning att sluta snoka. Det kändes som om jag var en skådespelare i en pjäs ovetande om dess manuskript, och den regisserades av någon okänd. Det verkade som om pjäsen hade vuxit till något mycket större än utredningen av Mia Kinnunens död och då menade jag inte knarkfallet. Men det var inte logiskt, för det var dödsfallet som jag hade tillkallats att undersöka. Om Mias död var en del av ett större brottsfall, var det tydligt att jag hade kommit för nära sanningen utan att ha insett det själv. Varför skulle jag annars ha fått den allvarliga varningen av den gråtande thailändaren? Det betydde att något i den välregisserade pjäsen hade gått fel och att jag måste tillrättavisas.

Min promenad i den friska luften hade ett viktigt syfte. Jag var övertygad om att sanningen fanns inom räckhåll i mina egna minnen samt i det som jag redan hade klarlagt i mina undersökningar. Varningen betydde att pjäsens vikt ga aktörer hade identifierats och att något viktigt hade sagts i något skede. Någon hade blivit orolig för sin egen säkerhet och den personen hade makt att använda den gråtande thailändaren för att hota mig. Denna någon kunde vara Axel, men det kunde också vara någon annan. Om jag bara kunde placera all information i rätt ordning så att det blev rätt mönster, skulle jag också få reda på sanningen. Antero Grönström hade sagt att genom att justera det tillgängliga mönstret från olika personers perspektiv, kunde man hitta dolda sanningar. Man kunde hitta sådana konspirationer, som annars inte skulle komma i dagen. Man kunde hitta överraskande kontaktnätverk, för det fanns alltid någor som kände någon. Det skulle absolut vara lättare att hitta dessa dolda nätverk i den friska luften, där tankarna löpte bättre.

Min mage var full av en sallad som jag hade gjort på kokt ris, vita bönor, tomat, gurka, isbergssallad och kokt ägg. Grubblandet hade minskat på min matlust och det hade känts rätt att äta "endast" en sallad. Den hade ändå blivit överraskande mättande och jag antog att jag inte skulle förlora några kilon även om jag gjorde en lång promenad.

Den hetsiga trafiken i Helsingfors hade känts lugnande. Bilister tutade åt fotgängare som steg ut på skyddsvägen. Mammor med barnvagnar av samma storlek som pansarvagnar fyllde spårvagnarna. En buss försökte kränga en tid g vårcyklist från körfilen upp på trottoaren. Ett barn stampade i en pöl mec smältvatten så att förbipasserande blev våta utan att barnets mamma reagerade. Men allt var rent! Jag hade inte leriga skor längre. Ingen tisslade och tasslade längre och alla tittade surt på varandra utan att sprida onödigt skvaller om varandra. Det kändes som om jag kunde promenera i staden under dagtid utan att någon glodde på mig. Jag kände mig inte längre utpekad som en arbetslös flanör utan viktigare saker att göra. Jag var nöjd.

På stranden i Eira återvände mina tankar till den konstiga episoden dagen innan. Varför hade knivmannen gråtit? Var han överkänslig mot det finländska vårklimatet? Hade den fuktiga, kyliga vinden på Ramsholmen irriterat hans ögon? Vem var han? Var det av betydelse att han hade sett asiatisk ut? Jag hade tolkat hans utseende som en thailändares utseende. Varför skulle en thailändare varna mig från att fortsätta snoka i Mia Kinnunens död?

Det var tydligt att thailändaren hade haft gangsterfasoner och att han var van vid att använda sitt vapen. Gangstrar var nära förknippade med knarkhandel. Jag kunde inte undgå att fundera om polisens utredningar av knarkhandeln hade börjat bränna gärningsmännen i Västnyland och att min nya ledtråd hade skrämt dem. De hade velat avråda mig från att fortsätta utredningarna, för de kunde knappast veta att jag redan hade lovat Stefan Rundberg att sluta utredningarna. Att jag i själva verket hade varit på väg bort från Västnyland även om varningen inte hade getts. Västnylands skvaller hade gett mig äran för att knarkspåret till Axel Nordsund hade hittats och därför hade skurkarna gett sig på mig.

Eftersom skurkarna hade lämnat lappen på min pappas bil, visste de var mamma och pappa bodde, och det gjorde mig orolig. De hade skuggat mig och de hade tagit reda på saker och ting om mig. Det var självklart att jag ville åka snabbt iväg från Raseborg för att ge skurkarna en bild av att jag lydde dem. Om de en gång skuggade mig, visste de också att jag hade lämnat Raseborg. Det skulle skydda mina föräldrar. Men borde jag ändå berätta om hotet åt polisen?

Jag kom till slutsatsen att mina föräldrar inte var i någon fara, eftersom jag hade lytt skurkarnas uppmaning. Dessutom behövde jag lite tid i lugn och ro för att tänka genom situationen. Jag var inte tvungen att meddela om hotet åt polisen, åtminstone genast. Det kunde vänta tills jag hade begrundat situationen närmare. Det var därför jag satt i lugn och ro vid stranden, med blicken mot havet och tankarna långt från vågornas kluckande.

Huvudsaken var att mina föräldrar var lyckligt ovetande om hotet som hade skett strax utanför porten till deras fridfulla radhus. Annars skulle de bli hysteriska och hysterin skulle spridas. Skvallret skulle kanske utsätta dem för ytterligare någon varning även om jag hade lämnat regionen.

Men varför var knivmannen en thailändare? Om han var en medlem i knarkligan, eller en kumpan till Axel, betydde det att knarket i Västnyland härstammade från Thailand eller någon annanstans i Asien? I min ungdom hade det talats om drogodlingar i den gyllene triangeln, som bestod av landsbygden i Burma, norra Thailand och Laos. Om jag berättade för Stefan om thailändarens varning, skulle han ha information om tidigare kopplingar mellan drogproblemet i Västnyland och drogproduktionen i Sydostasien?

Salladen i min mage rörde på sig, för jag insåg vilken länk jag hade till Thailand. Peter Ginst! Min barndomskamrat och den som hade uppmanat mig att undersöka Mia Kinnunens död! Peter bodde i Thailand och det enda jag visste om honom var att han hade ett dykföretag för turister där. Var det möjligt att han låg bakom knarksmugglingen till Västnyland? Att den gråtande thailändaren var hans kumpan i knarkhandeln och att Peter själv satt tryggt i Thailand utan att behöva utsätta sig för någon fara i knarkhandeln? Att Axel av någon orsak hade pekats som skyldig till knarkhandeln och Mia Kinnunens död?

Jag kände mig rentav illamående. Peter kunde inte vara skyldig till något sådant. Dessutom hade han haft alibi i Thailand i januari när Mia Kinnunen hade dött. Men om det var så att han hade anlitat den gråtande thailändaren att mörda Mia Kinnunen för att hon hade kommit för nära sanningen kring knarkhandeln? Men varför skulle han i så fall ha anlitat mig att undersöka fallet, som redan hade varit praktiskt taget nedlagt? Ju mera jag tänkte på saken, desto mera frågor dök upp, och desto mera ologiska verkade alla lösningsalternativ.

Hur skulle jag kunna reda ut kopplingen till Peter? Han hade åkt tillbaka till Thailand dagen efter middagen hos mig och jag hade inte hans kontaktuppgifter. Kunde jag nå honom via Hubertus? Hur skulle Hubertus ställa sig till att en medlem av vårt barndomstriumvirat kanske smugglade knark til Västnyland? Peters föräldrar bodde i Karis. Borde jag besöka dem och fråga mera om denna koppling? Det kändes också fel. Hur skulle jag kunna ställa besvärliga frågor till min barndomsväns föräldrar utan att peka ut honom som en skurk? Hur väl kände jag egentligen min barndomsvän? Var det överhuvudtaget Peter som hade besökt mig en vecka tidigare? Visst hade han haft Peters ansiktsdrag, men det hade varit en vuxen mans ansikte, medan mina minnen av Peter var från en tid då han hade varit en ung pojke. Nej. Det hade nog varit Peter, och inte någon annan. Allt i mannen vid mitt middagsbord hade pekat på att det var samma människa som jag hade lekt med som barn.

Jag suckade över tanken på barn och unga med sprutor i ådrorna och drogrök under näsan. Aldrig hade jag trott att det skulle bli ett problem i lugna, lilla Raseborg. Utredningen av Mia Kinnunens död var verkligen inte någon oskyldig, liten hobbyutredning längre. Den hade blivit mycket större och mycket mera allvarlig. Ett mordoffers blod hade utvidgats till många ungas pina kring droger samt biverkningar i samband med det. Fallet hade blivit för stort för mig och jag måste överlåta ansvaret för utredningarna åt polisen. Det fanns inget alternativ hur mycket jag än grubblade på saken. Men ändå. Om jag bara kunde hjälpa till på något sätt? Det var fullt möjligt, eftersom sanningen fanns någonstans inom mig. Det hade knivmannens varning bevisat.

Men vad skulle jag göra härnäst? I detektivhistorier brukade hjälten inte beröras av varningar, men jag hade inget nytt att utforska. Varför skulle jag då röra i getingboet? Och polisen ville jobba själv utan min inblandning. Det enda jag kunde göra var att anlita mina egna hjärnceller.

För en stund sedan hade jag flyttat fokuset till Peter. Nya tankar hade dykt upp. Tänk om jag borde förflytta fokuset ännu mera? Hur skulle jag hitta nya mönster, där någon känner någon? Jag försökte lägga upp alla pusselbitar på ett nytt sätt. Linnea, professor Rotko, Antero, Axel, Kinnunens. Pengar, minnesforskning, svartsjuka, hat mot politiker, sexuella närmanden, knarkhandel, varningar, en gråtande thailändare samt avledd uppmärksamhet genom knark på skor. Piggmans hund. Jag rös inom mig, när jag åter mindes hur rätt det hade känts om lösningen var att Sissi hade skuffat omkull Mia Kinnunen så att hon hade stött huvudet. Om Sissi hade dykt upp bland de misstänkta, vem annan kunde uppstå som misstänkt? Vem annan kunde man rikta uppmärksamheten på? Vad mera kunde man snoka i?

Sluta snoka. Varningen hade riktats åt mig. Tänk om jag själv borde läggas in i utredningen. Tänk om man borde rikta uppmärksamheten på mig? Det var ju trots allt mina skor som hade fört knarket in i utredningarna. Det var ju trots allt jag som hade tvingats fly från knarkgangstrar i Västnyland. Varför handlade plötsligt allt om mig? Vad kunde jag ha, som någon annan ville ha? Hur skulle man kunna utnyttja mig? En arbetslös man som närmar sig medelåldern? Varför var jag plötsligt av betydelse, när en ung flicka hade dött tre månader tidigare? Det kunde väl inte vara så att jag var skyldig på något sätt?

Ett mönster började formas inför mina ögon, som inte såg någonting av omgivningen. Jag satt som i en annan värld. En drogvärld. När sanningen började växa inom mig, ville jag bara stiga upp från bänken och springa iväg. Bort från sanningen. Men jag kunde inte. Jag bara satt. Och satt. Och lät den mest logiska lösningsmodellen välla över mig. Liksom vågorna vällde mot stranden några meter framför mig, där jag satt på parkbänken.

*

En timme senare var jag alldeles stelfrusen. Marsvädret hade krupit över mig där jag satt på bänken i Södra hamnen i Helsingfors. Men min kyla berodde inte på klimatet. Det var sanningen som gjorde mig iskall. Även om det bara var en halvsanning ännu. Det var dags att få svar på miljoner frågor. Jag grävde fram min mobiltelefon för att ringa upp nummersökningen.

Det var dags att ringa ett utlandssamtal.

KAPITEL 15

Lördag

Den fuktiga hettan vällde mot mitt ansikte och jag började genast svettas. Flygplatsens automatiska ytterdörrar stängdes bakom mig och jag saknade omedelbart terminalens luftkonditionering. Den dallrande luften, färgerna, de exotiska växterna och avgaserna slog emot mig som en knytnäve. Ljuset, det obegripliga ljuset, bländade mina ögon. Snuvan från Finlands svala marsväder fick mig att nysa. Alla verkade titta på mig: den bleka, patetiska turisten, som kröp fram från det nordiska vintermörkret. I själva verket var ingen av de väntande taxichaufförerna intresserad av mig, för de såg att min egen personliga chaufför gick redan två steg framför mig bärande på min kappsäck.

På det södra halvklotet började hösten redan närma sig liksom våren närmade sig långt uppe i Norden. Här betydde hösten dock inte regn och rusk, utan anspråkslösa 25 plusgrader, som fick de lokala att frysa. Kanske det var därför som min chaufför inte svettades trots att han bar på en mörk uniform och min tunga väska. Han visade mig en parkerad, pampig svart bil av ett märke som jag inte kände igen och jag klev in i baksätet utan att chauffören öppnade dörren åt mig. Jag vet inte om det var det bekväma lädersätet, den varma luften eller min sömnlösa natt som gjorde att jag plötsligt kände mig färdig att somna in. Det var dock omöjligt, eftersom jag inte ville förlora ett enda synintryck av den tropiska exotiken utanför bilfönstret.

En timme tidigare hade min slummer väckts av flygvärdinnornas meddelande att vi närmade oss destinationen. Jag hade ställt om min klocka och samtidigt upptäckt att det var första april. Jag hade skrattat för mig själv. Hela situationen var så absurd och dråplig att hela mitt liv kändes för tillfället som ett enda stort aprilskämt. Jag hade lovat att åka till Helsingfors-Vanda flygfält, där den färdigt betalda flygbiljetten skulle vänta. Det hade den faktiskt gjort, och i det ögonblicket hade jag förstått att det verkligen höll på att hända. Jag skulle åka iväg gratis till andra sidan av jordklotet för att slutföra utredningarna kring Mia Kinnunen, som tre månader tidigare hade dött i en vintrig å i den lilla bruksorten Fiskars.

Efter en kort flygning till ett europeiskt flygfält hade jag bytt till ett långdistansplan och där hade nästa överraskning väntat. Den många timmar långa övernattsresan till slutdestinationen skulle ske i första klass. Man hade serverat mig god mat, köttspett med grillade grönsaker, samt så mycket vin som jag ville ha. Naturligtvis hade jag druckit en hel del, och en del konjak också. En ytterst söt flygvärdinna hade gett mig våtservetter och en ask med bekvämlighetsattiraljer inför övernattningen. Hon hade tittat mig rakt i ögonen, lett vänligt och frågat om allt var bra. Naturligtvis hade allt varit bra. Mera än bra. Men jag hade ändå inte somnat in. Bara slumrat. När grubblerierna hade vällt över mig igen, hade de kryddats av vinångorna i min hjärna.

Allt det bekväma och all lyx i samband med flygresan kunde inte kompensera faktumet att mitt livs svåraste resa låg framför. Telefonsamtalet två kvällar innan hade bekräftat det. Redan denna dag skulle jag få veta sanningen, och den skulle vara det grymmaste aprilskämt som någonsin hade drabbat mig. Jag suckade djupt och märkte att chauffören tittade på mig i backspegeln. Den unga mannen visade det inte, men jag var säker på att han under sin korta karriär hade haft betydligt attraktivare passagerare i sin bil än jag.

Jag slöt ögonen för ett ögonblick och kände hur jag svävade in i min trötthet. Det kändes som månader sedan jag senast hade sovit. Undersökningen kring Mia Kinnunens död hade hållit mig vaken i en vecka i Västnyland och efter det hade jag vakat på grund av oron kring den gråtande thailändarens varning. Efter det hade den utdragbara flygstolen hållit mig vaken och efter denna kväll skulle sanningen hålla mig vaken. Men kanske jag en dag skulle förstå och kanske godkänna allt och kanske sova igen.

När jag öppnade ögonen igen, visste jag inte om jag hade somnat in och drömde eller om all den senaste tidens overklighet hade nått sin höjdpunkt. Världens vackraste vy vilade utanför fönstret, där den långsamt rörde sig i takt med att bilen körde framåt. Det var en vy som inte många arbetslösa män från lilla Västnyland eller ens lilla Finland skulle få se.

Sockertoppen stod upp från en udde som en felplacerad monolit. Udden omgavs av turkosfärgad ocean och klarblå himmel. Ljusbrun sand bredvid vår väg mötte strandlinjens vågor ända fram till den legendariska Sockertoppen. Unga, vackra människor rörde sig på Copacabana-stranden trots att det ännu var tidig morgon. Ett varmt skimmer fick färgerna från både havet, himlen, stranden, Sockertoppen och den pulserande sambastadens byggnader att smälta in i varandra. Eller var det min trötthet som gjorde allt lite diffust?

Sanningen väntade på mig här i Rio de Janeiro.

*

Men det var inte Hubertus von Dunderholm som hade bjudit mig till Brasilien utan det var hans döende mamma. Kvinnan som jag inte hade sett på åtminstone 25 år, och kvinnan som jag endast mindes som en surpuppa i min barndom. Det var Maria von Dunderholm som jag hade ringt upp två kvällar innan och hon var den döende kvinnan, som visste att tiden var knapp. Hon hade inte velat vänta det minsta så hon hade sett till att jag flög till henne så fort som möjligt. För det var Maria von Dunderholm som visste sanningen kring händelserna i Västnyland.

*

Marias privatchaufför Jorge hade skickats till flygfältet för att möta mig. Det var av yttersta vikt att han körde mig så snabbt som möjligt till Maria för att jag skulle få berätta åt henne vad som hade hänt i Västnyland. Det var också hon som med all sannolikhet kunde ge förklaringen till varför allt det konstiga hade skett. Eftersom Maria var döende, hade vi ingen tid att förlora.

Jorge körde bilen genom Rios centrum och jag skymtade den berömda Jesus-statyn på en kulle ovanför oss. Favelorna, de farliga slumområdena, såg ut att klättra uppåt längs kullarna som om de försökte nå den stora frälsaren långt ovanför dem. Vilka svårigheter upplevde befolkningen i dessa kåkar? Var deras arbetslöshet värre än den jag upplevde i Finland? Ägde de något överhuvudtaget? Ägde de det ruckel som de bodde i på samma sätt som jag ägde min bostad i Vallgård? Fick de mat på tallriken varje dag på samma sätt som jag kunde gotta mig åt olika maträtter varje dag? Kände de någon som kände någon som kunde göra deras vardag lättare? På samma sätt som jag kände någon som serverade en flygresa i första klass till Rio de Janeiro? Hittade de denna någon på samma sätt som Hubertus hade hittat mig?

Under hela min utredning av Mia Kinnunens död hade det känts som om jag hade blivit ledd enligt ett planerat mönster. Man hade serverat de misstänkta åt mig och man hade anlitat mig att forska i hennes dödsfall. Ju mera som skedde under utredningarna, desto mera kändes det som om allt var en regisserad pjäs, där jag var i huvudrollen. Det var inte särskilt svårt att identifiera vem regissören var. Peter och Hubertus hade anlitat mig att göra undersökningarna under en middag i min egen bostad. Regissören var alltså någondera av dem eller båda. När jag hade ringt upp Hubertus mamma och berättat om den märkvärdiga situationen, hade både hon och jag omedelbart förstått att "regissören" var Hubertus. Peter var inte längre misstänkt.

Men varför hade Hubertus gjort allt detta? Det skulle Maria berätta samtidigt som jag berättade alla detaljer kring utredningen av Mia Kinnunens död.

Allt hade varit planerat. Och jag hade själv blivit delaktig i Hubertus komplicerade plan. Jag hade själv gett nyckeln i handen åt Hubertus via det sociala forumet. När jag hade avslöjat mina dagliga arbetslösa rutiner i mitt konto på det virtuella forumet, hade han automatiskt fått kännedom om dem. Han var ju trots allt min sekundära kontakt, vilket betydde att han kände mig och tog del i all den information som jag lade ut om mig själv. En person, som för mig var praktiskt taget okänd, kunde därmed samla information och dra slutsatser om mig, vilket kunde ha oönskade konsekvenser.

Hubertus visste att jag skulle befinna mig i Vallgårds bibliotek under en viss tid alla lördagsmorgnar. Om han stötte på mig där, skulle det se ut som en slump även om det var noggrant planerat. Det var inte svårt för honom att få mig att bjuda honom hem till mig, vilket var hans mål. Därutöver hade han stämt tid med vår gemensamma barndomsvän Peter, som han manipulerade att följa med honom på middag till mig. Syftet med kvällen var att övertala mig att börja undersöka Mia Kinnunens död och det hade han lyckats med. Argumentet att jag behövde utveckla mina sociala färdigheter hade fallit i god jord. Peter hade ovetande om Hubertus baktankar hjälpt honom att övertala mig. Även därefter var pjäsen regisserad på förhand. Maria skulle fylla i detaljerna kring pjäsens övriga skådespelare.

Hubertus var sannerligen inte min barndomsvän längre. Han var en vuxen man som hade förändrats sedan barndomen, precis som alla förväntades göra.

Men han hade förändrats så att han utnyttjade barndomsminnena och sina kontakter från den tiden till sin fördel. Hubertus representerade inte längre barndomen för mig, utan han stod för ett ytterst hänsynslöst utnyttjande. Att träffa honom igen efter 20 år hade känts lika surt som att återkomma till sin uppväxtort med förväntningar att inget skulle vara förändrat. Fiskars hade sannerligen förändrats till sin fördel, medan Hubertus hade förändrats till en skurk utan skrupler.

En tätortsskylt avslöjade att vi kom till en liten kuststad, som hette Marloeza. Jorge körde av från vägen genom en magnifik port och fortsatte genom en parkliknande skog. Jag såg att den mörka skogen slutade tvärt en bit framför oss, för solen lyste upp en öppen plats. Jag sträckte på nacken för att få en förstablick av den hacienda, där Maria von Dunderholm hade bosatt sig ungefär 20 år tidigare. Eller blev jag förd till ett privatsjukhus, där hon tillbringade sina sista månader? Det var svårt att förstå att änkan en gång hade bott i det lilla Fiskars. När hon ännu varit hustru till von Dunderholm själv och mor till min barndomskamrat. När vi ännu varit oskyldiga små gossar i ett vänskapstriumvirat, som ingen och inget kunde bryta. För miljoner år sedan.

Av någon orsak hade jag förväntat mig att haciendan skulle likna Lillböle gård. När jag såg Marias nuvarande hus, förstod jag hur kallt och ogästvänligt Hubertus barndomshem hade varit. Kanske det förklarade en del om honom. Haciendan framför mig strålade av färger och värme. Den var nästan helt övervuxen av någon okänd klättervöxt, som verkade pumpa grönt, färskt liv i byggnaden.

Men för mig saknade byggnaden liv. När Jorge visade med sin hand att jag förväntades stiga in i Marias hem och sanning, kändes det som om ett spökhus från någon skräckfilm i min ungdom väntade på att äta mig levande.

KAPITEL 16

Lördag

Maria von Dunderholm halvlåg eller halvsatt på sin sjukbädd. Hon vilade med ryggen och huvudet mot några dynor och hennes ben var dolda under en filt. Det långa, raka håret vilade som gråa stripor längs hennes ansikte och armar. En slang med någon vätska var fäst i hennes handled och slangen var fäst i en ställning med dropp. En maskin stod parkerad vid hennes bädd och från den gick tunna ledningar till hennes överkropp. De doldes av en sorts nattdräkt av något tyg som såg bekvämt och dyrt ut.

Om Hubertus och Peter hade förändrats bara lite på 20 år, hade Maria förändrats enormt. Orsaken var naturligtvis inte hennes höga ålder, utan hennes sjukdom. Den hade ätit upp en stor del av hennes kropp, för hon såg liten och skröplig ut. Kinderna hade djupa gropar och munnen var ett smalt streck. Mungiporna pekade nedåt på samma sätt som jag hade överraskat mig själv med att min spegelbild gjorde. Ansiktet var fullt av mörka fläckar som om hon var ett barn som kletat choklad över sig. Fingrarna var knotiga och de bara armarna var bleka trots att vi befann oss i ett soligt land. Hon var verkligen en skugga av den sura mamma som ständigt varit arg på Hubertus och hans vänner.

Även om hennes utseende hade förändrats, hade hennes blick samma genomborrande ton som tidigare. Den var full av ett trots. Om jag inte hade haft mitt minne av en sur, pikande kvinna, skulle jag ha tolkat blicken som en ovilja att underkasta sig döden. Kanske gumman var så elak att döden vägrade komma även om den hade skickat sin budbärare till henne? I varje fall avslöjade hennes blick att hennes hjärna var skarp även om sjukdomen bröt ner henne.

Rummets temperatur var justerad så att den passade henne bäst, men jag kände ändå att det hettade till genast när hon upptäckte mig. Luften var full av spänning, för hon väntade på något och jag förväntade mig massvis. Hennes blick avslöjade inte om hon kände igen mig från min barndom. Den avslöjade bara ett förakt, som jag inte visste om det var riktat mot mig eller mot hennes sjukdom eller mot hela världen.

Jag visste inte hur Maria skulle kommunicera med mig, så jag vågade inte ta de första orden. Jag var ju trots allt hennes lakej, för hon hade betalat mig för att resa till Brasilien. Jag hade blivit tillfälligt befriad från min arbetslöshet. Det måste vara hon som uttalade de första orden. Förbryllad tittade jag mot andra ändan av rummet, där tre unga män stod. De var klädda i vita kläder, så jag antog att de var hennes skötare. Det kändes lite olustigt att de var män och att de såg så bra ut, men jag antog ändå att de hade valts av professionella skäl. De tre männen verkade vara lika besvärade av min blick som jag var av deras närvaro.

"Mina skötare", sade Maria med en rosslande röst. "Jag behöver dem, och jag har själv valt dem. De tar hand om mig."

Jag försökte koncentrera mig på den döende kvinnan och glömma de unga männens närvaro. Jag försökte låta bli att tänka på vad hon menade med att de tog hand om henne. I själva verket var jag lite förundrad över att hon hade uttalat sig på svenska. Hade jag förväntat mig att hon skulle ha glömt sitt modersmål under alla sina år i Brasilien? I varje fall var jag nöjd över att hon pratade överhuvudtaget, för det skulle underlätta vår kommunikation. Vi hade mycket att reda ut.

"Du har åldrats", konstaterade kvinnan.

"Det har gått några år sedan senast", konstaterade jag. Jag antog att det inte var lämpligt att säga detsamma om hennes åldrande.

"Jag minns dig nog. Du var Österfelts pojke som skrattade hela tiden. Du och den där Ginst-pojken och Hubertus stökade omkring på Lillböle så att min make inte fick dö i lugn och ro."

Så hon ansåg att det var vi som var orsaken till att det tog 20 år för Fredrik von Dunderholm att dö. Jag antog att vår presentation var över så jag kunde gå rakt på sak.

"Tack för flygbiljetten. Jag kom omedelbart, för jag antar att vi har en hel del att diskutera", sade jag.

Kvinnan kröp uppåt mot dynorna och en av skötarna småsprang fram för att hjälpa henne i en bättre sittande position. Jag satte mig på en stol, som hade placerats vid hennes bädd.

"Tack Gustavo", sade Maria och följde honom med blicken när han gick tillbaka till sin plats bland de andra två männen. Hon vände sig mot mig och det kändes som om hennes skarpa blick borrade sig rakt in i mitt inre. Jag kände det som om jag hade gjort något olovligt, precis som under våra barndomslekar på Lillböle gård.

"Du kan inte förstå hur tacksam jag är över att du ringde mig", sade kvinnan uppriktigt. "Jag höll på att göra mitt livs sista och största misstag, men lyckligtvis hindrade du mig."

Det kändes ofattbart att kvinnan som under hela min barndom hade klandrat mig, plötsligt gav beröm. Hon hade låtit tacksam redan under telefonsamtalet, när jag redogjort för händelserna i Västnyland, men detta var nästan för mycket.

"Jag har ingen aning om vad jag har gjort, men jag antar att det klarnar snart", sade jag stolt. "Jag vet bara att allt har att göra med Hubertus."

"Det är sant. Du kan vara säker på att vad som än har hänt, så kan vi spåra det till Hubertus. Han är oduglig, min son, och han har alltid varit det."

"Jag minns att ingen av oss var särskilt dugliga, när vi var små", sade jag lite försiktigt. Jag hoppades att hon skulle förstå att jag menade tvärtom och att hennes skäll i själva verket var något som hon hade komponerat. Att det inte var en universell sanning. Hur kunde man kalla sitt barn odugligt – eller vilket barn som helst för ett odugligt barn?

"Ni störde oss på Lillböle när vi som mest behövde lugn och ro. Hubertus lärde sig snabbt att vara elak och att fuska och det blev bara värre med åren."

"Vi barn hämtade liv och rörelse i ett dystert hem. Och vi lärde inte Hubertus att fuska. Vi tre stödde varandra och utan vår gemenskap skulle vår barndom ha varit lika dyster som ert hem." Jag förstod inte varför jag tog Hubertus i försvar. Speciellt då jag hade fått veta att han nu som vuxen hade utnyttjat mig på ett sätt som fortfarande inte riktigt var klart för mig. Men en sak var säker. Ingen fick förmörka den härliga uppväxt som triumviratet hade haft!

"Bah", sade den döende kvinnan, men hennes röst hade fått en glimt av respekt. Det verkade som om få vågade säga emot henne här i Brasilien, där hon med all säkerhet använde sina pengar och sin makt över sina underordnade. "Jag brukade iaktta er och såg nog vad min son gick för redan då. Du minns säkert era lekar?"

"Ja", sade jag försiktigt utan att veta vart diskussionen skulle leda.

"Du minns säkert att Ginst-pojken ibland brukade fuska så att han skulle vinna i era lekar?"

"Ja."

"Om jag säger att det var Hubertus som fuskade, men att han lyckades göra det så att det alltid såg ut som Ginstens pojke hade gjort det?"

Jag svarade inte. Kunde det vara möjligt? Hade Hubertus varit den osynliga spindeln i nätet redan när vi var barn?

"Han manipulerade er så att ni inte ens märkte det. Och ingen trodde på Ginstens pojke när han protesterade. Men jag straffade nog Hubertus om kvällarna när ni hade gått iväg. Men det hjälpte inte. Han fortsatte med sina fanstyg även som vuxen."

Vad hade allt detta med Mia Kinnunens död att göra? Jag hade en känsla av att det som Maria berättade var viktigt, men våra villospår var så långt från de senaste veckornas händelser att jag började bli otålig. Jag kunde dock inte låta bli att tycka lite synd om Hubertus. Det lät som om hans barndom hade varit mycket mera dyster än jag någonsin hade anat. Kanske det hade gjort honom så skrupelfri som han nu verkade vara. Orsaken till hans beteende kanske låg framför mig som bäst? I form av en döende mamma?

"Det låter som om Hubertus har brutit all kontakt med dig här i Brasilien?" sade jag försiktigt. "Jag var på plats när du ringde upp polismannen Stefan Rundberg och han förklarade situationen för mig. Därifrån fick jag idén att det är något kring Lillböle gård som jag inte riktigt förstår och därför ringde jag upp dig."

"Hubertus har inte talat med mig på tre år och jag förstår det väl. Jag är ingen idealmamma precis. I själva verket har jag inte försökt få kontakt med honom heller."

"Men ni bor i närheten av varandra?"

"Såvitt jag vet bor han i Rios centrum i en stor lägenhet och jag bor här i utkanten av staden."

"Men du är döende. Vill han inte ens säga farväl?"

"Hubertus problem började så fort han flyttade hit för 20 år sedan. Han hade fuskat åt sig en examen vid universitet och han hade just fått tillgång till det arv som hans pappa lämnat efter sig. Hubertus ville inte arbeta så han flyttade hit till mig i Brasilien. Jag hade flyttat hit några år tidigare efter att Fredrik äntligen hade släppts från sina plågor. Hubertus var alltså en rik, vild ungkarl."

"Oduglig?" frågade jag spydigt. Hubertus hade redan under vår middag hos mig berättat att hans tillvaro i Brasilien hade varit vild, men att han hade flickvänner som höll honom på jorden.

"Narkotika blev hans fall", sade Maria som om den korta, grymma sanningen förklarade allt. Jag stönade inom mig. Vi började komma in på narkotikalänken. Det var alltså Hubertus som låg bakom knarkproblemen i Västnyland. Eller?

"Jag visste inte att han knarkade."

"Han blev en knarkare mycket snabbt. Han hade råd med det." Till och med den hårdkokta Maria von Dunderholm darrade lite med rösten, när hon mindes de svåra tiderna.

"Han hade alltså fått ärva efter pappa Fredrik?"

"Naturligtvis. Hälften gick till honom och hälften till mig. Finlands arvslag är idiotisk då den tvingar pengar till odugliga bröstarvingar. Om Hubertus hade fått ännu mera, skulle han ha knarkat bort det också."

"Han slösade miljoner på knark?" frågade jag ovetande om vad knark i verkligheten kostade.

"Fredrik hade gjort upp ett intressant testamente. Han testamenterade Lillböle gård och en lägenhet i Helsingfors samt en del depositioner åt Hubertus. Företagsverksamheten samt största delen av kontanterna gick till mig. På det sättet delades tillgångarna lika mellan oss. Men under dessa 20 år har marknaderna varit hårda mot fastighetsägare. Hubertus äger fortfarande Lillböle, men det skulle absolut inte löna sig att sälja gården just nu. Till och med Hubertus förstår det."

Plötsligt mindes jag disponenten Alvar Nordsunds oro över Lillböles framtid. Kanske Hubertus skulle sälja gården till underpris trots allt?

"Hubertus sålde studielägenheten i Helsingfors och köpte en lägenhet i Rio istället", förklarade Maria. "Han levde väl på depositionerna och började knarka. Han använde bara dyrt knark av hög kvalitet och det kostade mycket. En förmögenhet gick till knarket och han beslöt sig för att försöka avvärja sig från ämnena. Det lyckades och jag stödde honom. Ytterligare en förmögenhet gick till en exklusiv klinik som gjorde honom ren igen. En månad efter att han skrivits ut började han knarka igen. Jag bröt kontakten med honom, för jag förstod att han inte skulle hämta annat än sorg med sig. Han var oduglig."

Den döende kvinnans blick var kall och jag undrade hur mycket som var medvetet förstenat inom henne. Hade hon varit tvungen att stänga ut tankarna kring sin son för att hon skulle klara av att leva med hans narkotikaberoende? Den livsfilosofin verkade dock inte fungera. Det var ju trots allt hon som var döende.

"Hubertus pengar tog slut och han började låna med skyhöga räntor av Rios undervärld för att kunna betala för knarket. En enda gång betalade jag skulderna, men samtidigt sade jag åt honom att det inte kommer att ske igen, för jag bryter kontakten med honom. Det är tre år sedan dess."

"Han är alltså praktiskt taget pank, men äger Lillböle, och han har ett narkotikaberoende. Varför säljer han inte gården?"

"Först trodde jag att han hade något känsloband till gården. Något som inte ens knarkberoendet kunde bryta. Men jag tror att verkligheten är mycket mera mörk än så. Ditt samtal och polisuppgifterna vittnar om att jag inte har vetat allt."

"Knarket", flämtade jag och förstod med ens. "Han kom överens med Rios undervärld om att importera knarket till nya områden."

"Till Västnyland", nickade Maria. "Han har kontakter i Raseborg och han byggde upp ett nätverk för knarkhandel i regionen. Jag vet inte hur de smugglar in knarket och hur de säljer det, men jag är övertygad om att Hubertus är inblandad. Och Hubertus andel i härvan är så värdefull att Rios ligor gärna förser honom med den knark som han behöver. Han behöver inte längre grubbla på om han har skulder till ligan eller inte."

"Någon känner någon i knarkkretsar", sade jag tankfullt. "Så är då Axel Nordsund inblandad i knarkhandeln eller inte?"

"Nej. Hubertus behövde en syndabock och din uppgift var att leverera Axel på ett silverfat åt polisen."

"Men jag förstår inte. Hubertus kunde ha skyllt på Axel även utan denna komplicerade plan och utan utredningen kring Mia Kinnunens död?"

"Lugn. Vi är bara på toppen av isberget ännu", sade Maria von Dunderholm hemlighetsfullt. "Så fort Axel var levererad åt polisen var din uppgift fullbordad och det var viktigt att du skulle skickas iväg från Västnyland innan du började fundera alltför mycket på fallet. Hubertus var säkert orolig för att du i något skede skulle inse hans andel i härvan, och det måste förhindras."

"Han anlitade sin kumpan att ge en kraftfull varning åt mig så att jag skulle lämna utredningen bakom mig."

"Just det", sade Maria. "I telefonen sade du att någon hade sagt åt dig att sluta snoka."

"Det var en gråtande thailändare."

"Jag förstår inte", sade den gamla kvinnan trött.

"Jag förstår nu. Hubertus ville leda mig på villospår och därför skulle hotet komma från Asien istället för Brasilien. Hans kumpan från Brasilien har samma hudfärg som folket i Sydostasien, så det behövdes ett sätt att ge asiatiskt sneda ögon åt den som levererade hotet."

"Jag förstår fortfarande inte."

"För att maskera ögonen sneda, var han tvungen att placera en bit tejp vid utkanten av ögonen. Ute i dagsljuset glänste materialet så att det såg ut som tårar. Jag trodde att den hotfulle mannen var en gråtande thailändare trots att han var från Brasilien! Genom att hota mig med kniven tvingade han mig att hållas på avstånd. Jag fick inte komma alltför nära för det fanns en risk att jag skulle genomskåda hans maskering."

"Och du tror fortfarande att Hubertus inte är en mästare på att fuska?" sade Maria spydigt.

"Avsikten med "thailändaren" var inte bara att skrämma iväg mig från Västnyland utan också att föra mig på villospår", erkände jag. "Ifall jag misstänkte antingen Peter eller Hubertus, var det viktigt att mina tankar skulle gå till Thailand, där Peter jobbar för tillfället."

"Knarket i Västnyland kommer inte från Thailand utan från Brasilien", upprepade Maria.

"Jag vet det nu." Min bitterhet gentemot Hubertus bara växte. Han hade planerat allt i minsta detalj. Hans kumpan hade skuggat mig så att han skulle placera hotlappen på pappas bil i just rätt ögonblick. Det var viktigt att han skulle bli ertappad av mig för att jag skulle luras att se den thailändska maskeringen.

"Tror du att jag eller mina föräldrar eller någon annan är i fara i Västnyland?" frågade jag oroligt. "Att knarkbaronerna vill göra oss illa för att skydda sina knarkintressen i regionen?"

"Jag tror att de vill hålla låg profil i Västnyland för tillfället", svarade Maria uppriktigt. "Så länge den brasilianska förbindelsen inte utreds alltför ingående tjänar våld inte deras intressen."

"Var är Hubertus nu?" frågade jag med en mörk röst som avslöjade att min barndomsvän inte skulle leva tryggt efter att jag hade fått tag på honom.

"Jag vet faktiskt inte", sade Hubertus mamma. "Mina kontakter i Rio har sagt att Hubertus inte har setts till sedan han återvände från Finland för några dagar sedan."

"Är det möjligt att han är i fara?" frågade jag med en hoppfull röst.

"Det är möjligt", svarade Maria likgiltigt. "Knarkligan har säkert kontakter i Västnyland som börjar ana att det drar ihop sig. De har kunnat operera fritt i Västnyland så länge polisen inte har identifierat vem som ligger bakom knarkhandeln. Så fort Hubertus blir avslöjad faller verksamheten ihop som ett korthus. Då är Hubertus värdelös för dem."

"De gör sig av med honom så fort han blir avslöjad", konstaterade jag. "Tills dess håller de honom fången någonstans."

"Troligtvis. Hans ageranden i Västnyland har tvingat honom i ett hörn trots allt. Polisens undersökningar gör ligan orolig och de börjar säkert avveckla knarkhandeln redan nu. För säkerhets skull."

"Men varför? Varför i all världen gjorde han allt detta?" Jag lät säkert förtvivlad.

"Har du inte förstått det? För pengars skull, naturligtvis. Det är ju det främsta motivet till all brottslig verksamhet." Maria lät ärligt förbluffad.

"Men han går ju miste om pengarna med denna plan! Knarkhandeln blir olönsam! Det var ju han som avslöjade knarklänken genom att smeta amfetamin på mina skor!"

Maria tittade slugt på mig.

"Han strävar efter något som är mera värdefullt än knarkpengarna", sade hon och min haka föll i golvet. "Och det är där som vi kommer in på den där stackars Pojo-flickan, som dog i Fiskars å."

KAPITEL 17

Lördag

Maria von Dunderholms röst rosslade och hon hostade djupt. Gustavo småsprang till hennes bädd och ställde en kopp med ångande vatten under hennes haka. Hon andades in ångan och det lugnade hostan nästan omedelbart. Hennes bleka hy blev en aning glasartad av ansträngningen. Tröttheten började falla på den döende kvinnan men hon var inte redo att avsluta pratstunden ännu. Här i tropikerna skulle jag få höra ännu flera sanningar om hennes knarkande, manipulerande son, som fräckt hade utnyttjat vår vänskap från barndomen.

"Det är lungorna", sade hon förklarande och harklade sig. "Cancer. Några månader kvar att leva."

"Du har fått leva ett långt och innehållsrikt liv", sade jag kort, och försökte låta tröstande.

"Du skulle bara veta", sade Maria hemlighetsfullt. "Livet började först här, i Brasilien."

Det kändes som om jag inte ville veta mera om den saken. Det var solklart att hon hade avskytt Lillböle, sin sjuke man, sin odugliga son, Fiskars, hela hennes liv och hela Finland. Hon kunde ändå vara lite mera diskret. De tre unga männens blickar kändes besvärande igen. Var de vittnen till att Maria von Dunderholms härliga liv hade börjat först när hon hade kommit till Brasilien? När hon var i samma ålder som jag var nu? Nej, dessa unga män hade knappast varit ens födda för 20 år sedan. Min egen tråkiga arbetslöshet kunde vara lättare att stå ut med, om jag visste att jag hade en lika solig framtid framför mig som Maria hade haft.

"Är det nyckeln till gåtan?" frågade jag impulsivt. "Att du är döende och att din hälft av Fredriks arv kommer till utdelning?"

"Äntligen!" utbrast Maria. "Du förstod till sist!"

"Men jag förstår inte...", sade jag uppriktigt, "... Hubertus är ditt enda barn och arvet går till honom. Han behöver väl inte intrigera av den orsaken? Eller är han ditt enda barn?"

"Ja, Hubertus är mitt enda barn, och han är den enda bröstarvingen till von Dunderholms medel. Trots att vi bor i Brasilien, är vi båda finska medborgare. Han kan därmed kräva sin arvslott, hälften av arvet, även om jag själv ville testamentera bort det åt någon annan. Den finska arvslagen gäller. Men det är ändå inte så entydigt."

"Det är det sällan", sade jag cyniskt.

"Hubertus behöver allt. Hälften räcker inte åt honom för att han skall kunna betala bort skulderna och leva gott resten av livet. Han blir fortfarande beroende av knarkbaronerna, om han inte kan betala skulderna. Knarkligan håller honom vid liv åtminstone så länge jag lever för de vet att han är penningstinn när han blir arvtagare."

"Du tänker alltså testamentera bort hälften, så att han får endast hälften", sade jag när jag började förstå vidden av vad hon sade. "Men varför skulle du göra så? Han är din son och han är i livsfara om han inte får det som tillhör honom."

"Han är oduglig och han är inte värd von Dunderholms arv", sade kvinnan bestämt. "Och jag vill ge så mycket av mina pengar som är möjligt åt en sådan part som verkligen förtjänar dem."

"Jag förstår det, men..." Jag kunde inte fortsätta meningen. Det bara kändes så fel. Även om Hubertus hade utnyttjat mig på ett grymt sätt. Även om han med sitt knarkmissbruk förstörde både sitt och andras liv, var detta inte rätt. Han måste stoppas, det var klart. Med knarkhandeln i Västnyland höll många ungas liv att förstöras också. Men att hans egen mamma höll på att döma honom till döden, det var för mycket.

"Han har redan fått sitt arv av Fredrik och han har slösat bort det", fortsatte kvinnan. "Han skall inte slösa bort mitt arv också."

"Okay, en bit av mig förstår, men...", försökte jag, "... men hur skulle han lägga vantarna på den andra hälften då?"

"Det är nu vi kommer till kritan. Jag har gjort ett testamente, och beordrat att hälften av mina tillgångar skall gå till Axel Nordsund, sonen till disponenten på Lillböle." Den döende kvinnan såg finurlig ut.

Med en gång förstod jag vart det började luta.

"Och Hubertus vet om det?" frågade jag.

"Ja, även om jag inte har berättat det åt honom. Han har sina kontakter här på haciendan på samma sätt som jag har mina kontakter i Rios centrum, som rapporterar hans förehavanden åt mig."

Jag tänkte på de virtuella forumen där någon alltid kände någon via primära och sekundära kontakter. Här i Rio var kontakterna mera verkliga än virtuella, men de fungerade ändå. Och de skvallrade sinsemellan lika ivrigt som skvallret ekade i Västnyland.

"Men hur skulle han få dig att ändra på testamentet till hans fördel? Jag menar, även om han smutskastade Axel fanns det inga garantier för att du skulle avstå från testamentet? Så att han skulle få hela potten? Eller att du skulle testamentera hälften åt någon annan istället?"

"För några månader sedan funderade jag helt öppet på att Hubertus kanske hade ändrat sig till sin fördel. Det var länge sedan jag hade hört något om hans drogbekymmer och jag diskuterade faktiskt med min väninna om möjligheterna att annullera ett testamente. Det är möjligt att hans kontakter lyssnade på samtalet och förde innehållet åt honom."

Maria von Dunderholm blickade mot de tre unga männen och fortsatte:

"Även om de är vackra, kan jag inte vara helt säker på till vem de är mest lojala."

Jag försökte ignorera faktumet att någon av de vitklädda männen kunde vara rapportörer till någon knarkliga i Rios undervärld.

"Så Hubertus började forma en plan, där han skulle få dig att dels annullera testamentet som var skrivet till Axels fördel och dels se till att han ärver allt av dig istället för bara hälften." Jag förstod att det var här som jag kom in

"Han måste smutskasta Axel Nordsund på ett sådant sätt att det inte gick att spåra till honom", sade Maria. "För om Hubertus visade sig vara inblandad, skulle jag med all säkerhet se till att han inte fick mera än hans lagliga arvslott."

"Så han anlitade mig att smutskasta Axel", sade jag, och förstod att det var min enda uppgift i utredningen av Mia Kinnunens död.

"Din berättelse om händelserna i Västnyland var alldeles fantastisk", erkände Maria, "... och det var mycket nära att han lyckades med sin plan. Utan ditt telefonsamtal hade jag annullerat testamentet och Hubertus hade därmed fått allt. Jag är evigt tacksam för att du förhindrade mitt stora misstag. Om jag kunde göra det, skulle jag donera all min förmögenhet just nu till välgörande ändamål bara för att se till att Hubertus inte får någonting alls!"

"Dina kontakter i Västnyland berättade alltså att Axel hade blivit tagen till förhör för knarkhandel och som misstänkt för mordet på Mia Kinnunen", sade jag. "Du ville verifiera det med polisen, Stefan Rundberg, och efter det skred du till åtgärder för att hindra att Axel skulle få dina pengar."

"Jo, det var Alvar som ringde mig, alldeles olycklig över vad som hade hänt. Han visste naturligtvis inte vilken innebörd hans telefonsamtal hade för hans sons framtida finansiella position. Han talade om att det var en extern utredare som hade avslöjat Axel även om han inte trodde på sin sons skuld. För mig var det viktigt att höra att Hubertus inte hade något med avslöjandet att göra, för det hade låtit misstänksamt i mina öron. Och det visste Hubertus själv också när han anlitade dig."

"Hubertus var i Brasilien när Mia Kinnunen dog. Det alibit håller", sade jag.

"Jo, han är ingen mördare även om han förstör människors liv", sade Maria uppriktigt. "Flickans död var antagligen en olyckshändelse, men Hubertus såg en möjlighet att utnyttja hennes fall till sin fördel. Han anlitade dig att reda ut hennes död, och med din ovetande hjälp riktade han polisers uppmärksamhet på stackars Axel."

"Den lokala evenemangskalendern hade avslöjat att knarkpolisen skulle ha en uppvisning på Karis högstadiums gård", konstaterade jag tankfullt. "Han manipulerade så att jag kom till Lillböle på förmiddagen för att intervjua Axel, Hubertus var själv närvarande och han smetade amfetamin på mina skor, som jag hade lämnat i disponentgårdens tambur. Därefter skickade han mig till knarkhundsuppvisningen så att knarkspåret skulle dyka upp. Polisen leddes till disponentgården, där Hubertus hade planterat mera knark i Axels rum. Och fällan hade därmed slagit igen."

"Och för att säkerställa att Axel skulle förhöras under en lång tid, planterade han också ledtrådar till Mia Kinnunens död", tänkte Maria högt.

"Nej, Mia Kinnunens armband i Axels rum var en ren slump, men det gynnade Hubertus syften", sade jag.

"Jasså, det visste jag inte."

"I varje fall riskerade Hubertus knarkhandeln i Västnyland genom att rikta knarkmisstankarna på Axel", funderade jag.

"Som sagt, arvet var mera värdefullt för Hubertus än att knarkhandeln skulle fortsätta. Han försökte verkligen köpa sig ut ur knarkligans klor även om han samtidigt förstörde deras handel."

"Men polisen kan väl inte fråga ut Axel i evighet. Han har ingenting att berätta hur mycket de än skulle vilja komma knarkligan på spåren. I något skede måste de antingen släppa iväg honom eller ställa honom inför rätta. När han kommer till domstolen, är det en stor sannolikhet att han frikänns i brist på bevis."

"Även om det går så, har det gynnat Hubertus", sade Maria. "När Axel ställs inför rätta är jag redan död och testamentet är annullerat. Hubertus har fått vad han har velat utan att Axel blir oskyldigt dömd för knarkbrott och mord på en ung flicka. Tanken var att Axel skulle vara "skyldig" bara så länge att jag skulle hinna slopa honom från mitt testamente. Det räckte med att skapa en misstanke mot Axel, och en konkret dom behövs inte alls."

Jag förstod att Hubertus dåd var moraliskt fel, men var det ett brott? Vad var brottsbenämningen för det som Hubertus hade utsatt både mig och Axel för?

Vilseledande av myndigheter? Men i så fall var det ju jag som hade begått brottet även om jag hade gjort det i god tro. Stefan Rundberg skulle inte bli glad när han förstod vad han hade dragits in i. Hubertus hade lyckats skapa en mordutredning utan att det fanns ett mordoffer. Min barndomsvän hade nästan lyckats med att skapa en verklighet av en konspirationsteori, en parallell sanning till den simpla olyckshändelsen.

I mina ögon hade Hubertus ändå gjort något oförlåtligt. Även om Axel blev frikänd, skulle han bära på en fläck som misstänkt och det kunde försvåra Axels möjligheter att få ett arbete i framtiden. Om han skulle bli tvungen att uppleva en likadan arbetslös vardag som jag, skulle det vara på grund av Hubertus snikenhet.

"Han hade tänkt på allt", sade jag med vrede i rösten. "Han utnyttjade oss alla, och det var nära att han lyckades med sina avsikter. Det är ofattbart att inget gick fel i hans plan."

"Hans enda misstag var att du blev så misstänksam att du ringde mig", sade den gamla kvinnan med sin blick i mig. "Han underskattade dina färdigheter och din kapacitet att reda ut flickans död."

Jag kunde inte tro mina öron. Den sura gamla gumman berömde mig.

"Det hade jag aldrig trott när jag såg hur odugliga ni alla tre var som små", fortsatte Maria, och jag föll till jorden igen.

"Vi var små barn som inte visste någonting. Vi kunde formas, och om Hubertus har formats till en oduglig man, så har säkert du eller Fredrik eller båda något att göra med saken", sade jag trotsigt.

Maria von Dunderholm tittade på mig utan att säga något. Hennes blick visade varken medlåtande till mina ord eller ånger. Hon lät bli att nysta upp det garn som jag hade rullat åt henne.

"Vill du ha fejoada?" frågade hon plötsligt. "Augusto, min kock, har gjort den. Den är utsökt även om den mosas till puré för att jag skall kunna äta den."

"Jag är inte hungrig", sade jag lite osäkert. Visst var jag hungrig, men det började kännas som om jag inte ville äta eller utnyttja något som detta hus försökte bjuda åt mig.

"Fejoada är mört ugnskött som baddat länge tillsammans med svarta bönor", sade Maria. "De västafrikanska slavarna brukade äta det när de skeppades hit för århundraden sedan. Jag lärde mig att älska den maten här i Brasilien när mitt slaveri slutade."

Jag tittade på den döende kvinnan igen. Höll hon på att öppna sig? Om samtalet började skifta från Hubertus mot henne själv, betydde det att hon hade något med Mia Kinnunens död att göra?

"Om ditt liv började i Brasilien och ditt slaveri slutade när du lämnade Finland, är det något annat som du vill berätta?" frågade jag. "Hände något i Finland som gjorde att Hubertus är ni i hans svåra situation?"

"Naturligtvis hände något", utbrast kvinnan med en så gäll röst att de tre männens huvuden reste sig uppmärksamt i andra ändan av rummet. Maria lyfte sin hand för att visa att allt var bra. Hon fäste sin blick i min igen, men den här gången låg det något känsligt i hennes ögon.

"Normalt skulle jag inte berätta mina angelägenheter åt någon och den här historien skulle jag helst ta med mig i graven", sade hon dramatiskt. "Men eftersom jag förstår att jag inte har varit världens bästa mamma och Hubertus härstammar från mig, är det kanske bäst att du får ta del i min hemlighet. Det är för sent för mig att berätta sanningen åt Hubertus men kanske du en dag får möjligheten att berätta allt åt honom. Ifall han vill veta varför det blev som det blev."

"Har det att göra med Mia Kinnunens död?" frågade jag nyfiket.

"Nej", svarade Maria. "Hennes död var antagligen en olyckshändelse som Hubertus utnyttjade för sina egna behov. Men det jag kommer att berätta handlar om mig och vad som hände med en ung flicka som jag. Och det har säkert satt sina spår i mitt förhållande till Hubertus och det i sin tur formade honom till den han är nu."

"Någon känner någon", svarade jag. "Ondska föder ondska. Ondskan smittar av sig."

"Vad dillar du om?" fräste Maria. "Min historia har inget med ondska att göra. Jag har alltid försökt göra mina egna val. Det finns inga offer. Men jag borde ha styrt Hubertus bättre så att hans egna val skulle ha varit klokare. Där har jag misslyckats."

"Nåväl, berätta så får jag döma sedan", sade jag.

Maria von Dunderholm satte sig tillrätta igen och jag försökte se henne som den kvinna jag mindes från min barndom. Det var uppenbart att hennes berättelse skulle leda dit.

"När jag var ung, hette jag Maria Andersson. Jag var en helt vanlig flicka från Karis, inte särskilt vacker, men hopplöst blyg och oföretagsam. Ingen pojke såg någonsin åt mitt håll och det kändes som om jag inte hade någon framtid. Mina föräldrar hade svårt att få pengarna att räcka till och jag förstod snart pengars värde."

Jag ville gärna säga åt henne att det var precis så som jag kände mig nu som 40-åring. En arbetslös man utan någon framtid. Men jag ville inte blanda in mina egna erfarenheter i hennes historia. Och jag ville inte känna någon sympati av henne heller.

"En kväll ville en äldre pojke ligga med mig och jag smickrades så mycket att jag gick med på det. Det var under en festival i Ekenäs, och jag fick aldrig ens veta hans namn. Min existentiella botten nåddes när jag märkte att jag var gravid. Mina föräldrar exploderade men de kunde inte göra något annat än acceptera situationen. Men så skedde miraklet."

Jag hade gått tyst mot fönstret. Det hade plötsligt blivit alldeles mörkt och när jag nådde fram till fönstret började det störtregna. Ett tropiskt regn, som förväntades rena luften.

"Jag besökte en krog med min väninna och magen hade redan blivit lite rund. En stilig, ung man började uppvakta mig och jag var alldeles såld. Han ville att vi skulle träffas följande dag och det gick jag med på. Han körde mig runt

Västnyland i sin dyra, fina bil och jag kunde inte förstå att någon ville mig väl. Han ville bjuda mig på middag hemma hos sig, och jag gick med på det också. Följande kväll hämtade han mig med sitt vrålåk och körde oss till sitt hem, Lillböle gård."

"Fredrik von Dunderholm", konstaterade jag.

"Precis. Han hade dukat upp en fantastisk middag med fasan, tryfflar och exotiska grönsaker. Men inget vin, för han förstod tydligen att jag var gravid."

"Fredrik von Dunderholm är inte Hubertus pappa", sade jag tankfullt.

"Sant. Och därför kan man fråga sig om Hubertus är en värdig arvtagare till von Dunderholms miljoner eller inte."

"Är du en värdig arvtagare då?" frågade jag medvetet elakt.

"Åtminstone har jag förvaltat pengarna väl", sade kvinnan bistert. "Nåväl, historien fortsätter. Samma kväll friade han och jag tackade naturligtvis ja. Mina föräldrar kunde inte tro vad som hade hänt, och knappast jag heller. Det blev ett ståtligt bröllop även om det var litet. Varken Fredrik eller jag hade särskilt stor släkt eller många vänner."

Jag var inte överraskad över att det inte var någon kö med vänner utanför Lillböle. Ju mera jag fick lära känna von Dunderholms, desto mera motbjudande verkade de.

"Fällan slog igen under bröllopsnatten", fortsatte Maria.

"Var han våldsam?" frågade jag.

"Nej, tvärtom", svarade Maria. "Han rörde mig inte ens. Under några månaders tid antog jag att det berodde på min graviditet, men jag hade fel. Hubertus föddes och min kropp blev normal igen, men han rörde mig fortfarande inte."

"Aha", utbrast jag. "Fredrik behövde ett kulissäktenskap."

"Och en son med i kulisserna", sade Maria bistert. "Han var inte det minsta intresserad av mig, men han såg en enkel möjlighet att få en son eller en dotter utan att behöva röra vid en kvinna."

"Så det är därför du vill beröva Hubertus hans arv?" sade jag med mina ögon hårt fästa vid hennes. "För att du blev utnyttjad för att du var gravid?"

"Fredrik kunde ha varit ärlig och berättat vilka hans avsikter var. Mitt liv var i hans händer och han lurade mig att överlåta mitt liv till hans behov. Han borde ha gett mig en chans att välja."

Regnet trummade mot fönstret. Hettan som tidigare hade varit torr, började kännas fuktig och kvav. Kvinnan framför mig berättade en historia om utnyttjande, men hon tycktes inte förstå att hennes son hade gjort samma sak åt mig. Även Hubertus hade utnyttjat mig och min arbetslösa situation för sina egna behov. Det hade skett utan att jag hade fått möjlighet att välja om jag skulle ge mig in på fallet eller inte. Jag hade lurats att forska i Mia Kinnurens död på samma sätt som Maria Andersson hade lurats till äktenskap med Fredrik von Dunderholm, som blivit Hubertus ställföreträdande pappa. Det som hade känts som en lyckträff för henne, hade visat sig vara för bra för att vara sant. Det hade varit lika beskt som när en långtidsarbetslös får ett jobb och strax därefter åter en gång sparken.

"Var ditt liv bortkastat då?" frågade jag. "Var livet som Maria von Dunderholm så mycket sämre än livet som Maria Andersson?"

"Jag hade ett enormt behov av närhet. Något som han inte kunde ge. Och som Fredrik von Dunderholms hustru fick jag inte ertappas med några sidoförhållanden. Släktens miljoner kunde inte kompensera mitt ofyllda behov av närhet."

"Så det var därför du var sur och bitter under alla de 20 år som jag kände dig", konstaterade jag tankfullt. Plötsligt mindes jag hennes ansiktsuttryck då hon hade sett den skadade skogsduvan flyga mot friheten i Lillböles närliggande skog. Jag hade inte kunnat tolka hennes min då jag var liten, men nu förstod jag att hon måste ha känt sympati med duvans frihet.

"Hubertus var orsaken till min olycka. Utan honom hade Fredrik aldrig lurat mig till det äktenskapet. Hubertus var oduglig och det märktes i allt han gjorde under hela hans uppväxt. Och hans sällskap var lika odugligt."

"Och så blev Fredrik sjuk", sade jag för att avleda Maria från det ofruktbara spåret om hur "odugliga" vi barn hade varit.

"Det tog en tid innan jag förstod att Fredrik var mera intresserad av män än av kvinnor. Det är något som man bara inte pratar om i Västnyland och jag var för oerfaren för att förstå dessa saker. Men när han kom hem om kvällarna och såg lycklig ut, började jag känna igen en lukt. Det var lukten av en man. Någon annan lukt än min egen mans."

Jag kände mig besvärad igen och upprepade mitt inlägg "Och så blev Fredrik sjuk."

"Naturligtvis. Det var under den tiden som sjukdomen automatiskt ledde till döden och du kan tänka dig min iver och förväntan. Fredrik skulle dö! Det kändes som om ett nytt mirakel hade inträffat."

Plötsligt mindes jag ett skvaller som jag hade hört några dagar tidigare på Ekenäs torg. En röst, som jag inte hade kunnat leda till någon speciell skvallertants mun. En sanning, vars betydelse ingen hade kunnat förstå. *Han dog inte av lunginflammation, utan av...*

"AIDS", utbrast jag. "Fredrik dog av AIDS!"

"Jo, till slut. Men i början var det HIV, som senare utvecklades till AIDS. Och det var under den tiden som ingen medicin kunde bromsa sjukdomen. Ingen kunde ge någon prognos för hur lång tid det skulle ta för honom att dö."

"Ni lyckades tysta ner namnet på hans verkliga sjukdom", sade jag tankfullt. "Men var ni inte rädda för att sjukdomen skulle smitta av sig?"

"Nej, läkarna visste inte mycket om sjukdomen då, men de visste att den inte smittar av sig i normalt familjeumgänge. Men i varje fall berättade vi aldrig åt Hubertus vad hans pappa led av och mig veterligen tror Hubertus fortfarande att Fredrik dog av en lungsjukdom. Han kanske tror att det är fråga om samma lungsjukdom som jag kommer att dö av! Hah!"

Jag kunde inte se någon humor i uttalandet. "Och det tog slutligen över 20 år för honom att dö? Lite längre än det tar för dig?"

"Min död blir en befrielse för alla", sade Maria giftigt. "Och det blev Fredriks död också. Under 20 år tynade han bort, nedbruten av den ena sidosjukdomen efter den andra. Det var fruktansvärt. Alla smärtor, all feber, allt hans obehag, allt..."

"Och vid sidan av honom tynade även du sakta bort", sade jag med en forskande blick.

"Det kan man säga. Jag fick ställa alla mina behov åt sidan för att se till min oduglige mans behov. Och det var då som Hubertus alla barnsliga behov kändes mest frustrerande."

"Kunde ni inte anställa en skötare?"

"Nej. Då skulle sanningen ha kommit ut i regionen. Att min man hade homopesten... Det var omöjligt."

"Istället valde ni att långsamt tyna bort. Hela familjen. Alla tre."

"Det blev vårt val även om jag inte hade haft lyxen att välja när jag lurades in i äktenskapet", sade Maria med sin näsa stolt i vädret.

Plötsligt mindes mina näsborrar igen den egendomliga lukten som jag hade känt i Lillböle herrgård både under min barndom och för några dagar sedan. Det var inte lukten av en man, som Maria von Dunderholm hade känt i sin make, utan lukten av död. En långsamt framskridande, oändligt uttänjd död, som äter upp en långsamt inifrån. Det var inte lukten av en fysisk död, utan en död som mördar mänskliga känslor. Det gnagande, som gör en människa lika tom som Lillböles otaliga, omöblerade rums kala väggar. Det var lukten av en tortyr som gör att ondska smittar av sig. Regnet fortsatte att trumma mot fönstret som om det var en voodoo-trumma med avsikten att skrämma iväg onda andar.

"Och sedan dog han", sade jag tyst. "Äntligen."

"Det var en befrielse. Hubertus bodde inte i Lillböle längre, för han studerade i Helsingfors. Vi hade en disponent, som skötte om den fruktansvärda gården, varifrån jag alltid hade velat flytta bort. Och disponenten hade en vacker, liten, oskyldig son, som hade hela livet framför sig."

"Axel Nordsund", konstaterade jag.

"Så fort Fredrik var begraven, ville jag bort från den förskräckliga gården. Lyckligtvis hade Fredrik testamenterat gården åt Hubertus istället för åt mig. När jag lämnade gården, såg jag en sista gång den lilla, oskyldiga gossen och bestämde mig för att göra honom till min arvtagare istället för Hubertus. Om lilla Axel skulle klara av att bo på hemska Lillböle med vettet i behåll och utan att bli en börda för samhället, skulle han vara värd von Dunderholms miljoner istället för odugliga Hubertus."

"Det var en galen tanke, men jag antar att du var förvirrad av den efterlängtade situationen", sade jag beskt.

"Under mina 20 långa, bortkastade år på Lillböle hade jag sett bilder av ett levnadsglatt, färggrant sambaland vid namn Brasilien och alltid drömt mig dit. Så fort min hälft av Fredriks arv hade kommit till kontot, flyttade jag hit. Och det var då mitt liv började."

Den gamla kvinnans blick vilade på de tre unga männen, som stod i andra ändan av rummet och de log blygt åt hennes håll. Jag förstod att Maria von Dunderholm i Brasilien verkligen hade njutit av den lukt av främmande män, som hon hade känt i sin egen man 20 år tidigare. Innan han hade insjuknat. Och det var sannerligen inte lukten av död utan av ett pulserande liv.

Hon vände sin blick till mig och den såg plötsligt trött ut. Hon hade blottat sig själv på ett sätt som hon ursprungligen inte hade tänkt göra under sin livstid. Hennes blick bad inte om förståelse för henne själv, men den verkade be om förståelse för en situation, som hade blossat upp till att omfatta mycket mera än själva hennes berättelse. Hennes blick var en sorts utmaning åt mig att försöka förstå något mera än enbart min egen lilla, arbetslösa del i berättelsen. Jag försökte möta blicken, men inte med förståelse och respekt, utan med ömkan. Hennes berättelse hade rört mig och jag tyckte synd om både henne och hennes faderlösa son. Hon ville inte ta emot min ordlösa blick, och den vek undan.

"Regnet tar snart slut", sade hon profetiskt och fönstret verkade faktiskt släppa in en gnutta solljus igen.

Jag svarade inte.

"Hubertus var förlorad redan när han föddes", sade den gamla mamman tyst. "Allt var fel. Jag försökte skrämma iväg er pojkar från honom, men jag misslyckades. Ni var som iglar. Ert triumvirat gjorde er allt mera utsatta för min och Fredriks och Hubertus ödesdigra situation. Aldrig hade jag trott att Hubertus skulle vänta så här många år innan han utnyttjade er vänskap till sin fördel."

"Du har rätt", sade jag bistert. "Vårt triumvirat var inte tillräckligt starkt. Om vi hade varit starkare tillsammans, hade vi kanske kunnat rädda Hubertus från hans öde. Och jag hade kanske kunnat rädda mig själv från att låta Hubertus utnyttja mig. En arbetslös odugling, som inte hade annat alternativ än att lyda Hubertus uppmuntran att börja undersöka det hopplösa dödsfallet vid Fiskars å."

"Det var inte du som var oduglig, utan det var Hubertus", framhävde Maria. "Utan din insats hade mitt arv gått till fel person. Nu kommer åtminstone hälften av mitt arv att enligt mitt testamente gå till Axel Nordsund, som det ursprungligen var menat."

"Hur kan det vara möjligt att din hälft av Fredrik von Dunderholms miljoner finns kvar?" frågade jag.

"Fredrik testamenterade fastigheterna och en del av depositionerna åt Hubertus, medan företagsverksamheten och kontanterna tilldelades mig. Jag var alltså ägaren till företagsverksamheten och jag valde skickliga chefer till företaget. Det blomstrade och jag fick stora dividender. För fem år sedan sålde jag företaget och blev mycket rik. Jag hade lyckats med att förvalta min del av arvet väl. Kan du tänka dig, Jonne Österfelt, att Maria Andersson från Karis blev slutligen ensam ägare till von Dunderholms alla miljoner?"

Det lät sannerligen fantastiskt. Och snart skulle hälften av det gå till Hubertus skulder och hälften till ovetande Axel Nordsund. Planen att även Axels andel skulle ha gått till Hubertus, hade kastats omkull. Kanske pengarna med tiden skulle gå till Axels framtida hustru, Linnea Flytmarsch, och kanske de skulle återvända till Fiskars, varifrån de tillfälligt hade rest till Brasilien för att blomstra. I nya händer skulle miljonerna sakta men säkert tyna bort, som en långsamt framskridande sjukdom. Ingen skulle längre förstå att de ursprungligen härstammade från en tändsticksfabrik i Sverige, varifrån adelssläkten hade skickat sitt svarta får och sin skandal till Finland för att skämmas med en ansenlig hög med pengar. Eller att tändsticksfabrikens pengar hade skapats av hundratals arbetares händer och tusentals kunder, som köpte tändstickor. Men allt gick att spåras till någonting i en värld, där någon känner någon.

"Och samtidigt har andra hälften av Fredriks arv, Hubertus andel, krympt bort till utsvävningar i narkotika och dåliga tider för fastighetsaffärer", konstaterade jag. "Vad kommer att hända med Lillböle?"

"Det bryr jag mig inte det minsta om", sade Maria. "Det hemska huset skulle gärna få rivas. Troligen blir Hubertus tvungen att sälja det till underpris. Kanske Axel vill köpa det, när han plötsligt upptäcker att han är rik?"

"Disponenten blir ägare. Det vore roligt", sade jag.

"Jag ser inget roligt i det", sade Maria surt. "Huvudsaken är att pengarna går i dugliga händer. Axel Nordsund är som Maria Andersson, fortfarande lyckligt ovetande om vilka utnyttjanden världen har att komma med. Men med mina pengar skall jag se till att Axel inte av finansiella orsaker behöver sälja sin själ för att klara av världens krav."

"Finns det ingenting vi kan göra för Hubertus?" frågade jag, osäker på om jag verkligen ville göra något för min stackars barndomskamrat eller inte.

"Nej. Han är fången i narkotikakretsarna och det finns ingen utväg. Han behöver knarket och han får det. Priset är högt och när knarkligan inte får hans skulder utmätta längre, är han dödsdömd."

Det var hårda ord från min barndomsväns mamma och jag slöt ögonen som för att stänga den hemska verkligheten utanför mitt medvetande. Jag kunde inte förstå att hon hade accepterat situationen och att hon faktiskt höll på att döma sin son till döden.

"Jag förstår inte varför knarkligan helt enkelt inte begär en lösensumma av dig för Hubertus?" funderade jag. "Som om han vore kidnappad? Eftersom de väntar på att Hubertus skall få ett arv för att betala sina skulder med skyhöga räntor, måste de ju veta var källan till pengarna finns."

"De vet att jag inte är beredd att betala för honom", sade Hubertus mamma kallt. "De har försökt."

Jag kände mig illamående. Gangstrarna hade kontaktat en döende kvinna med krav på pengar för att rädda hennes son, och hon hade avböjt. Det måste ha varit en oväntad situation för gangstrarna och de hade säkert sett sig tvungna att vänta med att göra beslut kring sitt guldäggs öde. De hade säkert hållit Hubertus i ett säkert förvar och med all sannolikhet hade de hållit honom under klar uppsikt, då han tillåtits åka till Finland för att driva deras intressen. Den gråtande thailändaren hade säkert varit en av dessa övervakare.

"De har också försökt pressa pengar av mig och hotat mig, men jag är inte rädd för något längre", fortsatte Maria. "Om man inte underkastar sig rädslan, kan den inte rå på en. Och jag har ju mina skyddsänglar."

Det sista hade hon sagt med blicken mot de tre unga männen. Jag lade märke till att de faktiskt var lite bättre byggda än vad vanliga sjukskötare förväntades vara. De var tränade livvakter. Och de bar säkert på vapen också. Kunde hon vara säker på att de var på hennes sida och att de inte var inplanterade av knarkligan för att övervaka dess intressen?

"Även du bär nu på ett ansvar", fortsatte den döende kvinnan. "Du är tvungen att berätta sanningen för Västnylandspolisen så att Axel Nordsund kan bli frikänd."

Jag stelnade till. Det kunde inte bli min börda. Om jag berättade sanningen för polisen, var jag delvis skyldig till att Hubertus en dag skulle hittas död. Att Hubertus skuldindrivare en dag skulle göra sig av med honom, när han inte var av nytta för dem längre.

"Nej", sade jag bestämt. "Jag kan inte bära ett sådant ansvar."

"Jag visste det", skrockade den gamla kvinnan, som jag alldeles nyss hade känt lite förståelse för. "Du är oduglig. Lika oduglig som min son. Men jag förväntade mig inget annat heller. Så därför har jag redan bett Gustavo skriva och skicka ett brev till Stefan Rundberg, som jag redan har dikterat. Ett brev som förklarar allt och som kommer att avslöja Hubertus skuld och Axels oskuld."

En av de unga männen, tydligen Gustavo, tittade upp och nickade fåraktigt även om han inte förstod varför hans namn hade nämnts. Jag kände obehaget välla över mig igen. En arbetslös, oduglig, 40-årig mans obehag. Samtidigt tittade solen fram från regnmolnen och en oväntad solstråle gled fram genom fönstret och bländade kvinnan på hennes dödsbädd. Som en vampyr skrek hon till och lyfte händerna för att skydda ansiktet från solstrålen. För ett ögonblick tyckte jag mig se henne genomdränkt av blod. Hubertus blod. Mitt blod. Jag kände mig ännu mera äcklad när de tre männen sprang fram för att pyssla om henne.

Jag började gå ut från rummet. Jag måste bort. Ut från detta rum, som luktade lika illa som rummen i Lillböle. Det gjorde ingen skillnad om Jorge skulle köra mig tillbaka till Rio eller inte. Jag måste komma ut.

"Ingen går iväg utan mitt tillstånd", småskrek kvinnan från sin bädd mot min rygg. Jag svarade inte. Jag hade lärt mig att vara tyst redan i min barndom, då hon hade förolämpat vårt värdefulla triumvirat.

"Jag har makt att annullera din returbiljett", skrek hon. "Hur kommer du från landet då?"

Jag stannade upp och tänkte några sekunder på hennes ord. Visst kunde hon göra livet surt för mig. Men jag skulle klara mig. För om jag stannade här på dödens gård, skulle livet vara ännu surare.

"Jag hittar nog mina vägar", sade jag. Innan jag stängde dörren bakom mig, tillade jag ännu:

"För jag är duglig."

KAPITEL 18

Slutet av april

Lördag

En månad senare hittade jag mig själv i Ekenäs igen. Det året var påsken sen, i slutet av april, och varmt vårväder kryddade alla häxor, kaniner, chokladägg och videkissor. Jag ville ut i friska luften med alla mina tankar, och mina föräldrar protesterade inte när jag steg upp från middagsbordet. De var glada över att jag hade kommit för att fira påsk med dem, för min systers familj skulle tillbringa påsken med hennes mans föräldrar.

Mamma hade omedelbart märkt att något tyngde mig, men hon hade inte frågat något. Hon väntade att jag skulle ta initiativet, men jag skulle inte berätta någonting. Det var för tidigt. För mycket var ännu ouppklarat. Hon skulle inte kunna låta bli att skvallra, och det hade varit fel gentemot Axel, Hubertus och alla andra inblandade. Lyckligtvis hade min brunbränna från Brasiliens sol falnat bort, för det hade säkert väckt en massa frågor. Mina föräldrar visste inte att jag hade besökt Brasilien.

Så fort jag hade lämnat Maria von Dunderholms hacienda i Marloeza, hade jag åkt till Rios flygfält för att lösa in min returbiljett. Maria hade inte hunnit annullera flygbiljetten. Avgången till Finland var tre dagar senare. Under dessa dagar hade jag njutit av den levnadsglada staden och Rio de Janeiro hade visat sina bästa sidor åt mig. Jag hade besökt sevärdheterna samt badat på Copacabana-stranden bland adonis-kroppar utan att ha dålig självkänsla för min bleka kropp med dess överlopps kilon. Jag hade deltagit i en organiserad utflykt till favela-slumkvarteren, där knarkligorna hade sina revir. Hela tiden hade jag känt mig iakttagen och jag hade undrat om en knivkastande gråtande thailändare skulle dyka upp i en mörk gränd. En del av mig hade hoppats på att få se en glimt av en nedbruten Hubertus någonstans. Ingenting hade hänt och ingen bekant hade synts till. Jag hade flugit hem i första klass på Maria von Dunderholms bekostnad. Därefter hade jag suttit lamslagen i min lägenhet i Vallgård tills jag hade bestämt mig för att åka till mina föräldrar till påsken.

Pappa hade gjort en fantastiskt god lammstek. Mockasåsen hade varit lagom saltig och mintgelén lagom söt. Under desserten, pashan, hade jag lyssnat på senaste skvaller och mamma hade förundrat sig över att Axel Nordsund hade släppts fri. Vanligtvis brukade polisen inte kommentera sina beslut, men denna gång hade de uttalat sig inför pressen att Axel verkligen stod utanför alla misstankar och att undersökningarna fortsatte, både gällande knarkhandeln och Mia Kinnunens död. När mamma berättade att fru Lindberg hade berättat att trädgårdsmästaren Karlsson hade berättat att fru Flytmarsch hade berättat att Linnea Flytmarsch hade förlovat sig med Axel Nordsund, snyftade jag till. Mamma trodde att det berodde på att mina undersökningar kring Mia Kinnunens död hade visat sig ofruktbara. Hon tröstade mig med att kanske Axel Nordsund skulle visa sig vara skyldig trots allt. Att jag en dag skulle bli en bra privatdetektiv trots allt.

En del av mig hade velat fråga mamma om hon någonsin hade hört något skvaller om att Hubertus skulle ha haft drogproblem. En annan del av mig visste att en sådan fråga skulle skapa andra frågor om mina utredningar, och jag ville inte gå in på dem med mamma för tillfället. Jag lät bli att fråga henne. Men jag kunde inte låta bli att undra om jag hade kunnat avslöja Hubertus i ett tidigare skede av mina utredningar. Borde mina egna barndomsminnen ha avslöjat sanningen redan tidigare? Nu efteråt mindes jag vissa episoder från min barndom, som kanske borde ha berättat hur det låg till. Att Hubertus brukade fuska och manipulera, eller att han var oduglig som hans mamma påstod. Borde jag ha litat mera på mina barndomsminnen och på regionens skvaller än på ansiktslös andrahandsinformation, som jag hittade i sociala forum på Internet?

När jag klädde på mina ytterkläder i tamburen, tittade jag på mina skor och undrade om någon hade smetat amfetamin på dem. Jag sade åt mina föräldrar att jag snart skulle vara tillbaka, att det skulle bli en kort promenad i det härliga vårvädret.

Tydligen hade Maria von Dunderholm inte avlidit ännu. Det skvallret skulle nog brinna över hela Västnyland så fort det skedde. Det betydde att Axel Nordsund var fortfarande ovetande om det arv som han en dag plötsligt skulle få. Jag mindes den unga mannen, som verkat för bra för att vara sann. Det gick inte att undgå faktumet. Vissa var fantastiskt bra, och de var inga fantasifoster. Han var en av dem och han skulle belönas rikt. Gott drabbade gott. Huvudsaken var att någon kände någon som kände den goda, och att denna någon hade makt att sprida godhet. Jag försökte låta bli att tänka vad som drabbade de onda, och till vilken kategori jag hörde.

Det var uppenbart att Stefan Rundberg hade fått det brev, som Maria hade skrivit åt honom. Knarkutredarna hade trott på det som sagts i brevet, och Axel hade blivit frigiven. Jag trodde inte att polisen hade fått tag på Hubertus, men det var självklart att han inte skulle kunna besöka Finland längre utan att bli tagen till förhör. Det var också osannolikt att polisen lyckas med att stoppa knarkhandeln i Västnyland så länge de verkliga skurkarna inte blev avslöjade. Brasilien-polisen skulle kanske hjälpa till med att identifiera nyckelpersoner även om Hubertus inte blev funnen och tagen till förhör.

Det varma vårvädret värmde mitt ansikte, då jag gick över Rådhustorget förbi Kungsgatan till Gustav Wasas gata. Det var påsklördag och torgdag, men försäljningen hade avslutats redan för många timmar sedan. Alla torgstånd och alla fiskvagnar hade avlägsnats och platsen var öde. Jag hörde inga ekon från varken skvaller eller hundskall. Alla var hemma vid dignande påskbord och firade skön samvaro. Jag tittade omkring mig ifall någon hund närmade sig igen, full av iver att få attackera mig och mina intressanta vårdofter. Jag hade accepterat att Mia Kinnunens död var en olyckshändelse, men jag kunde fortfarande inte låta bli att misstänka Piggmans hund Sissi för att vara inblandad i flickans död. Men jag måste väl acceptera att den frågan aldrig skulle bli besvarad heller, och lika bra så, för Sissi skulle säkert vara väl tyglad framöver. Hunden skulle få ge sin husse och matte många glada stunder även i framt den.

Kanske Mias pappa hade haft rätt trots allt. Om en uttömmande lösning inte ser ut att vara i antågande, måste man acceptera en sanning för att kunna gå vidare. Om man ältade bland olika teorier, skulle man aldrig få ro. Efter Kinnunens enorma förlust skulle de behöva alla medel för att kunna finna sin ro. Om de var redo att acceptera en halvsanning, skulle jag inte ha någon rätt att utmana dem i deras beslut.

När jag hade nått Stallörsparken hade jag Ekenäs landmärke framför mig, Knipan. Senast jag hade suttit i paviljongen och restaurangen var för över 20 år sedan, då jag blivit student. Det var sista gången då triumviratet hade förevigats på ett fotografi. Peter, Hubertus och jag hade stått i våra vita mössor och tittat stolt på varandra, då Peters dåvarande flickvän hade tagit en bild av oss. Våra blickar hade varit lyckliga över all vår framgång och fulla av förväntan över vad vi hade framför oss. Nu, 20 år senare, visste jag vad den framtiden hade fört med sig. Därför kändes det chockerande att Knipan såg alldeles oförändrad ut. I själva verket tyckte jag att paviljongen såg lika vacker ut som Sockertoppen eller Kristus-statyn i Rio. Kanske det berodde på att jag hade förändrats, och inte Knipan.

En asiatisk flicka stod vid parkens badstrand med sin dator framför sig. Jag hade fortfarande inte vant mig vid att man kunde använda sin dator för att ta fotografier. Hon tog en selfie med Knipan som bakgrund och jag antog att hon var en turist, som var helt ovetande om att en högtid som påsken ödelagde hela städer i Finland. Flickans fingrar fladdrade över tangentbordet och jag antog att bilden var redan upplagd på hennes konto i det sociala forumet. Var hon medveten om att någon som kände någon kunde ta del i hennes information att hon befann sig i Finland just nu? Att någon kunde dra slutsatsen att ingen var hemma i hennes bostad och att man kunde bryta in sig där utan risk att bli fast? Under de senaste veckorna hade jag blivit hysteriskt försiktig med vad jag berättade om mig själv på Internet. För det fanns alltid någon som kunde utnyttja min information till egen fördel utan att jag hade någon annan att skylla på än mig själv. Utan mina listor på mina vardagliga, arbetslösa rutiner skulle Hubertus aldrig ha fått tillfället att utnyttja mig för sina komplicerade planer.

Jag fortsatte min promenad längs Västvallen och vek in på Bastugatan för att gå genom Gamla stan. De gamla trähusen och deras innergårdar skyddades av träplank, som snart skulle täckas av grönskande buskar. Trånga kullerstensgränder lockade att titta på hur invånarna förberedde den kommande trädgårdssäsongen och jag kände mig hemma. Det berodde inte på att jag befann mig i Västnyland utan på att mitt hem var nu i Helsingfors, i stadsdelen Vallgård, som liknade lite Ekenäs gamla stad. Jag var en gäst i denna idylliska stad, och det kändes skönt för det bekräftade vad som var mitt egentliga hem. Det var i Vallgård jag skulle skapa min framtid och det var där som jag skulle tackla min arbetslöshet på allvar.

En tulpanrad blommade speciellt vacker vid en varm södervägg. De granna röda och gula färgerna sprakade som en levnadsglad samba. Om några veckor skulle färgerna och bladknopparna nå lite högre upp, i buskarna, och några veckor senare skulle gröna löv skymma ännu högre upp – de dystra, mörka träkronorna i Ekenäs otaliga gamla lövträd. En årstid full av förväntan var bättre än det som följde, den varma sommaren, som i sin tur inte följdes av något annat än pessimism och sämre väder.

Jag visste inte riktigt när jag skulle samla krafter för att klara av de mera deprimerande årstiderna. När det var som bäst, förstod jag alltid att sämre tider skulle följa och när det var som sämst, lyckades jag inte glädja mig över att bättre var på kommande. För en arbetslös är dagen och rutinerna likadana oavsett om de befinner sig i en årstid full av optimism och färger eller i en årstid som präglas av grått och dystert väder. Efter allt som hade skett behövde jag något mera revolutionerande för att pigga upp min vardag än enkel glädje över vackert väder. Jag var dock medveten om att min främsta uppgift var att motarbeta bitterheten, för i annat fall skulle jag bli lika frånstötande som Maria von Dunderholm hade varit. Även om hon hade råd med det, skulle en arbetslös arbetssökande inte ha råd med att vara frånstötande.

En del av mig hade velat utnyttja von Dunderholms lika grymt som Hubertus hade utnyttjat mig. Borde jag ha utövat utpressning och hotat att berätta om alla deras dåd? Om deras omänskliga inställning till varandra i hopp om att de skulle betala mig tyst? Borde jag ha krävt att Maria von Dunderholm skulle ge mig ett välavlönat arbete i släktens före detta företag som kompensation för vad de hade tvingat mig att utstå? Svaret var lätt. Nej. Jag ville aldrig ha något att göra med dem längre.

Ont drabbade ont, men var låg roten till det onda? När hade min barndomsvän Hubertus förändrats så mycket att han började utnyttja vår vänskap till min nackdel och till hans fördel? Var Hubertus mamma orsaken till Hubertus ondska? Var Fredrik von Dunderholms kulissäktenskap roten till Marias bitterhet? Var det Fredriks behov att dölja hans homosexualitet, som hade orsakat att allt hade spårat ut många årtionden senare? Eller Fredriks uppväxt som gjort att han trodde att hans läggning måste döljas? Eller von Dunderholms behov att dölja en skandal århundraden tidigare? Beslutet att skicka släktens svarta får till Finland? Från vem smittades ondskan till vem? Hur långt bak skall vi gå för att spåra en ondska som drabbar oss?

Eller låg orsaken till det onda i mig själv, när jag lät händelserna tortera min tillvaro så mycket som den gjorde för tillfället? Var låg grunden till mina arbetslöshetsproblem? I mig eller i mina föräldrar? Borde jag börja med att leta i mina rötter? Om jag bara kunde lägga alla dessa händelser bakom mig. Ville jag tillbaka till den händelselösa vardag som inte tycktes skapa ett arbete åt mig? Eller borde jag tacka för den senaste månadens upprörande händelser för att de tumlade om mig så mycket att jag började fundera på alternativa lösningar till att tackla arbetslösheten? Antagligen visste jag svaret på frågan, eftersom jag överhuvudtaget frågade den av mig själv.

Var jag oskälig då jag klandrade Hubertus för vad han hade gjort? Han hade utnyttjat mig men var det så farligt? Om en arbetsgivare utnyttjade sina arbetstagare så gick det nog andra vägen också. En arbetstagare gav en arbetsinsats, som blev kompenserad med en lön. En arbetsgivare gav pengar, då det förväntades en arbetsinsats. Det var fråga om ett ömsesidigt beroende. Var gick gränsen för oskäligt utnyttjande? När den ena parten ansåg att bådas intressen inte tjänades längre? När någon känner någon, vet den ena parten inte alltid ens om att han blir utnyttjad såsom fallet var med mig. Det retade mig. Då utnyttjaren var min barndomskamrat kändes det ännu värre.

Jag har märkt att jag känner allt starkare alltsedan jag blev arbetslös. Jag ser allt mera svart och vitt. Jag har allt starkare åsikter om vad som är rätt och vad som är fel. I von Dunderholms såg jag att allt hade blivit fel. Jag inser att jag har en viktig uppgift att utföra även om jag är arbetslös. En uppgift än att söka arbete. En annan är att upprätthålla hoppet om att det nog kommer att gå bra även om det inte går så som jag önskar mig mest. Om jag tillåter mig att bli bitter, uppstår en sådan ondska som jag nu har fått bevittna. Maria von Dunderholm blev bitter under sin långa väntan på ett bättre liv och jag måste helt enkelt undvika hennes exempel. Istället för att låta hopplösheten, elakheten, misstron och andra negativa åkommor ösa över mig, måste jag tvinga mig att tro på framtiden. Det är min uppgift. Och i vårens ljus och dofter samt i all dess uppvaknanden borde det vara enklare än under andra årstider.

På Södra Hamngatan förstod jag att mina föräldrars hem närmade sig, men jag var inte redo att lämna mina tankar ännu. Instinktivt fortsatte jag förbi mina föräldrars hus längs Snäcksundsvägen och kände kalla kårar längs ryggraden. Jag måste tackla obehaget från den dag, då jag jagat en flyende gangster på just denna gata. När jag gick över den lilla bron till Ramsholmen, undvek jag att titta mot den träddunge, där jag mött knivmannen. Istället fortsatte jag mot den öppna plats, som jag visste att många brukade gå till under just dessa dagar. Och där väntade underverket.

Under en årstid, då det gröna i trädkronorna fortfarande väntar på sig, ser träden fortfarande lite vilsna ut. De ser ut som om de inte visste om vintern eller sommaren skulle vinna greppet om jorden. Under den årstiden fäster promenerande människor sina blickar vid marknivån, där grönt och tidiga vårblommor börjar stiga upp från den mörka jorden. På Ramsholmen skapas en illusion, som gör alla lite vilsna. En underbar, vilsen känsla om allt är som det skall eller inte. Har vintern gett vika eller inte?

Som ett tjockt snölager täckte tusentals vitsippor hela den öppna platsen, som var omgiven av de kala träden. Vitsipporna växte så tätt intill varandra att de såg ut som snö. De lurade blicken trots att den sista snön hade smultit bort en månad tidigare. Mitt i allt detta absurda kände jag mig också hemma. Det kaos som denna vintrigt vita illusion representerade under en varm vårdag, var min arbetslösa vardag. För mig var våren en kaotisk men välorganiserad vardag, men det var även sommaren, hösten och vintern. Alla dagar var sig lika, och de var en illusion av en trygg tillvaro. Jag måste acceptera att mitt liv var fullt av vackra vitsippor.

Samtidigt lade jag märke till att fåglarna hade kommit. Jag var omgiven av ett kvitter av häckande småfåglar. Våren hade verkligen kommit. Fåglarna kvittrade och delade information som ett välorganiserat skvaller eller ett diskussionsforum inom social media. Kvittrandet omgav mig som en ackompanjerande orkester. Sanningen fanns överallt omkring mig, och det viskades och tjattrades om den arbetslösa mannens närvaro mitt bland fåglarnas vårbestyr.

Och det var där, bland tankar på vitsippor och blåsippor, vita fåglar och svarta fåglar, gott och ont, vita mössan och misslyckad framtid, som mina tankar gick tillbaka till min barndom och tre små gossars triumvirat. Det var där som jag märkte att jag hade koncentrerat mig alltför mycket på allt det svarta och vilka besvikelser Hubertus von Dunderholm hade gett mig. Det var där som jag förstod att jag måste leta efter roten till det goda istället för roten till det onda

Det fanns en tredje part i triumviratet som jag hade förbisett hela tiden. Den vita parten.

När jag lämnade Ramsholmens vitsippsfält för att komma tillbaka till mina föräldrars hus, småsprang jag. Det var inte en lika snabb sprint som jag hade utfört en månad tidigare, men denna gång var det en promenad full av hopp. Jag visste vad jag skulle göra.

Jag skulle göra ett utomlandssamtal. Till Thailand. Jag skulle ta kontakt med Peter Ginst, som knappast hade fått veta vad som hade hänt i Västnyland under den senaste månaden. Han skulle bli lika upprörd som jag och vi skulle ha långa diskussioner om vad som hade hänt med vår gemensamma barndomsvän. Jag ville resa till Thailand för att tillbringa tid med honom och för att skapa en ny plan att tackla min arbetslöshet. Det var en väl placerad investering som jag skulle ha råd med, om jag skrapade ihop alla mina inbesparingar. Om jag letade efter roten till det onda i min barndom, skulle jag nog hitta roten till det goda också. För det fanns alltid någon som kände någon som kunde hjälpa mig med det målet.